KB041144

이나이다 소

Illust.하치피스☆왕

IV

악역 영애입니다만
공략대상의 상태가
이상합니다

contents

차례

일러스트 하치피스☆왕   디자인 AFTERGLOW

미스티아 아렌

주인공. 전통 있는 아렌 백작가의 영애. 전생의 기억을 떠올려 자신이 여성향 게임 [두근두근 러브 스쿨]의 세계 속 악역 영애 캐릭터라는 것을 알게 된다. 일가족과 사용인들이 뿔뿔이 흩어지고 투옥, 사형당하는 데드 엔딩을 피하고자 분투 중. 전속 메이드인 멜로와 사이가 좋다.

레이드 녹터

미스티아의 약혼자. 신사적인 성격으로 공부, 체술, 예술 모든 분야에 우수한 왕자님 캐릭터. '미스티아가 웃는 모습을 보고 싶어, 친하게 지내고 싶어'라고 생각하지만 공포심을 유발해 피하게만 만든다. 매우 딱함.

에릭 하임

미스티아보다 한 살 연상인 선배로 소꿉친구. 게임 속에서는 거만한 캐릭터라는 설정이었으나 미스티아와 만나 성격이 변해 버렸다. 미스티아의 첫 번째가 되고 싶어서 그녀를 '주인'이라고 부른다. 미스티아의 약혼자인 레이드와 전속 메이드 멜로를 적대시한다. 의존 체질.

로베르토 와이즈

자신에게도 남에게도 엄격하며, 본래 게임 설정으로는 처음부터 미스티아를 싫어하던 동급생 캐릭터. 장래희망은 의사지만 와이즈 가문의 당주 자리를 이어받아야 해서 고민 중이다. 미스티아를 도와주려고 노력 중이다.

제이 시크(제시 선생님)

담임 교사. 미스티아가 어릴 적에 승마를 가르쳤으며 장대한 착각으로 혼자서 나이 차이를 극복한 세기의 사랑을 시작했다. 험한 인상과 말투와는 다르게 순정을 지닌 청년이지만 '미스티아와 행복한 가정을 꾸리고 싶다(내 신부)'라는 생각으로 비뚤어진 첫사랑 중이다. 기적적인 대화 성공을 자랑한다.

아렌가의 사용인

멜로

미스티아의 '안전과 행복'을 바라는 전속 메이드. 미스티아의 신변에서 일어나는 일을 모두 책임지며 호위와 가정 교사직도 겸하고 있다. '미스티아 님이 행복하다면 나는 어찌 되든 좋아, 헤어져도 괜찮아.'라고 생각하면서도 속으로는 '계속 함께 있고 싶어.'라는 마음을 품고 있다.

루크

집사. 멋 내기용으로 외알안경을 끼고 가슴팍에 회중시계를 찼다. 저택 내 위험인물로부터 미스티아를 지키고 싶어 한다(자에).

포레스트

정원사. 아렌가의 넓은 정원을 혼자서 관리하는 실력자. 가정 교사도 겸하고 있다. 숭배하는 미스티아의 말투를 특히 좋아한다.

스티브

집사장. 저택의 사용인이 늘어나는 것을 좋아하지 않으며 정기적으로 사용인을 해고하거나 지원자가 채용되지 않도록 한다.

브람

문지기. 원래는 음악가가 되고 싶어 하던 불량배. 미스티아에게 도움을 받아 지금은 음악 교사도 겸하고 있다. 미스티아를 숭배한다.

라이아스

요리장. 평소엔 밝고 쾌활하지만 미스티아가 외식하려고 하면 주변에 아무것도 보이지 않는 듯이 허둥댄다.

솔

마부. 더듬거리는 말투와 낯을 가리는 성격 모두 꾸며낸 것으로, 어떻게 하면 미스티아와 가까워질 수 있을지를 항상 생각한다.

랜스데이

전속의. 미스티아가 평소 건강하기 때문에 기본적으로 한가하며, 평소엔 저택 내를 산책하거나 아렌가를 수선하고 그림 교사도 맡고 있다.

리자

청소부장. 원래 술집에서 일하던 평민 여성이었다. 남편으로부터 폭력을 당하던 때 미스티아에게 도움을 받았다.

토마스

문지기. 미스티아의 생일에 설립된 고아원 출신. 밝고 천진난만하며 바느질을 잘한다.

악역 영애입니다만
공략대상의 상태가 이상합니다

제
14
장

비
몽
사
몽
무
도
회

악역 영애에서 마법사로

"하아……."

문화제가 끝난 후 아렌가의 저택으로 향하는 마차 안. 달도 보이지 않는 차창 너머의 밤하늘을 올려다보았다.

미스티아의 아카데미 방화 사건―― 그리고 투옥, 사형 데드엔딩까지 앞으로 약 5개월. 겨울 방학을 제외하면 실질적으론 3개월 정도밖에 남지 않았다.

어떻게든 에릭의 증상은 고쳤지만, 레이드 녹터의 증상은 고치지 못했다.

그런 상황인데도 로베르토 와이즈의 말에 의하면 노트를 지닌 누군가가 고의로 절벽에서 레이드 녹터를 밀쳐 떨어트리려고 했다는 듯하다.

그리고 그 노트에 적힌 내용은, 환생자가 레이드 녹터의 목숨을 노리고 있다는 것을 증명하는 것이었다.

하지만 레이드 녹터를 죽이는 것이 누군가의 공략 루트로 이어지는 시나리오는 없었다.

알 수 없는 일투성이였지만 우선 내가 앞으로 해야 할 일은 레이드 녹터의 증상을 어떻게든 치유하고, 그를 죽이려 하는 환생자를 조사하는 것이다.

"아가씨, 저택에 거의 다 왔어……. 자고 있으면 일어나……."

"네!"

마부 솔 씨의 목소리에 대답하면서 나는 내일 할 일을 떠올렸다.

앨리스는 내일 댄스 파티가 열리는 동안 계속 주방에서 일한다고 한다. 그리고 공략 대상 중 그 누구도 그녀에게 드레스를 선물하지 않았다. 이대로라면 그녀는 여성향 게임 특유의 온갖 연애 이벤트가 일어나는 파티장이 아니라, 다른 곳에서 묵묵히 요리만 만들게 된다.

그러면 어떻게 해야 좋을까.

이렇게 되면 수단은 고를 수 없다.

내가 파티 주최 관계자인 척하며 앨리스에게 드레스를 선물해서, 그녀를 파티에 참여하도록 끌어낼 수밖에.

하지만 내일 레이드 녹터가 약혼자의 책무를 다하기 위해 나를 데리러 우리 저택으로 오기로 했다. 그렇다면 취할 수 있는 수단은 하나뿐이다.

"아가씨, 도착했어."

나는 솔 씨의 안내에 따라 마차에서 내렸다. 문 옆에서 나를 기다려 준 멜로에게 사용인 모두를 모아 달라고 부탁한 후 내 방으로 향했다.

나는 침대 아래, 깊숙한 곳에 숨겨둔 상자를 열었다. 그 상자에는 예전에 어떠한 목적을 위해 구매하여, 때가 오면 사용하려고 생각했던 물품들이 들었다.

단발머리 가발. 남성용 의복. 흉부를 가릴 붕대들.

전부 도망용 도구였다. '도망자는 긴 흑발을 지닌 여자'라는 정보로 나를 찾으려는 사람들의 눈을 피할 때를 대비하여 이 변장 도구들을 준비해 두었다.

하지만 나는 이 물건들을 계속 숨겨두고 있었다.

이것을 사용하는 게 내키지는 않았다.

이 물건들을 사용했다가 만일 내가 남장한 경험이 있다는 것이 알려지기라도 하면 도망칠 때 리스크가 생긴다. 하지만 지금 여기서 사용할 수밖에 없다.

흔해 빠진 머리카락 색, 흔해 빠진 평민 차림을 위한 변장 도구들.

레이드 녹터의 모든 것이 지뢰밭이 된 지금, 한시라도 빨리 앨리스 연애 테라피로 그를 치료할 필요가 있었다.

그러니 나는 앨리스를 파티장으로 보내고, 결원이 생긴 조리원을 대신 맡는다.

이제 수단은 고를 수 없다.

나는 방에서 나와 사용인 전원을 불러 모았다. 다들 무언가를 느꼈는지 진지한 얼굴로 나를 바라봤다.

번외. 부재중인 너에게

SIDE: Raid

"기다리고 있었습니다. 레이드 녹터 님."

아렌가 저택에 도착하자 아렌가의 집사장이 나를 맞이하기 위해 나타났다.

평소엔 미스티아가 마중을 나오지만 오늘은 댄스 파티가 열리는 날.

화장하고 옷을 갈아입으려면 시간이 걸리겠지.

오늘은 어떻게든 미스티아에게 전할 말이 있었기에, 절대 그녀를 놓치지 않도록 억지를 부렸다.

대책도 세우지 못하게, 어느 정도 시간이 촉박하도록 계산해서.

곧바로 안으로 들어선 나는 접객실로 안내받았다. 곧바로 집사가 티 세트를 가져와 정성스레 우린 홍차를 내밀었다. 확실히 김이 나지만 파문 하나 일지 않는 잔을 잠시 바라보다, 집사장에게 시선을 돌렸다.

"미스티아는 얼마나 더 기다려야 하지?"

"지금은 화장을 받고 계시고, 그 후에 머리 손질, 마지막으로 옷을 갈아입으실 예정입니다. 오늘은 파티이니만큼 사용인 모두 있는 힘껏 아가씨의 준비를 돕고 있습니다. 그렇기에 제가 답변드릴 수 있는 건 그에 상응하는 만큼 시간이 더 걸릴 수도 있다……는 것밖에요."

……도망쳤나?

바로 아렌가의 집사장을 살피자, 감시하는 듯한 시선이 돌아왔다.

만일 미스티아가 도망쳤다면 어디로 갔을까.

나만 피하는 것이라면 이 저택을 나갈 필요가 없다. 이 저택에 숨어 있을 가능성이 훨씬 크겠지.

"호오?"

열린 문 너머에서 하얀 가운을 입은 남자가 공구함을 들고 다가왔다. 아무리 봐도 의사라고 하기에는 대담하다고 해야 하나, 의사답지가 않았다.

"오랜만이네. 약혼자 님. 전에 파티에서 만난 거 기억하나?"

"네."

그녀의 전속의와는 저번 파티에서 만났다.

그땐 청소부장도 있었지만 오늘은 없었다.

"태도엔 문제가 있지만 실력만큼은 좋습니다."

집사장의 말에 대충 맞장구만 치고 잔으로 시선을 내렸다. 그곳엔 빤히 내려다보는 나만이 비쳤다. 그 모습을 그저 바라보고 있자 위화감이 공명하듯이 커졌다.

미스티아의 곁에, 반드시 있어야 할 메이드.

메이드는 항상 나를 냉담한 눈으로 바라봤다. 그런 메이드가, 지금 그녀의 곁에 없다. 그런 일은 지금까지 한 번도 없었다.

그런데, 오늘은 없다.

……여기에 미스티아는, 없는 건가?

"미스티아를 보러 가도 될까? 잠깐 인사만 하는 것 정도는 괜찮겠지?"

"알겠습니다."

내 말에 집사장은 동요하는 기색을 전혀 보이지 않은 채로 나를 미스티아가 있는 곳으로 안내했다. 집사장은 내 앞에서 걷고, 내 뒤로는 전속의와 젊은 집사가 따라왔다.

전속의가 지닌 공구함에선 뭔가 무거운 물건과 금속이 마찰하는 듯한 소리가 났다.

거슬린다고 생각하면서 방에 도착하자 집사장이 문을 열었다.

안으로 들어서려는데, 전속의가 내 어깨를 붙잡았다.

"무례한 것 아닌가?"

"화장 중인 숙녀의 얼굴을 정면에서 보려 하는 게 더 무례하지 않나, 약혼자 님."

눈을 초승달 모양으로 접으며 유쾌한 듯이 미소 짓는 전속의의 눈동자는 전혀 웃고 있지 않았다. 마치 심연 그 자체 같았다. 하지만 뒷모습만 보고도 알 수 있었다. 확신했다. 저기 있는 건 미스티아가 아니다.

골격도, 그 외의 부분도 닮았다. 다른 사람이었다면 분명 알아채지 못했겠지. 하지만 나는 몇백, 몇천 번이나 미스티아가 내게 등을 돌려 떠나는 모습을 봐왔다.

미스티아는, 여기에 없다.

한 발짝 물러서자 집사장이 문을 닫았다. 세 사람을 노려봤지만 전혀 동요하지 않았다.

"부디 안심하십시오, 약혼자 님. 아가씨는 준비를 마치고 곧바로 파티장으로 가실 겁니다."

"그러니 가만히 기다려 주세요."

"아가씨의 준비가 끝날 때까지."

유쾌한 얼굴의 전속의, 냉정한 눈으로 나를 품평하는 집사장, 그리고 명확히 살의를 내뿜고 있는 집사.

그 세 사람을 훑어보다가, 문득 전속의가 지닌 공구함이 시야에 들어왔다.

이 저택에 들어온 후로, 백작과 부인을 마주치지 않았다.

그 두 사람에게만 내가 온 것을 알리지 않는다면, 내가 어떻게 되어도 완전 범죄다. 사용인 모두가 연결되어 있다고 봐도 좋으니까.

……상관없겠지. 언젠가 이 저택은 내가 지배할 곳이 될 테니까.

결국 미스티아가 무사히 돌아와 나와 파티장으로 떠난다면 다른 건 상관없다.

"알겠습니다. 미스티아가 제대로 돌아올 때까지, 기다리죠."

나는 조용히 세 사람을 응시하며 그렇게 말한 후, 웃었다.

공주님의 충실한 하인

어젯밤, 나는 사용인 모두를 모아서 어떻게든 레이드 녹터의 눈을 피해 앨리스를 파티로 데려갈 계획에 협력해 달라고 부탁했다. 그리고 파티 당일, 나는 멜로와 함께 아렌가의 문지기, 토마스 씨가 있는 곳으로 향했다.

"아, 가, 씨—!"

그렇게 말하며 나와 멜로가 있는 곳으로 뛰어오다가 멜로에게 머리를 붙잡힌 토마스는 나와 닮아 있었다. 그는 자신을 막는 멜로에게 진절머리를 내며 그녀를 째려봤다.

"아야야, 전속 메이드라고 기고만장해서는, 죽어라…… 아니, 죽일 거야……!"

오늘 나는 레이드 녹터에게 들키지 않고 먼저 아카데미에 가서 앨리스를 파티장에 들여보낸 후, 저택으로 다시 돌아와 레이드 녹터와 함께 파티장에 입장해야 한다.

그리고 그 일련의 계획을 위해서는 레이드 녹터의 눈을 속일 필요성—— 즉, 나의 대역을 세울 필요가 있었다.

나와 체격이 비슷하고 여장이라는 행위에 저항이 없는 문지기 토마스에게 나의 대역을 부탁하기로 했다. 그는 저번에도 내 부탁을 받아 앨리스에게 줄 드레스를 준비하기도 했고, 이번에도 상당히 수고스러운 일을 떠맡기게 되어 미안하지만…….

"아, 드레스도 준비해 뒀어요!"

토마스는 상자를 내게 내밀었다. 여리여리한 올드로즈 컬러의 드레스는 소매에 가까워질수록 짙은 색으로 그라데이션을 이루고 있어서 앨리스의 분홍색 머리와 잘 어울릴 디자인이었다. 토마스가 원래 가지고 있던 것을 리폼한 것이다.

"감사합니다. 예쁜 분홍색이라 멋지네요. 죄송해요, 여러모로 어려운 일을 부탁드려서……."

"아니에요! 아가씨의 마음을 만드는 것보다 몇만 배는 간단하니까 신경 쓰지 마세요! 게다가 바느질을 하면 마음이 차분해져서요! 그런데……."

웃던 토마스는 갑자기 안색을 바꿨다. 그리고 나를 빤히 응시했다.

"그런데 그 여자에게 친절한 건, 저보다 그 여자가 귀엽기 때문은 아니겠죠……?"

목을 부자연스럽게 꺾고, 극한까지 열린 듯한 동공으로 나를 바라보는 토마스.

뭐지. 오늘은 정서가 심히 불안정해 보인다. 게다가 기분의 변화 속도가 조금 요리장과 비슷해진 것 같기도 하다. 대체 뭐지.

"아니, 그런 외적인 이유가 있는 게 아니라, 이건 사명이라고 해야 하나……, 제가 하지 않으면 곤란해지는 일이라 딱히 누군가를 순위 매기려는 의도는 없어요."

"그럼 괜찮아요! 다음엔 아가씨의 드레스를 만들게 해주세요!"

토마스는 꺅 소리를 내며 수줍은 듯이 입가를 가리고는 아이돌처럼 손을 흔들었다.

그런 토마스에게 소심하게 같이 손을 흔들어 주자 멜로는 그대로 토마스를 방에 가두듯이 문을 쾅 닫았다.

"어어……."

"됐어요. 저건 사소한 거로도 기분이 변하니까요. 기분이 좋을 때 물러나죠."

"으, 응……."

멜로는 "그럼." 하며 짧게 복도 방향을 가리킨 후 나를 살피며 걷기 시작했다. 뒤처지지 않도록 나도 멜로의 뒤를 쫓았다.

토마스와 함께 문지기 일을 맡고 있는 브람 씨는 악단의 인원을 파악하고, 곡 목록으로부터 대략의 시간 배분을 계산해 주었다. 그리고 포레스트에겐 도주 경로 계획을 부탁했다.

이것도 브람 씨가 악단의 인원이 몇 명이나 될지, 누가 얼마나 연주할지를 완벽히 파악해 줬기 때문에 가능한 것이었다.

그는 파티의 개최 시각부터, 대략적인 파티장 내 인원의 증감 예상까지 전부 파악이 가능했다.

아렌 저택에서 탈출하고 돌아오는 것은 완벽했다.

토마스의 보조 및 레이드 녹터 대응은 집사장과 랜스데이 선생님, 루크가 담당한다. 그리고 아카데미에서 앨리스의 대타를 맡는 건 조리장과 그 조수인 키나, 키노. 거기에 리자 씨가 아카데미에서 내가 변장할 때 보조해 준다고 한다.

"그보다 요리장이 처음부터 아카데미에서 일할 예정이었다니 놀랐어."

급히 마차로 향하며 나는 멜로에게 말을 걸었다.

어제, 요리장에게 앨리스의 대타를 맡아달라고 부탁했다. 그런데 그는 원래 내 입에 들어갈 요리에 무언가 있어서는 안 된다며 하룻밤 한정으로 파티의 책임자로서 파티장에서 일할 예정이었다고 한다.

그래서 앨리스의 대타 문제는 평소에 요리장의 조수를 맡고 있는 키나, 키노 두 사람이 들어가는 것만으로도 해결되었다.

"저는 놀라지 않았어요."

멜로는 내게서 앨리스의 드레스를 받아들고는 곱게 접어 "양손이 비어 있어야 하니까요." 하며 배낭 안에 넣었다.

"양손이……?"

왜 손이 비어 있어야 하지? 기본적으로 활동 시에 손이 비어야 편하다는 건 알겠지만 어째서인지 멜로의 말투에는 뭔가 걸리는 점이 있었다. 의미를 물어보려 했으나 멜로는 창밖을 노려보듯이 내다봤다.

"약혼자 님이 도착하신 모양이군요. 빨리 출발하죠."

창밖으로 시선을 보내자 멜로의 말대로 녹터의 마차가 문 앞에 서 있었다. 이상하다. 레이드 녹터는 온다고 했던 시각보다 훨씬 빨리 왔다. 늦지 않으려고 여유 있게 온 정도가 아니다.

"괜찮아요. 예측 범위 안이니까요. 가죠."

멜로는 내게 손을 내밀었다. 멜로가 괜찮다고 하니까 분명 괜찮겠지. 나는 안심하며 그녀의 뒤를 따랐다.

"어? 다른 사람 집 지붕 아니야?"

멜로와 함께 저택을 나와서 도착한 곳은, 아카데미가 아닌 다른 사람의 집 지붕이었다.

의미를 전혀 알 수가 없었다. 분명 멜로와 저택을 나와, 저택 뒤에서 솔과 합류해서, 마차를 타고 아카데미로 향하고 있었는데, "절 잡고 계세요."라는 말을 듣고 손을 잡았더니 그대로 순정만화에 나오는 공주님 안기 자세로 안겼다. 정신을 차리고 보니 다른 사람 집의 지붕 위였다.

아마 나를 안은 채로 마차를 뛰어내린 후 골목 벽을 발로 차서 지붕 위로 올라온 듯했다.

"여기서부턴 지붕 위로 이동할 거예요. 그러다 길 끝에서 마부와 합류하면 시간이 단축되니까요."

누구나 간단히 할 수 있다는 듯이 시간 단축 테크닉을 알려준 멜로는 나를 안고 지붕 위를 날았다.

바람을 가르며 화려하게 착지하고, 그 기세로 다시 뛰어올랐다. 그러다 옆에 있는 건물 벽을 차더니 그 반동을 살려 착지했다.

"이게 마지막이에요."

한층 더 높이 뛴 후, 멜로는 사뿐 내려앉듯이 지붕에 착지했다. 그대로 근처 계단을 미끄러지듯이 내려가자 기다렸다는 듯이 솔이 서 있었다.

"수고했어…… 올라타……."

"네, 잘 부탁드려요."

멜로와 함께 마차로 뛰어올랐다. 그러자 마차는 마치 기관차와 같은 속도로 달려 나갔다.

번외. 왕자님은 필요 없어

SIDE: Alice

요즘, 레이드 님 때문에 정말 짜증만 쌓이고 있다.

짜증을 감자에 풀지 않도록 주의하며 썬 후 고개를 들었다. 책임자가 나를 꿰뚫어 보는 듯한 눈으로 보고 있었다.

덩치가 크고, 근육이 꽉 들어차 있는 체형이라 위압감이 느껴졌지만 기죽어 있을 여유는 없다.

나는 지금 귀족 아카데미의 조리 시설에서 감자를 써는 중이다.

오늘이 바로 귀족 아카데미의 댄스 파티이기 때문이다.

당연히 미스티아 님도 참가하신다. 하지만 나는 참가하기 위해 입을 드레스도 없거니와 에스코트를 부탁할 만한 사람도 없다. 그래서 나는 미스티아 님을 알현하기 위해 당일 조리 스태프로 이곳에 찾아왔다.

원래라면 관계자로 잠입해 최애에게 다가가는 행위에 저항감이 있었겠지만, 최애의 빛나는 모습을 보고 싶고, 내 힘으로 댄스 파티의, 미스티아 님의 스테이지에 도움이 되고 싶었고, 거기에 급료까지 받을 수 있으니 참가하기로 했다.

그러니 당일은 절대 들키지 않도록, 운영 측에 있다는 것을 들키지 않도록 주의하며 이렇게 뒤에서 일하는 스태프로서 감자를 손질하는 데에 최선을 다하는 중이다.

그보다.

요즘 레이드 님은 대체 왜 그러는 걸까.

미스티아 님은 극락정토 구제계 아이돌이라서 비매너 오타쿠에게도 상냥하다.

그 상냥함에 책상다리를 하고 앉아서는, 문화제 땐 "나한테 이상한 부분이 없는지 봐줬으면 좋겠는데— 크헤헤헤." 같은 말로 미스티아 님을 하인 취급하고, 댄스 파티 연습 중엔 깨끗한지 더러운지도 모를 손으로 끈적하게 미스티아 님의 머리카락을 건들곤 했다.

약혼자라고 하지만 미스티아 님은 그 사실을 감추고 싶어 하는 듯했다.

정확히 말하자면 철저하게 감춰왔던 듯했다. 왜냐하면 미스티아 님과 레이드 님이 약혼했다는 사실은 레이드 님의 발언으로 알려졌으니까. 연애하는 티 내는 남친이라니 최악이야

아이돌 미스티아 님은 모두의 것이지만, 미스티아 님은 미스티아 님의 것이다.

그런데 그 유사연애충은 제정신이 아니다.

진심으로 블랙리스트에 올랐으면 좋겠다. 그보다 경찰에 체포됐으면 좋겠다. 사법은 뭘 하고 있는 거지? 그런 녀석을 사회에 풀어둬도 괜찮은 거야?

미스티아 님에게 만일 무슨 일이라도 생긴다면 세계의 손실인데, 세계는 뭘 하고 있는 거야.

……아니야. 반성하자.

어휘력이 부족한 오타쿠라서 바로 스케일 큰 주어를 사용하고 만다……. 나는 나다. 반성해야지. 이제 정말 이 머릿속의 단어들을 엄청 순화해서 예쁜 말로…… 최애를 떠받들고 찬양하는 단어로만 채우고 싶어……!

최근엔 레이드 님을 향한 분노 때문에 나까지 비매너 오타쿠의 사고로 변화하고 있다.

망할 해악 상상 연애 오타쿠를 떠올리는 건 슬슬 그만두자.

하지만 그 관종 오타쿠는 정말 어떻게든 해 줬으면 좋겠다. 아이돌과 오타쿠는 당연히 사는 세계가 다르다. 아니, 그래야만 한다. 그게 섭리다.

그래서 "당신이 사는 세계도 미스티아 님과 다르니까요?! 미스티아 님은 미스티아 님의 것이지, 당신의 것이 아니에요! 상상 연애충 강화형 유사연애 망할 해악 비매너 남친 코스프레 관종 오타쿠 레이드 님?! 관종 욕구를 뽐낼 시간 있으면 최애를 올바르게 덕질하면 어떨까요?!"라고 말해 주고 싶었다.

하지만 미스티아 님의 팬으로서 그런 짓은 절대 하지 않겠다. 내가 팬에게 무언가 하면 결국 이미지가 깎이는 건 미스티아 님이니까 말이다.

질 안 좋은 팬이 많다고 소문이 나면 포교 활동에도 방해가 되고 미스티아 님의 평판도 나빠진다. 나만 볼 수 있는 비공개 계정이나 노트에 이 고통을 남기는 것으로만 이 고통을 치유할 수 있다.

감자를 썰며 비매너 오타쿠 청소 계획을 생각하고 있자, 다른 생각에 빠진 걸 들켰는지 책임자가 내게 다가왔다.

"너."

"앗, 죄송합니다."

지금은 분명 내가 잘못했다.

일하는 중에 최애도 아니고 해악 오타쿠 생각에 빠지다니. 일하는 중에 최애를 생각하면 집중력과 의욕 향상으로 이어지지만, 해악 오타쿠는 아무리 많이 생각해도 주의력만 산만해질 뿐이고 장점은 하나도 없다. 그래도, 미스티아 님은 좋아하지만 미스티아 님에게 붙어 있는 비매너 레이드 님은 아무리 해도 좋아지질 않는다. 혹시 이것도 같은 최애 팬 거부의 한 형태……?

"내 이야기 제대로 듣고 있는 거냐?"

"죄송해요. 못 들었어요."

고개를 숙이려 하자 책임자는 주변을 둘러보며 "조리를 시작할 테니 일은 마치도록 해."라고 말했다. 그 시선을 따라 고개를 돌리니, 처음엔 와글와글 모여 있던 조리사들이 어느새 사라지고 없었다……. 그뿐만 아니라 조리 시설에는 책임자와 나뿐이었다.

"어……."

"다음 조리는 내가 할 테니 네가 할 일은 이게 끝이야. 급료는 이미 지불했다."

"죄, 죄송해요. 제대로 할 테니──."

"제대로 하면 안 되지. 넌 파티장으로 가도록. 이제부턴 내가 요리할 테니."

아니, 어려울 텐데……? 조리대를 보니 식재료가 산더미처럼 쌓여 있었다. 파티장에 처음 놓이는 음식은 택배로 부탁했는지 이미 파티장에 배치되었고, 추가분과 파티 중에 서빙할 요리는 지금부터 만드는 듯했다. 하지만 그 양을 혼자서 만든다는 건 도저히 불가능하다. 멍하니 서 있자 책임자는 빨리 나가라는 듯이 손을 내저었다.

내가 주저하며 조리실을 나서자, 어찌할 도리도 없이 곧바로 문이 닫히고 자물쇠까지 잠겨 버렸다.

"어, 뭐지……?"

영문을 알 수 없어 멍하니 서 있었다. 조리장에서 스태프로 일하면서 뒤에서 도움이 되겠다고, 절대 들키지 않을 곳에서 무대 위의 빛나는 최애의 모습을 남몰래 보는 것이 가능하다면 뭐든 좋다고 생각했는데, 이래서야 계획이……. 그보다 나는 아직 감자 손질밖에 하지 않았다. 전혀 도움이 되지 않았다. 끝이야……. 절망하며 고개를 숙이자 내 발끝에 그림자가 졌다. 누군가가 앞에 선 것을 알아채고 고개를 들자마자, 숨을 삼킬 수밖에 없었다.

"……."

내게 인사하는, 턱시도 차림의 최애.

그 존안에는 분명 짙은 화장이 되어 있었고 머리카락 색도 다르다. 어쩌면 팬조차도 최애 님이라고 알아채지 못할 수도 있는 모습. 가슴은 꽁꽁 싸매고 남장을…… 새 의상을 입고 있었다.

그런 최애가 눈앞에 서 있다. 계를 탄 정도가 아니다.

최애가 눈앞에 존재하는 것만으로도 감사한 일인데, 새 의상을 처음 선보이기까지 하다니 나는 전생에 덕을 얼마나 쌓은 거지? 다음 생에 총리대신이라도 돼서 세계를 구해야 하는 거 아니야?

"안녕하세요. 귀여운 요정 아가씨. 부디 오늘 밤, 제게 당신을 에스코트하는 영광을 누리게 해 주시지 않겠어요?"

목소리는 다른 사람이 내고 있는지, 입의 모양은 맞지만 최애 님의 목소리가 아니었다.

이거 뭐지, 이거 뭐지, 이거 뭐지.

"존재해 주셔서 감사합니다……!"

눈앞의, 너무나도 존엄한 빛에, 나는 무릎을 꿇고 말았다.

드디어 무도회로

멜로의 날쌘 몸놀림 덕분에 무사히 아카데미에 도착한 나는 에스코트용 정장으로 갈아입은 후 앨리스의 앞에 나타났다.

레이드 녹터가 앨리스와의 연애 이벤트에서 말했던 것 같은 대사를 멜로 더빙으로 말했더니 앨리스가 돌연 무릎을 꿇었다. 의미를 알 수 없었다.

뒤를 보고 벽에 붙어 숨어 있는 멜로에게 눈짓을 하자 멜로는 "강행하시죠."라고 눈으로 신호를 보냈다. 네, 알겠습니다.

"자, 지금 그대로도 아름답지만 너를 조금 더 아름답게 꾸며 주고 싶어. 이 손을 잡고 눈을 감아주지 않겠어? 됐다고 할 때 까지, 눈을 뜨면 안 돼."

입을 움직이자 정확한 타이밍에 멜로가 소년 같은 목소리를 냈다.

정말 엄청나다, 멜로. 반대로 멜로가 못하는 일이 뭐가 있을지 엄청 궁금해졌지만 지금은 그런 걸 생각하고 있을 때가 아니다.

손을 내밀자 앨리스는 "별의 시간은 유한, 귀중"이라는 알 수 없는 주문을 외며 나의 손을 주춤주춤 잡고는 꼭 눈을 감았다. 뭔가 주문이 걸린 것 같았다. 그대로 멜로를 향해 다가가자 그 녀가 서 있는 곳 옆의 문이 열렸다.

"……!"

위험했다. 너무 놀란 나머지 목소리를 낼 뻔했다. 아슬아슬하게 입을 막은 덕분에 아무 일도 일어나지 않았다. 문을 연 것은 아카데미의 청소부 복장을 한 청소부장, 리자 씨였다.

리자 씨는 미소를 띠더니 방 안으로 우리를 안내했다. 지금부터 앨리스를 갈아입히고 화장을 시킬 예정이었다. 마차 안에서 회의하긴 했지만 설마 이렇게까지 계획이 막힘없이 실행될 줄이야.

그리고 나는 지금 남자라는 설정이니까 여기서 나가는 척을 해야 한다.

"미안해, 요정 아가씨. 잠시 자리를 비우지. 곧 다시 데리러 올게."

립싱크를 하자 멜로가 소년 목소리로 그렇게 말했다. 거기에 맞춰 마치 방을 나가는 것처럼 문을 열었다 닫고, 당연히 방을 나가지 않은 나는 끼고 있던 장갑을 벗고 앨리스의 옷을 갈아입히는 것을 돕기 시작했다. 다들 목소리는 내지 않았다. 멜로는 어쩔 수 없이 말하고 있지만 청소부장은 신원을 밝힐 수 없다.

증거를 남기지 않기 위해선 목소리를 낼 수 없고, 나 또한 물론 목소리를 내면 안 된다. 그런 분위기를 느꼈는지 앨리스는 침묵한 채였다. 그리고 우리 세 사람에 의해…… 정확히 말하자면 청소부장과 멜로의 화려한 조력으로 앨리스는 조리 스태프 복장에서 히로인의 존재감을 뽐내는 드레스 차림으로 변했다.

평상시의 포니테일을 풀어, 머리카락 끝에 가볍게 웨이브를 줬고, 분홍색 입술엔 윤기가 돌아 요염해 보일 정도였다. 완벽했다.

분명 앨리스는 오늘 밤, 레이드 녹터를 사랑에 빠트리고 이 세계를, 그리고 나를 구해줄 것이 틀림없었다.

"공주님, 준비는 끝났을까? 데리러 왔어."

멜로에게 소년 목소리를 내도록 눈짓한 후 문을 노크하는 척하고 다시 문을 열고 닫았다. 앨리스는 내 말을 지키며 눈을 꼭 감은 채였다. 이제 앨리스를 파티장에 데려가면 된다. 청소부장에게 가볍게 인사한 후 멜로와 함께 앨리스를 데리고 방을 나왔다.

"정말 아름다워. 이제 눈을 뜨고……, 자, 가자!"

멜로의 마지막 소년 목소리였다. 멜로와는 여기서 일단 헤어져야 한다. 이제 댄스 파티가 열리는 파티장으로 향할 것이기 때문이다.

파티장에 가까워질수록 보는 눈도 많아진다. 그러니 나와 같은 정체불명의 외부인이 목소리를 내는 것도 여기까지.

멜로에게 신호를 보내고 나는 말없이 앨리스의 손을 잡고 걸었다. 앨리스는 멍한 얼굴로 말없이 나를 따라왔다. 고마운 일이다.

이런저런 질문을 해도 대답할 수 없으니까. 대답은커녕 목소리도 낼 수 없다.

그렇게 도착한 파티장은 아직 한산했다. 참가자들은 가볍게 춤추며 몸을 움직이거나, 핑거 푸드를 고르는 중이었다.

아직 본격적인 댄스는 시작하지 않았다.

브람 씨의 계산상, 대다수의 참가자가 입장하는 것은 약 5분

후. 그래서 지금은 연습이나 몸풀기를 위한 가벼운 악곡이 드문드문 연주되기만 했다.

같은 반 학생들은 홀에서 떨어진 곳에서 담소를 나누고 있었고, 로베르토 와이즈는 여동생으로 보이는 여자아이와 대화를 나누고 있었다.

이제 이곳에 앨리스를 놓고 떠나기만 하면 된다. 하지만 자연스럽게 인파에 묻혀 사라지기엔 아직 사람이 너무 적다.

당연하지만 이대로라면 앨리스를 정말 덩그러니 떼어놓고 떠나는 느낌이 가시지 않았다. 앨리스가 '뭔가 문제가 있어서 혼자 있는 아이'로 보일 것 같았다.

주위 사람들에게 그런 부정적인 인상을 줄 수는 없었다.

말없이 잡고 있던 손을 놓고, 다시 손을 내밀었다.

앨리스는 고개를 갸웃한 후, "아, 댄스!"라고 중얼거리며 서둘러 내 손을 잡았다. 그래, 댄스 시간이야.

우리는 천천히 스텝을 밟고 댄스를 시작했다. 수업에선 "에스코트 받는 댄스만 해선 실력이 늘지 않으니 에스코트하는 댄스를 배우도록. 반대도 마찬가지."라며 거의 스파르타식으로 배웠으니 에스코트하는 쪽, 받는 쪽, 둘 다 출 수 있다.

그러니 나는 에스코트하는 댄스를, 앨리스는 에스코트 받는 댄스다.

한 발 한 발, 천천히 춤을 시작했다. 앨리스도 내게 맞춰 스텝을 밟았다.

그대로 가볍게 댄스를 추고 다시 손을 놓자, 앨리스는 이별의

분위기를 감지했는지 나를 불안한 눈으로 바라봤다.

'또 만날 거야.'

그렇게 입만 움직여 말하자 앨리스는 몹시 감격한 것처럼 또다시 눈물을 글썽이고는 힘차게 몇 번이나 고개를 끄덕였다.

실제로는 다시 만날 일 없을 테지만.

아니, 동급생인 미스티아 아렌으로 만날 일은 있겠지만, 이름도 없는 외부인 신사와 앨리스가 만날 일은 결코 없을 것이다.

나는 최대한 신사다운 미소를 지은 후, 파티장을 나섰다. 인적이 없는 곳으로 빠져나와 전력으로 달리자 곧바로 멜로가 위에서 나타났다.

여기 복도인데, 천장에 있다가 나타난 걸까.

"수고했어, 멜로. 성공했어! 가자!"

"네. 계속 보고 있었어요. 저택으로 돌아가죠."

멜로의 손을 잡고 복도를 빠져나갔다. 그렇게 나는 다시 멜로와 함께 왔던 길을 돌아갔다.

멜로에게 안긴 채로 아렌가 저택의 지붕을 이동했다. 하늘의 색은 서서히 파랑에서 주홍빛으로 바뀌고 있었다. 지금은 마침 레이드 녹터와 저택을 출발하기로 한 시각으로부터 30분 전.

이제 화장을 하고 드레스를 입는 작업이 아직 남아 있지만 분명 저택의 모두가 어떻게든 해 줄 것이다. 앨리스와의 조우라는 고비를 넘겨서 조금 긴장이 풀렸다.

멜로와 함께 아까와 같은 경로로 저택 안으로 들어가 드레스로 갈아입었다.

레이드 녹터가 고른 드레스는 게임 속 미스티아가 입은 드레스와는 달랐다. 분명 게임 속 미스티아는 "레이드 님이 이 드레스를 선물해 주셨어!"라고 자랑하며 목 부근이 크게 뚫린 짙은 보라색 드레스를 입었다.

하지만 오늘 내가 착용할 드레스는 짙은 붉은색 드레스였다. 목 부분도 덜 파여서 입으면 쇄골이 살짝 드러나기만 하는 디자인이었다.

조금 웨딩드레스처럼 보이기도 했다. 프릴에는 과하지 않게 산뜻한 파란색 보석이 파도처럼 달려 있어서 움직일 때마다 반짝반짝 빛을 반사했다.

아마 게임 속의 그 보라색 드레스는 미스티아가 졸라서 얻은 거겠지. 드레스로 갈아입고, 멜로의 머리 손질을 받고 화장을 한 후 준비를 끝마쳤다.

"멜로, 오늘도 고마웠어."

멜로에게 고개를 숙여 감사를 전했다. 오늘 하루를 무사히 끝마치면 다른 사용인들에게도 인사할 생각이지만 우선 멜로에게 먼저 인사했다. 멜로는 "아니에요."라며 짧게 대답하고는 나를 바라봤다.

"저는 미스티아 님께 해가 되는 것을 배제하고 미스티아 님의 행복을 지키는 게 가장 중요해요. 하지만 그렇게 말해도 당신은 제게 감사하는 걸 멈추시지는 않겠죠."

"응. 맞아. 고맙다는 마음이 들면 언제든 말하고 싶으니까."

내 대답에 멜로는 조용히 웃은 후 "정말, 막힘없이 계획대로 무사히 끝났네요."라며 안도한 듯이 숨을 내쉬었다. 나는 그런 멜로의 모습에 조금 위화감을 느끼면서도 레이드 녹터가 있는 곳으로 향했다.

"자, 미스티아. 홀로 들어가자."

레이드 녹터의 에스코트를 받으며 다시 파티장으로 향했다. 옷을 갈아입고 레이드 녹터와 만났을 때, 그는 평가하는 듯한 눈으로 나를 바라보더니 "제대로 만날 수 있어서 다행이다."라고 말했다.

순간 전부 들킨 게 아닌가 싶었지만, 입학식 때 내가 그를 놓고 간 적도 있었으니 아마도 그 점을 말하고 싶었던 거겠지.

마차에선 긴장감 흐르는 분위기 속에서 잡담을 나눴다. 드디어 아카데미에 도착했으나 여전히 마음이 무거웠다.

"물론 미스티아는 나랑 첫 춤을 출 거지?"

다시 들어선 파티장은 앨리스와 입장했을 때와는 달리 화려하게 꾸민 학생들로 북적이고 있었다. 레이드 녹터는 나를 보며 환하게 웃었다.

나는 레이드 녹터가 내민 손을 잡았다. 그러고 보니 앨리스는 대체 어디에 있는 거지? 주위를 둘러보니 앨리스는 파티장 구석에 설치된 의자의 등받이를 붙잡고 있었다. 그리고 그 옆엔 딱딱한 웃음을 짓고 있는 루키트 님이 서 있었다.

뭘 하고 있는 걸까. 그런 생각을 하고 있는데 레이드 녹터가 내 팔을 휙 잡아당겼다.

"한눈팔면 안 되지, 미스티아."

"아…… 아, 죄송해요."

댄스 중에 한눈을 팔면 위험하다. 실례되는 행동을 하고 말았
다. 제대로 앞을 보고 레이드 녹터의 세련된 스텝에 맞춰 발을
움직였다. 생각해 보니 수업에서 레이드 녹터가 누군가를 에스
코트하는 모습은 본 적 있었으나, 내가 그와 춤을 춘 적은 한 번
도 없었다. 실제로 춰 보니 배려심 넘치는 스텝 덕분에 피로가
그다지 느껴지지 않았다.

이내 곡이 끝났다. 손을 놓으려 하자 그는 내 허리에 팔을 두
르고 휙 끌어당겼다.

"앗."

"아직 안 끝났어. 우리는 약혼한 사이잖아."

댄스가 속행되었다. 그의 에스코트에 따라 턴을 돌고 춤추고
있는데, 파티장 구석에 호위로 보이는 사람들을 몇 명이나 데리
고 있는 백발의 남자……, 체육제에서 만났던 사람과 눈이 마주
쳤다.

"어……."

발이 멈출 뻔했으나 레이드 녹터의 보조로 정신을 차렸다. 레
이드 녹터는 내 시선이 향한 방향을 보고는 "아아." 하고 작게
말했다.

"저 사람은 차기 이사장이야."

"네?"

"필진 공작가의 당주인데…… 오늘은 내빈으로 왔나 보네."

분명 저 사람은 체육제 날 손수건을 건네준 사람이다. 그 후 여름에도 만난 적 있는데, 그때도 왠지 상태가 좋지 않아 보였다. 그리고 보면 필진이란 가문은 앨리스가 원래 살던 집에 관해 이야기할 때 들어본 것 같은데……. 뭔가 걸리는 점이 있어서 생각에 빠져 있는데, 공작은 다른 방향으로 고개를 돌리더니 조용히 댄스홀을 나갔다.

"너는 항상 관심이 다른 데로 가 있네. 언제가 되면 네가 나를 바라봐 줄까?"

자조하는 듯한 레이드 녹터의 말에, 이번엔 완전히 발이 멈춰 버렸다. 하지만 그와 동시에 곡도 멈췄다.

"너는 뭐라도 내게 말하고 싶은 게 없어?"

내가 레이드 녹터에게 말하고 싶은 것? 그렇게 생각하다 문득 기억이 떠올랐다. 나는 클라우스의 전언을 아직 전하지 않았다.

"센트릭 씨가 레이드 님께……, 모자가 누구 것이었는지 알려 달라고 하셨어요."

"모자……?"

레이드 녹터는 클라우스의 전언을 듣고 의아한 표정을 지었다. "그것뿐이야?"라고 묻기에 고개를 끄덕이는데, 내 어깨에 손이 올라왔다.

"미스티아."

내 어깨를 잡은 건 에릭이었다. 게임에선 화려한 의상을 입고 있었는데, 오늘 에릭은 차분한 옷차림이었다. 어째서인지 누군가를 애도하는 듯한 분위기가 풍겼다.

"춤 다 췄지? 다음은 나랑 추자."

"하임 선배. 죄송하지만 미스티아는 저와 춤을 춰야 하는데요."

"약혼한 사이여도 몇 번이나 춤을 추면 민폐야. 그렇게 춤추고 싶으면 다른 영애랑 추지 그래? 녹터 군이라면 반길 사람 많잖아? 곧 시작되겠다. 미스티아, 가자!"

에릭은 레이드 녹터의 말을 날카롭게 되받아치고는 나의 팔을 강하게 잡아당겨 춤추는 인파 사이로 이끌었다.

내 팔을 잡아끄는 에릭은 즐거운 표정이었지만 손의 힘이 무척이나 강했다. 중력에 이끌리듯이 에릭에게 끌려가자 그는 그대로 나를 끌어안았다.

"자, 춤추자, 미스티아."

에릭의 말이 신호가 된 것처럼 댄스곡이 시작되었다.

빙글빙글 돌며 마치 회전목마처럼 춤추고 있자, 에릭은 조금 쓸쓸한 표정으로 웃었다.

"댄스도 재밌네. 미스티아랑 놀면서 춤을 더 많이 춰 둘 걸 그랬어."

"앞으로도 많이 추면 되잖아요."

"그렇지. 죽기 전에 많이 춰 두자. 후회할 일 없게."

에릭은 요즘 죽음을 앞둔 사람처럼 말하고는 했다.

후회 없는 삶을 살자는 등, 하나하나 떼어놓고 보면 좋은 말이지만 자꾸 언급하니 마치 죽고 싶어 하는 사람 같았다.

병에 걸려 살날이 얼마 남지 않았다기보다는, 죽을 날을 정하고 살아가는 듯한, 그런 느낌이었다.

"하지만 아직 많이 남았잖아요. 죽을 때까지는요."

"죽는 건 한순간이야. 그 후는 영원하겠지만."

"그런가요."

인간이 죽을 땐 한순간이다. 그리고 그 후도 눈 깜짝할 새라고 생각한다. 잠이 들면 일어날 때까지의 기억이 없는 것과 같다. 그렇게 생각하는 건 내가 한 번 죽은 적이 있기 때문일까.

죽음에 관해서 생각하고 있자 댄스곡이 끝나가고 있었다. 그러자 에릭은 "이것 봐. 뭐든 결국은 끝나잖아."라며 나를 보고 미소 지었다.

그 미소는 예전의 에릭과는 전혀 달랐다. 미련이 없어 보이는 표정이란 생각을 하고 있는데 뒤에서 "미스티아 양!" 하는 목소리가 들려왔다.

뒤돌아보니 피나 선배가 이쪽으로 다가오고 있었다. 그녀를 보고 에릭은 어딘가 흥이 깨진 듯한 얼굴이 되었다.

"미안하지만 미스티아는 나랑 춤출 거니까 그쪽 오라버니한텐 건네줄 수 없어."

"하임 군. 약혼자도 아니면서 미스티아 님과 몇 번이나 춤을 추는 건 좋지 않다고 생각하는데요."

"네인 양은 자기 오라버니가 미스티아와 몇 번이나 춤을 춰도 똑같이 말할 수 있어?"

"주의는 하겠죠. 문제는 오라버니가 미스티아 씨를 꼬시지 않는다는 거지만……. 그러니까 미스티아 씨랑 같이 음식이라도 먹으려고 온 거예요. 자, 가요. 올해는 디저트까지 훌륭하고 맛있더라고요."

피나 선배는 그렇게 말하며 나를 잡아끌었다.

에릭은 그런 피나 선배에게 차가운 시선을 던졌고, 피나 선배도 의기양양한 눈으로 에릭을 바라봤다. 이내 에릭은 내게로 고개를 돌렸다.

"미스티아. 나랑 또 춤추자. 올해는 제대로 마지막까지."

"어……, 네."

마지막까지? 에릭의 말에 무언가 위화감이 느껴졌다.

마지막……이 마치 삶의 마지막을 말하는 듯한……. 아니, 착각이겠지. 삶이 다할 때까지 춤추자는 건 의미도 좀 이상하고.

하지만 역시 위화감이 있었다. 나는 뭔가 마음에 걸리는 것을 느끼며 피나 선배와 함께 핑거 푸드가 늘어선 테이블로 향했다.

피나 선배와 핑거 푸드를 함께 먹은 나는, 춤 신청을 받은 선배를 배웅한 후 파티장 안쪽 통로로 나와 화장실로 향했다.

파티장 안으로 들어가기 위해선 에스코트가 필수였다.

하지만 출입자를 매번 확인하기에는 수고가 많이 드니 화장실은 파티장에 들어와 안쪽으로 연결된 통로를 이용해 가야 했다.

생각해 보면 전생에서도 역사 내 화장실은 개찰구 안쪽에 있었던 것 같다.

개찰구 안쪽에 해당하는 통로를 빠져나와 파티장으로 돌아가려 했으나, 솔직히 발걸음이 무거웠다.

나는 원래 댄스를 좋아하지 않는다. 수업은 별개다. 수업이니 어쩔 수 없었다. 앨리스와 춤춘 것도 별개였다. 목숨이 달렸으니 가능한 일이었다.

하지만 이렇게, 실전 사교의 장에서 댄스를 추려면 리듬 게임처럼 왼발과 오른발을 타이밍 맞춰 움직여야 한다. 추고 싶은지, 안 추고 싶은지 중의 하나를 고르자면 추고 싶지 않다. 그냥 구경만 하는 게 좋다.

그런데 피나 선배가 춤을 추러 떠나는 것을 배웅한 후, 프리허그도 아니고 프리댄스 간판을 들고 있는 사람처럼 댄스 신청이 물밀듯이 들어왔다. 댄스라는 건 사교 행위. 아렌가와 인연을 만들고 싶어 하는 사람은 잔뜩 있고, 아렌가의 인간이 "저는 벽의 친구예요. 벽 그 자체입니다." 하며 벽과 동화하고 있으면 "저 사람 이상해."라고는 생각해도 집안을 생각해서 다가오겠지.

마치 격투 토너먼트 게임처럼 댄스를 추다가 내 근육은 죽어버렸고 목숨만 달랑달랑한 상태에서 화장실에 가겠다고 파티장을 빠져나왔다.

그래서 지금, 엄청나게 피폐한 상태다.

댄스는 상대의 실력이 좋으면 피곤이 느껴지지 않는다고 하지만 그 말은 틀리다. 그건 전혀 상관없다. 몸을 움직이는 행위이니까 몇 번이나 추면 당연히 피곤하다. 근력 운동과 똑같았다. 통로에는 아무도 없으니 이대로 시간을 죽이는 것도 나쁘지 않을 것 같았다. 파티장에 있다가 앨리스와 마주쳐 드레스에 뭔가 실수라도 해 버리면 안 되니까.

어깨와 위팔의 피로를 느끼며 가만히 통로의 망령처럼 서 있는데 발소리가 들려왔다. 고개를 들어보니 제시 선생님이 있었다.

"무슨 일이지? 이 통로는 이제 닫을 거야."

걱정스러운 표정의 제시 선생님. 그러고 보니 파티장에 들어올 때 시간대에 맞춰 통로를 닫는다는 이야기를 들은 것 같다.

"죄송해요. 깜빡했어요."

"아니……. 아, 그렇군. 아직 나는……."

선생님은 실수했다는 표정으로 머리를 긁어안았다. 의아하게 여기고 있자 선생님은 "신경 쓰지 마."라며 고개를 가로저은 후, 생각에 빠진 것처럼 고개를 숙였다가 나를 바라봤다.

"춤, 추겠나?"

"네?"

"곡, 여기서도 들리니까."

선생님은 나를 무척이나 오해하고 있다. 평소에도 나는 시간이 있으면 화장실에 숨어서 타인과 엮이지 않으려 하는 성향이다.

선생님은 내가 춤출 사람이 없는 줄 알고 걱정하는 것이다. 잘 차려입어 놓고 통로에서 혼자 우물쭈물하는 안 좋은 추억이 학생에게 남을까 봐, 스스로 춤 상대가 되어 추억을 만들어주려는 것이다.

괜찮다며 거절하려고 했지만 선생님은 벌써 손을 내게 내밀었다. 지금 거절하면 엄청나게 걱정시켜놓고 거절하는 상당한 무례를 저지르게 된다.

"안심해. 이 통로의 문단속 담당은 나야. 아무도 오지 않아."

제시 선생님은 내가 엉거주춤하며 내민 손을 잡더니 천천히 스텝을 밟기 시작했다. 조심스러운 몸놀림으로 내 상태를 확인하며 천천히 발을 움직여 주었다.

실제 내 상황은 둘째 치고, 제시 선생님은 정말 좋은 선생님이다.

언제나 학생을 생각하고, 바쁜 와중에도 이렇게 학생을 버려두지 않는다.

"항상 감사해요."

"신경 쓰지 마. 나도 항상 네게 감사하고 있으니까."

겸손도 잊지 않는다. 훌륭한 선생님이다.

"나도 너희 학생들에게 많은 걸 배우니까." 같은 말까지. 뭐라고 해야 하나, 정말 교사의 귀감이 되는 사람이었다.

두근러브를 플레이할 때는 교사 신분으로 학생에게 흑심을 품는 점이 조금 비호감으로 느껴졌는데, 실제 제시 선생님은 전혀 달랐다.

게임에서 앨리스가 사랑으로 미치게 했다고 생각하면 이해가 되지만, 나는 지금의 제시 선생님이 훨씬 더 좋은 선생님이라고 생각한다. 앞으로 아카데미의 교장 선생님처럼 정상의 자리에 올랐으면 좋겠고, 가능하다면 내년도 제시 선생님이 담임을 맡아줬으면 좋겠다.

그런 생각을 하며 둘이서 춤추고 있자 파티장에서 흘러나오는 악곡 연주가 끝났는지 주위가 정적으로 물들었다. 누가 먼저랄 것 없이 손을 놓자 제시 선생님이 조용히 웃었다.

"이런, 곡이 끝나 버렸네. 시간이 빨리 지났어."

"그러게요. 순식간처럼 느껴졌어요."

"너도 그랬군."

"……? 네."

제시 선생님은 아이처럼 기쁜 표정으로 웃었다. 내가 무슨 재밌는 말이라도 했나……?

선생님은 어딘가 그리운 표정으로 나를 보고는 통로 출구로 걸어갔다.

"가자. 통로에 너무 오래 있어도 좋지 않으니까."

"아, 네. 지금 갈게요."

어느샌가 선생님은 통로를 먼저 빠져나갔다. 나는 뒤처지지 않도록 제시 선생님의 뒤를 쫓아갔다.

"미스티아. 어디에 갔었어?"

댄스홀로 돌아오자 나를 기다리고 있었던 것처럼 레이드 녹터가 나타났다. 완전히 미아가 된 아이를 혼내는 어머니의 얼굴이었다.

하지만 그와는 벌써 두 번이나 춤을 췄다. 결혼한 것도 아니고 약혼 사이인 경우엔 파트너와 떨어져 움직이더라도 어느 정도는 양해가 가능했다.

실제로 약혼 사이인 다른 학생들도 아카데미의 다른 행사와 마찬가지로 각자 동성 친구나 동아리 부원끼리 모여 있었다.

결혼한 사이라 둘이 꼭 붙어 있는 쪽이 극소수였다.

"피나 선배와 대화를 나누다 잠시 화장실에……."

"흐음."

내가 생각해도 식상한 변명이었다.

앨리스와는 춤을 췄을까. 주위를 둘러보니 앨리스는 여전히 뭔가를 참는 사람처럼 의자 등받이를 두드리고 있었고, 루키트 님은 다가오는 남자들을 적당히 흘려보내며 앨리스를 한심하다 는 듯이 쳐다보고 있었다.

이따금 음식을 권하기도 하는 것 같은데, 앨리스는 "가슴이 벅차올라서, 토할 것 같아."라는 제스처를 취하고 있고, 루키트 님은…… "꼴사나운 제스처 하지 마."라며 앨리스를 나무라듯이 부채로 때렸다.

혹시, 레이드 녹터와 아직 춤을 안 췄나……?

"저, 괜찮으면 저와 춤춰 주시겠어요……?"

그런 모습을 지켜보고 있는데, 같은 반 여학생이 레이드 녹터 에게 말을 걸었다. 그녀의 뒤에선 클라우스가 싱글싱글 웃고 있 었다. 분명 수라장인지 뭔지가 펼쳐지는 걸 기대하며 즐기고 있 는 거겠지.

"나는 미스티아와……."

"저는 화장 좀 고치러 갈게요."

이런 좋은 기회는 다시 오지 않는다. 지금은 레이드 녹터가 다 른 사람과 춤추게 하고, 그 사이에 앨리스에게 다가가 루키트 님을 통해 지금까지 앨리스가 뭘 하고 있었는지 파악하자. 역시 루키트 님은 구세주였어.

괜찮다는 분위기를 풍기자 레이드 녹터는 서늘한 분위기를 풍기며 나를 바라봤다. 그리고 나를 조금 쏘아보고는 여학생의 손을 잡고 홀 중앙으로 향했다.

클라우스는 그런 모습을 기쁜 표정으로 구경했다. 그의 손에는 디저트가 든 작은 잔이 들려 있었다. 남의 수라장을 즐기며 당분을 섭취하는 그는 언제나 그렇듯이 오늘도 인생을 한껏 즐기고 있는 모양이었다.

정신을 차리고 앨리스가 있는 곳으로 다가갔다. 그런데 뒤에서 경쾌하면서도 귓가에 꽂히는 목소리가 들려왔다.

"오라버니! 어째서 아무와도 춤을 추지 않는 거죠?!"

뒤돌아보니 로베르토 와이즈와 그의 여동생으로 보이는 여자아이가 실랑이 중이었다. 무슨 일이 생겼나 보다. 그런 생각을 하며 보고 있는데 여자아이가 내 쪽을 바라봤다.

"어머. 혹시!"

여자아이의 말에 로베르토 와이즈가 이쪽으로 고개를 돌렸다. 그는 눈을 크게 뜨더니 얼굴이 한층 어두워졌다. 의아하게 여기고 있자, 여자아이가 내게 다가왔다.

"전 로세 와이즈라고 합니다. 로베르토 와이즈의 동생이에요."

"아……, 미스티아 아렌이에요. 잘 부탁드려요."

"역시! 제 예상이 맞았어요! 이야기를 전해 들었을 때도 멋지다고 생각했는데, 역시 실물은 더욱 멋져요!"

역시 로베르토 와이즈의 여동생인 모양이었다. 로세 씨는 내 이름을 듣고 감격한 얼굴로 거리를 확 좁히더니 눈을 반짝이며 이야기를 이어나갔다.

"저, 영지 경영을 배우고 있는데 아렌 영지의 경영 방침을 듣고 무척이나 감동해서……, 첫 번째로 의료! 가난한 분들에게도 평등하게 치료를 베푼다는 생각은 정말 훌륭했어요. 그렇게 해서 건강한 사람이 늘어나면 노동력이 늘어나니까요! 장기적으로 바라보면 이익이 따라오는 일이 많은데, 사람들은 당장 눈앞의 미래밖에 보지 못하잖아요. 하지만 백작가인 아렌가가 그런 멋진 개혁을 해내셔서……!"

뭐지, 이 기시감은. 초면인데도 굉장히 낯이 익다고 해야 하나, 눈을 반짝이는 모습이 앨리스가 말할 때와 비슷한 것도 같고, 즐거워하는 느낌은 피나 선배와 비슷하게 느껴지기도 했다.

로베르토 와이즈를 바라보자 그는 "미안하군."이라며 면목이 없다는 듯이 로셰 씨를 막으려 했지만, 로셰 씨의 기세는 멈추지 않았다.

아렌의 영지 경영을 하는 건 아버지이고, 나는 아무것도 하지 않았다. 집에 돌아가면 아버지에게 전해 드리자.

"어어, 감사해요. 아버지께 말씀 전해 드릴게요."

"네에! 앗, 부디 오라버니와 춤을 춰 주시지 않겠어요?"

"네?"

"부디, 제발, 제발!"

맥락을 전혀 파악할 수가 없었다. 지금 그런 대화를 나누고 있었던가? 로셰 씨를 보고 있으니 자연스럽게 캐치세일즈의 달인이라고 해야 하나, 프로 영업사원 같은 단어가 머릿속에 떠올랐다. 수상한 항아리 같은 걸 나도 모르게 사 버릴 것 같았다.

"잠깐, 로셰……."

"오라버니는 춤출 생각이 전혀 없어 보이는걸요! 춤 한번 안 추고 저택으로 돌아가면 또 아버지, 어머니께 혼날지도 몰라요!"

로베르토 와이즈는 아직 누구와도 춤을 추지 않은 모양이었다. "그런 건 좋아하지 않아서."라는 자세를 고수하고 싶은 거라면 몰라도 그런 것처럼 보이진 않는다. 게다가 "또 아버지, 어머니께 혼날지도?"라는 말이 나온 것을 봐선 춤추지 않으면 곤란해지는 듯했다.

"어어, 춤추실래요……?"

로베르토 와이즈에게 묻자 로셰 씨가 "오라버니, 미스티아 님을 부끄럽게 만들 생각은 아니시겠죠?"라며 그를 쿡쿡 찔렀다. 그는 시선을 똑바로 마주치지 못하고 주저하듯 손을 내밀었다.

"미안하게 됐어……."

"아뇨. 괜찮아요."

그대로 둘이서 홀 중앙으로 나아가 천천히 곡에 맞추며 춤추기 시작했다. 로베르토 와이즈는 정말 면목이 없다는 표정이어서 춤추러 나온 사람 같지가 않았다.

"저기, 여동생분, 밝은 분이시네요."

뭐라도 말을 꺼냈다가 "동생이랑 다르게 너는 음침하네."라는 뜻으로 알아들을까 봐 불안해졌다. 딱히 평소의 로베르토 와이즈가 음침한 것은 아니다.

오히려 내가 심히 음침한 성격이지. 하지만 오늘 로베르토 와이즈는 당장이라도 죽고 싶은 것처럼 고민에 빠진 표정이었다.

하지만 여동생 이야기를 꺼낸 게 정답이었는지, 조금 안색이 자연스러워졌다.

"응. 영지 경영에 관심이 있어서 말이야. 너를 동경했던 모양이야. 오늘 파티에 온 이유도 너와 만나서 대화를 하고 싶어서였어."

"그렇군요. 하지만 경영은 아버지가 하시는데…… 말씀은 전해둘게요."

내 말에 로베르토 와이즈가 고개를 저었다.

"로셰는 네 아버지가 아니라 너를 동경하는 거야. 그러니까 네게 하는 말이라고 생각해 줘. 내가 부탁할 입장은 아니지만……."

"어……, 아, 그런가요……? 저를?"

"그래. 네 말을 듣고 아렌 영지의 경영이 바뀌었다는 이야기를 들은 후부터 로셰는 너처럼 되고 싶어 했어. 나는 후계에서 물러날 테니 로셰가 결혼해서 와이즈가의 영지를 이어받겠지. 너처럼 되는 걸 목표로."

조용히 연주곡이 끝나고, 우리는 천천히 중앙에서 벗어났다.

"그럼 와이즈 씨는 장래에, 무얼 하실 건가요……?"

"내가 여성이었다면 수도원에 들어갔겠지만 그럴 순 없고, 부모님도 허락하지 않겠지. 멋대로 집을 나오거나, 그것도 안 되면 어딘가에 데릴사위로 들어가지 않을까."

로베르토 와이즈는 작게 그렇게 말하더니 무언가를 깨달은 것처럼 깜짝 놀라며 떨리는 손을 쥐었다.

"와이즈 씨?"

"아무것도 아냐⋯⋯. 오늘은 고마웠어. 정말, 도움이 됐어⋯⋯. 그럼 이만."

그는 그렇게 말하곤 떨리는 손으로 입가를 가리며 빠른 걸음으로 떠나갔다. 몸이 안 좋기라도 한 걸까. 딱 봐도 구역질을 참으려는 듯한 표정이었다. 뒤를 쫓으려 했으나 누군가가 내 어깨를 세게 붙잡고 강제로 뒤돌게 했다.

"찾았다."

내 어깨를 잡은 것은 레이드 녹터였다. 그는 나를 꿰뚫어 보듯이 응시하더니 그대로 중앙 홀로 나를 데려갔다.

"마지막 왈츠는 너와 춰야지."

레이드 녹터는 내 손을 잡고, 허리에 팔을 두르고는 마치 자신에게 속박시키듯이 하며 몸을 곡에 맞춰 움직이기 시작했다.

"저, 레이드 님. 몸이 안 좋아 보이는 사람이 있어서."

"안 돼. 그리고 간호는 네가 할 일이 아니잖아. 네가 할 일은 다른 게 아닐까?"

파랗고 청량한 눈동자가 나를 바라본다. 그 눈동자는 분명 조명 빛을 받고 있는데도 심해 바닥으로 가라앉듯이 몹시 어두웠다. 무언가 대화를 이어나가야 하는데, 아무 말도 나오지 않아서 실로 조종하는 인형처럼 움직이고 있자 레이드 녹터는 기쁜 얼굴로 입을 열었다.

"곧 학생회 선거가 열릴 거야."

"어어······."

"내가 학생회장이 되면 결혼식을 올리자."

언젠가 그랬던 것처럼, 레이드 녹터가 내 머리카락을 살며시 어루만졌다. 심장이 불안한 소리를 내며 고동치고 식은땀이 나는 감각이 선연했다. 피나 선배가 살아 있는 이상, 네인 선배는 부정을 일으키지 않을 것이다.

그렇다면 레이드 녹터가 선거에서 승리하여, 확정적으로 결혼식이, 열리고 만다.

번외. 전속의에 의한 연명 진단

SIDE: Landsday

"대단하네. 사용인 납치 계획을 눈 깜짝할 새에 공주님의 희망 사항으로 바꿔치기 하다니."

"아가씨의 웃는 얼굴을 지키는 게 제 사명이니까요."

공주님을 무도회로 데려다 준 인형 아가씨에게 연기 톤의 목소리를 내며 웃어 보이자, 인형 아가씨는 그저 냉담한 시선으로 대꾸했다.

그렇다. 그녀는 인형이었다. 그리고 그 인형이 인간다운 감정을 보이는 건 공주님의 앞뿐.

"후후. 나도 좋아하지, 공주님이 웃는 건."

그 웃음은 평생 보고 있어도 질리지 않을 것이다. 쾌활한, 태양 같은 웃음은 아니다. 하지만 상냥하게 다가오는 듯한, 나무 사이로 비치는 햇살 같은 웃음이었다.

그런 웃음을 지키기 위해 오늘도 이 저택의 사용인들은 살아가고, 광증을 자제하고, 아주 얇디얇은 빙판 위를 걷는 중이다. 마음속에는 비뚤어진 짐승을 숨겨둔 채로.

하지만 요즘 그 비뚤어진 짐승이 폭주하려 했다. 계기는 역시 공주님이었다.

공주님은 귀족 아카데미에 입학했고, 죽을 뻔한 위기에 처하는 일이 많아졌다.

아카데미에서 습격당한 영애를 맞닥뜨리거나, 유괴당할 뻔한 영애를 맞닥뜨리거나, 다음 날엔 정신이 이상한 남자에게 습격당했다. 여름엔 교회 근처 절벽에서 잘못해서 떨어지기까지 했다.

일반적인 부모는 딸이 그런 일을 겪으면 저택 밖엔 절대로 내보내지 않을 텐데, 백작과 부인은 어디까지나 딸의 의사를 우선하며 아무 대처도 하지 않았다.

그 때문에 사용인들이 분노를 품고 있을 때, 공주님은 어째서인지 최근, 어느 정도 살아왔으니 여생을 정리하려는 듯한 행동을 취하기 시작했다.

뭐라고 표현해야 할까. 간단히 말하자면 사용인들을 어딘가 멀리 보내버리려는 듯한 태도.

하지만 이 저택에 있는 인간들이 그런 것을 용납할 리가 없었다.

물론 이 아저씨도 포함해서다.

처음 말을 꺼낸 것은 정원사였다. "이대로 두면 안 된다."라며.

공주님이 자신에게 새로운 직장을 알선해 주려고 자료를 모으고 있다는 사실을 알아챈 정원사는 저택의 다른 사용인들에게 일부러 불안감을 불어넣으며 분위기를 조성했다.

요리장과 문지기, 집사들은 거기에 편승하였고, 청소부와 비서는 그저 지켜보기만 했다. 막지 않은 것은 "이대로 두면 안 된다."라는 점에는 동의하기 때문이겠지.

공주님은 나쁘게 말하자면 대담한 짓을 아무렇지 않게 한다. 자신의 목숨을 희생하는 데에 전혀 주저함이 없다.

그런 환경 속에 공주님이 있는 것을 허용한다면, 우리는 언젠가 그녀를 영원히 잃어버리고 말 것이다.

그러니 사용인이 다 함께 공주님을 빼돌릴 계획을 세웠다.

실행일은 오늘이었다. 정원사가 저택을 불태우고, 문지기가 가진 피아노 줄을 이용하여 공주님을 저택에서 빼낸 후 그대로 납치하는 작전. 실행하는 데에 필요한 급료는 충분하고도 넘칠 정도로 받았다.

모두가 같은 목적을 지니고 있다면, 교외의 작은 저택으로 거주지를 옮겨 공주님에게 평생 쾌적한 생활을 선사하는 건 전혀 어렵지 않다. 하지만 결국 그 계획은 어젯밤 인형 아가씨가 "오늘은 예행연습으로 하고 실행은 나중에 하죠."라고 말한 덕분에 전부 바뀌고 말았다.

"인형 아가씨는 그렇게 말해놓고, 무슨 일이 생기면 공주님을 데리고 둘이서 어딘가로 가버릴 생각인 거 아냐?"

그렇게 말하자 인형 아가씨는 여전히 따스함이라고는 느껴지지 않는 눈으로 나를 보더니 그대로 등을 돌려 떠나갔다. 지독하게 흙탕물과 어둠을 먹고 자라온 눈동자였다. 인형 아가씨와 비서와 나는 아마 비슷한 부류에 속하는 인종이니까, 무슨 생각인지는 대충 알 수 있다.

게다가 나도 벌써 몇 년이나 전부터 공주님 덕분에 빛을 보고 살았으니까.

왜냐하면 나는 태어났을 때부터 시시한 세계에 있었다.

기본적으로 대부분의 일은 직접 할 수 있었다. 이건 어느 정도

성장한 사람은 당연히 가능한 일 같겠지만, 나의 경우는 조금 달랐다. 한번 본 건 대부분 직접 만들 수 있었다.

내 능력이 대단한 것뿐이라면 그냥 자랑스러운 이야기겠지만, 그런 단순한 이야기가 아니었다. 아니, 조금은 단순한 이야기일 지도. 요약하자면 나는 기본적으로 한번 본 것은 잊지 않는 체질을 지니고 있었다.

모사나 위조도, 눈으로 본 것이 기억에 남아 있다면 간단했다.

일류 화가가 그린 그림도, 조각도 한번 보면 그대로 내 머릿속에 남아 있다. 그 어떤 고상한 설법도, 난잡한 소설도, 그대로 도려낸 것처럼 몇 번이나, 몇백일이 지난 후에도 복창할 수 있다.

색을 만드는 법만 외우면 그 후엔 베끼는 작업뿐이다. 누군가가 시간을 갈아 넣어 그린 그림도, 하루 만에 완전히 똑같은 것을 그릴 수 있다. 그래서 이른바 모조품 판매라는 방식으로 상당한 돈을 벌 수 있었다.

애초에 재주가 있었고, 손놀림도 빨랐다.

하지만 뒤집어 생각하자면 굉장히 나쁜 일이 생겨도 그때의 광경을 영원히 잊지 못한다는 뜻이기도 하다.

책 내용을 한 줄 한 줄 머릿속에 새겨넣으면 그 책에 적힌 무엇이든지 될 수 있었다.

요리책을 읽은 다음 날엔 지식만큼은 다양한 요리에 통달한 요리사가.

성서를 읽은 다음 날엔 성서의 내용을 모두 파악한 신부가.

의료 기술과 관련된 책을 읽은 다음 날엔 의사가 될 수 있었다.

나는 무엇이든 될 수 있었지만, 그 어떤 것에도 진심이 될 수 없었다. 그것을 활용하여 나라에 공헌하고 싶다는 생각도 들지 않았고, 사람을 도와주고 싶을 정도의 자비도 없었다.

이른바 뒷골목이라고 칭하는, 인간의 도리와는 조금 벗어난 듯한 곳에서 적당히 돈을 벌어 그 돈을 술이나 여자에게 썼다. 내일을 향한 희망도, 꿈도 없이 그저 매일 즐겁게 미련 없이 지내는 것만으로도 만족했다.

그런데 그런 나날을 보내던 중 재밌는 일이 있었다.

가끔 대화를 나누던 남자가 이 어둠에서 빠져나가겠다고 선언한 것이다. 언제 봐도 어둠의 구렁텅이에 처박힌 듯한, 꿈과 희망은 모조리 신에게 빼앗긴 것 같은 얼굴을 하면서도 야심으로 눈을 번뜩이는 남자였다.

그런 남자가 손을 씻고 아렌가 저택의 영애를 위해 일하겠다고 말했다.

나는 녀석만큼 비뚤어지고 일그러진 남자를 본 적이 없었다.

그런 남자가 어린 여자아이에게 집착했다. 위병에게 고발할 생각은 들지 않았지만, 그 여자아이가 불쌍하게 느껴졌다. 그리고, 돈이 많아 보이는 저택에서 한번 일해보고 싶은 마음도 있었기에 나도 아렌가에서 일할 수 있도록 알선을 부탁했다.

뒷골목까지 그 악명이 들려올 정도의 귀족 가문.

고귀함은 어느샌가 자존심으로 변했고, 위엄 넘치는 태도에는 오만함이 깃들게 된 아렌가.

당주는 권위와 재산만을 탐했고, 그 부인은 자신의 기분에 따라 권력을 휘둘렀다.

최근엔 딸이 태어났다는 이유만으로 모두가 놀랄 정도로 변모했다는 소문을 들은 적이 있었다.

소문의 진상도 궁금했고, 보이지 않는 곳에서 큰돈이 움직이지 않을까 기대도 되었다.

그런 이유로 일하게 되었지만, 처음엔 허탕만 쳤다.

아렌가는 남몰래 큰돈을 융통하는 일도 없었고, 뭔가 광맥을 발견한 것도 아니었다.

하지만 얼마 지나지 않아 발견했다. 수많은 보석 중에서도 빼어난, 신비로운 존재를.

"그 아이를 잘 지켜봐 주게."

"그 아이는 살아 있는 것만으로도 기적적인 아이니까."

내가 공주님의 전속의가 되었을 때, 당주님과 부인은 그렇게 말했다. 자기 자식을 귀여워하는 마음이라고 생각했으나 두 사람은 지친 표정으로 미소지었다.

그런 두 사람에게 소문과도 같은 난폭한 모습은 전혀 보이지 않았다. 너무나 달라진 모습에 놀라움을 금치 못했으나, 두 사람은 그런 걸 신경 쓸 여유도 없다는 듯이 내게 고개를 숙였다.

난폭한 백작, 그리고 그 부인에게 대체 무슨 일이 있었던 걸까.

의문을 품으며 저택에서 지내는 동안, 그 대답을 바로 찾을 수 있었다.

공주님은, 무척이나 특이했다.

뭐, 내가 남 말 할 처지는 아니지만 공주님은 아무튼 특이했다.

당주님이 밖에 잘 나가려 하지 않는 공주님을 밖으로 내보내면, 항상 사람을 주워왔다.

아이부터 어른까지, 남녀노소 불구하고, 각양각색의 불행에 휩싸인 사람을.

어떻게든 도와주고 싶다면서. 당주님과 부인이 왜 저택에 데려왔느냐 물으면 "그야, 보석이나 반지보다 이 사람들의 미래가 더 중요하다고 생각하니까요."라며 아이답지 않게 담담히 대답했다.

마차에 치일 뻔한 아이를 구하거나, 자살하려는 남자에게 말을 걸어 막거나.

장난감을 가지고 노는 시간보다 사람을 구하는 시간이 많은 아이는 세계 어디를 찾아봐도 없을 것이다.

"죽지 않고 살아 있는 걸로, 모든 게 해결되지는 않으니까요."

모든 일이 끝나면 태연한 표정으로 그렇게 말하는 공주님.

마을에서 학대당하던 소년을 구하기 위해 집단에 대항한다. 심지어는 자신의 아내에게 폭력을 휘두르는 남자를 도발하여 자신을 공격하게 만드는 것으로 주위 사람들을 움직이게 만든다. 교회 지하에서 팔리던 아이를 구한다.

잘 해결되어서 다행이지만 조금이라도 삐끗했다간 죽었을지도 모르는 수많은 행동들. 공주님을 어떻게든 막으려 했지만, 공주님은 온화한 말투와는 반대로 완고한 태도를 유지하여, 그 누구도 공주님을 막을 수 없었다.

분명, 막을 수 없다는 걸 깨닫고 백작과 부인은 근원을 없애려고 했을 것이다.

그건 즉, 공주님이 지키려 하는 사람들을 없애는 것.

가난한 형편 탓에 병에 굴복하는 사람이 없어지도록, 빈곤한 자들도 평등하게 치료를 받을 수 있도록 한다.

폭력을 당하는 이가 가족으로부터 도망칠 수 있도록 제도를 만들고 보호하는 시설을 짓는다.

그리고 그것을 지지하듯이 공주님은 자신의 생일 선물로 "기부해 줘.", "의사가 약을 만드는 시설에 기부해 줘.", "고아원에 기부해 줘."라며 기부를 부탁했다.

그래서 백작과 부인은 공주님이 생일에 기부를 부탁하지 않도록 평소에도 막대한 자금을 복지에 투자했다.

하지만 그렇게 해도 공주님은 기부를 부탁하는 걸 멈추지 않았다.

결국은 원점이었다. 그렇게 지내는 동안 백작과 부인은 딸의 목숨의 위기를 맞닥뜨리고, 강제적으로 가난한 자, 약자의 감정을 배우고, 어느 정도 제대로 된 인간이 된 거겠지.

자신의 목숨을 이용하여 다른 사람을 위해 움직이는 그 수완은 꽤나 볼만했다. 게다가 의도한 것도 아니라니.

앞으로 나이를 먹으며 공주님도 많이 변하리라 생각했지만, 돌발적인 행동을 하고, 용의주도하게 계산하기도 하고, 도박과도 같은 확률에 거는 대담함은 변하지 않았다.

녹터 부인이 습격당했을 때, 공주님은 드물게도 떼를 쓰며 억지로 마차에 동승했다고 한다. 자신에게 이익이 되는 일엔 한

번도 떼를 쓴 적 없는 공주님이, 녹터가의 영식과 함께 극장에 가고 싶다며 조르다니 있을 수 없는 일이다.

정원사는 그 영식에게 푹 빠진 게 아니냐며 의심했지만, 공주님은 좋아하는 사람뿐만 아니라 다른 사람을 곤란하게 만드는 언동 자체를 삼간다.

아마도 무언가 낌새를 느끼고 행동한 것이 틀림없었다.

어쩌면 부인의 위기를 미리 알아챘을 가능성도 크다.

하지만 언제나 공주님은 자기 신변의 안전을 계산에 넣지 않는다.

그건 절대 용서할 수 없는 일이지만, 그와 동시에 재밌게 느껴지기도 했다.

이 재미를, 반짝임을, 평생 놓치고 싶지 않았다.

그런 사람이 되어 보고 싶었다.

그도 그럴 것이, 공주님은 내가 만난 사람 중 가장 인간의 이상향에 가까우면서도 가장 먼 존재였다.

그러니 공주님의 옆에 있으면 나도 제대로 된 인간으로 지낼 수 있을 것 같았다. 다른 사람을 위해 움직일 수 있는, 그런 인간이 될 수 있을 것 같았다. 그런 생각이 들어서, 공주님이 자유롭게 살고 죽지 않기를 바랐다. 시시한 일에 자신의 목숨을 걸 땐 화까지 났다.

이렇게나 소중하니까.

실제로 나는 공주님을 위해 뭐든 할 수 있다. 녹터가의 영식을 죽이는 것도, 공주님을 납치하는 것도 쉽게 가능하다.

오늘, 공주님을 어딘가 먼 곳으로 데리고 떠나자는 계획은 실패로 끝났지만, 이번에 예행연습을 함으로써 이 마음도, 계획도, 조금 더 굳건해졌을 것이다. 다음에 무슨 일이 생긴다면 인형 아가씨가 어떤 수단을 쓰더라도 막지 못할 것이다.

분명 인형 아가씨는 공주님을 빼돌릴 생각이겠지만 그렇게 간단히 새치기하게 두지는 않을 것이다.

"너무 걱정시키지 마. 이 아저씨도 이제 늙었다고."

혼잣말을 하며 아무도 없는 복도를 경쾌한 발걸음으로 걸었다.

뭐, 정 안 되면 역병으로 보이는 독을 사용해 백작과 부인을 죽여버리면 되겠지.

그 필진 공작가의 능구렁이 영감도 쉽게 저승으로 가 버렸으니. 공작의 죽음조차 아무도 이유를 밝혀내지 못했으니, 백작과 부인이라면 더욱 간단할 것이다.

제15장

흑막과 학생회 선거

모래 위의 전망

댄스 파티로부터 시간이 지나, 연말을 앞둔 어느 날. 아카데미에는 학생회 선거 시즌이 찾아왔다. 시즌이라고 표현했지만, 학생회 선거에 발이 달려서 우리를 찾아오는 것은 아니다.

요약하자면 저번 주 입후보자가 발표되었고, 이제 막 선거 활동이 시작된 참이었다.

나는 절대 들키지 않도록 주의하며 복도 창문 너머의 교사 입구를 바라봤다. 레이드 녹터가 연설 중이었다. 조금 떨어진 곳에선 네인 선배가 연설을 하고, 근처에서 피나 선배가 전단지를 배포하고 있었다.

게임에서 네인 선배는 학생회 선거에서 레이드 녹터를 흉계에 빠트린다. 그의 악행은 전적으로 네인 선배의 여동생인 피나 선배가 귀족 간의 권력 쟁탈 다툼에 의해 죽었기 때문에 일어난 일이었다.

귀족 아카데미의 학생회장이었다는 이력은 귀족 사회에서 메리트가 된다. 그 정도로 지지받았다는 증거로 삼을 수 있으니까.

네인 선배는 학생회장이 된 후, 그 이력을 살려 나중에 이 나라의 중추 자리까지 올라 어리석은 귀족들을 숙청하겠다는 일념하에 학생회장 선거에 입후보한다. 같은 학년 학생 중엔 유력한 후보자가 없었지만, 1학년인 레이드 녹터의 존재는 그에게 방해되었다.

자신의 승리가 불확실하다고 느낀 네인 선배는 레이드 녹터가 학생회 선거를 위해 뇌물을 이용했다는 의혹을 꾸며낸다. 누가 봐도 냉정한 정신 상태는 아니었다. 자신이 회장이 되면 동생의 한이 풀려 행복해지리라고 생각했겠지.

하지만 지금 이 세계에는 피나 선배가 멀쩡히 살아 있다.

오히려 건강할 정도였다. 네인 선배에겐 뇌물 의혹을 꾸밀 정도로 궁지에 몰릴 만한 원인이 없다.

그래서 이번에 나는 오로지 환생자를 찾는 데에 집중하기로 했다. 레이드 녹터는 증세가 심해진 나머지, 아렌가의 데릴사위가 되어 자르드 군의 장래를 확립시키기 위해 "결혼식을 올리자."라는 말을 꺼냈다. 빨리 범인을 찾아 인연을 끊어야만 한다.

"미스티아 님."

선거 활동을 빤히 관찰하고 있는데, 알리 씨가 나를 발견하고 다가왔다. 알리 씨는 원예 도구를 들고 환하게 웃고 있었다.

"알리 씨, 안녕하세요."

가볍게 인사하며 다가가자 그는 "선거 활동을 보고 계셨나요?"라며 내가 보던 방향을 내려다봤다.

"네. 선거 활동, 힘들겠다 싶어서요."

"그러네요. 게다가 미스티아 님은 약혼자분이 출마하셨다죠. 응원하느라 힘드시겠어요."

"그런데 두 사람 다 회장으로서 주변 사람을 잘 이끌어나갈 수 있을 것 같아서……."

"그렇군요."

진심으로, 두 사람 다 우수하다고 생각한다. 아예 두 사람이 같이 회장을 맡으면 좋으련만, 그렇게 되면 "어느 쪽이 결정권을 가지고 있는 거야?" 같은 문제도 생길 테고, 두 사람의 의견이 상충할 때 곤란해지겠지. 시선을 살짝 옮기자 알리 씨는 "저는." 하고 작은 목소리로 말했다.

"약혼자분이 회장이 되면 뭔가 걸리는 일이 있으신가 했어요."

알리 씨는 곤란한 듯한 표정으로 웃었다.

확실히 나는 그렇게 해석해도 이상하지 않을 태도를 보였다. 반성하고 있는데, 갑자기 아래가 소란스러워지기 시작했다. 창문 밖을 바라보자 팔에 완장을 찬 사람들이 레이드 녹터를 둘러싸고 있었다.

"저건, 선거관리위원회네요. 부정행위를 단속하는⋯⋯."

"네⋯⋯?"

목소리는 들리지 않았지만 위원들은 심상치 않은 분위기를 풍기고 있었고, 네인 선배와 피나 선배도 굳은 얼굴로 레이드 녹터 일행을 바라봤다. 한편 레이드 녹터는 날카로운 눈으로 선거관리위원회로 보이는 사람들을 응시했다. 그들은 몇 번 문답을 주고받았고, 레이드 녹터는 선거관리위원회와 동행하듯이 어딘가로 걸어갔다.

"제 추측이지만 선거에 무언가 미비한 점이 발견되었나 봐요. 1교시 수업이 시작될 때쯤이면 아마 무슨 일인지 알 수 있을 것 같은데⋯⋯."

알리 씨는 굳은 목소리로 말했다. 왜인지 좋지 않은 예감이 들었다. 설마 뇌물 의혹 용의자가 되었다거나? 하지만 네인 선배와 피나 선배는 전혀 영문을 모른다는 표정이었다. "무슨 일이라도 있나?"라는 듯한 얼굴이었다.

그렇다면 뇌물 의혹은 아닌가……?

가만히 생각에 빠져 있자 알리 씨가 내 어깨를 두드렸다.

"종이 울렸어요."

생각에 빠져 있느라 예비종 소리도 듣지 못한 모양이었다. 내가 당황하자 알리 씨는 "그렇게 서두르지 않으셔도 괜찮아요."라고 속삭였다.

"자, 미스티아 님의 교실로 가려면 이쪽 길이 가장 빨라요. 교실로 돌아가죠."

그렇게 말하며 알리 씨는 나를 교실로 보냈다. 그런 알리 씨의 모습에서 어쩐지 위화감이 느껴졌지만 나는 일단 교실로 돌아왔다.

서두르지 않아도 된다는 알리 씨의 말이 정말이었는지, 교실로 돌아와 보니 제시 선생님은 아직 오지 않은 상태였다. 잠시 후, 뒤늦게 교실에 들어온 선생님은 게임에서 본 시나리오를 따라가듯 레이드 녹터의 부정 뇌물 수수에 관해 설명했다.

조회 시간에 이어진 선생님의 설명에 따르면, 뇌물 소동은 댄스 파티 이후 선거관리위원회에 전달된 익명의 고발이 발단이었다고 한다.

위원회가 독자적으로 조사를 진행하였고, 그의 필적으로 적힌, 금전 지불을 확약하는 각서가 발견되었다. 그 각서에 쓰인 건 특수한 종이로, 약혼, 혼인 등의 서약서용 종이를 파는 특별한 가게에서만 판매한다고 한다.

그리고 가게의 고객 명부에는 손님으로 방문한 그의 이름이 적혀 있었다고 한다.

그래서 방과 후, 나는 곧바로 레이드 녹터가 이용했다는 종이 전문점으로 향했다.

왜냐하면 레이드 녹터의 증거는 전문점 이용 이력이 남아 있다는 것. 일련의 소동은 게임 시나리오를 이용하여 그를 함정에 빠트리려는 인물이 만들어낸 것일 터.

즉, 그를 함정에 빠트리려는 증거 또한 전문점에 있다.

부정을 꾸며내기 위해선 전문점에서 종이를 구매해야 한다. 명부에 레이드 녹터의 이름 앞뒤로 아카데미의 학생이나 수상한 이용자의 이름이 있다면 그 사람이 어떠한 형태로든 엮여 있을 가능성이 컸다.

하지만 가게가 제삼자인 개인에게 고객 정보를 보여주는 행위는 법에 저촉된다.

부탁받아도 보여줄 수 없는 게 일반적이다. 그러니 지금은 비인도적인 수단을 쓸 수밖에 없다.

나는 마차 밖의 풍경이 바뀌는 것을 살피다 마차에서 내렸다. 마차까지 바꿔 타고 올 수는 없어서, 혹시 모르니 가게 뒤에 세우도록 했다.

나는 마부 솔 씨에게 감사 인사를 한 후 마차에서 내려 곧바로 종이 전문점으로 향했다.

　가게는 장식물이나 디저트 전문점, 꽃집 등이 늘어선 큰길에서 조금 벗어난 곳에 있었다. 마침 멜로와 액자를 샀던 가게 근처였다.

　바로 안으로 들어서자 점주로 보이는 여성이 바로 내게 다가왔다.

　"어서 오세요. 어떤 물건을 찾으시나요?"

　"어어, 편지지를 사러 왔는데요……."

　벽은 종이 제품을 수납하는 서랍으로 꽉 차 있었고, 안쪽에 있는 긴 테이블에는 주문제작으로 재단된 종이가 놓여 있었다. 옆에는 고객 관리 명부로 보이는 것이 배치되어 있었다. 벽에는 '자체 회수, 품절에 관한 사과문'이라는 벽보도 붙어 있었다. 명부에서 어떻게든 레이드 녹터를 제외한 아카데미 관계자 이름을 찾아야 하는데.

　"짙은 분홍색 색감의 종이를 찾고 있는데요……."

　"잠시 기다려 주세요."

　점주는 내게 등을 돌려 종이를 찾으러 갔다. 나는 조심스레 고객 명부 쪽으로 다가갔지만, 그녀는 바로 뒤돌아 내 주문에 맞는 종이를 꺼내왔다.

　"이건 어떠신가요?"

　"좋네요. 그리고, 그, 반투명하고, 꽃무늬에, 이렇게, 가지에 꽃이 핀 듯한 무늬가 그려진 것도 있나요? 장미 말고, 봄에 피는 꽃 종류로……."

"그건…… 아마 위층에 있을 듯한데…….."

점주가 가게 2층으로 올라가는 뒷모습을 배웅하며 나는 최대한 소리를 내지 않도록 하며 고객 명부를 펼쳤다. 레이드 녹터가 입학한 후부터 지금까지니까, 8개월분의 데이터를 확인해야만 한다. 나는 서둘러 페이지를 넘겼지만 명부는 무척이나 두꺼웠다.

하지만 혹시라도 놓치고 넘어가는 부분이 있으면 안 된다. 가끔 종이의 무늬나 목질이 변경되어서, 고객의 주문이 바뀌는 일도 있는 듯했다. 그 메모가 드문드문 적혀 있어서 이름을 조회하는 데에 시간이 더 걸렸다. 서둘러 손을 움직이고 있는데, 가게 문이 열렸다.

"아렌 양?"

"로베르토 씨."

가게에 들어온 것은 로베르토 와이즈였다. 그리고 나는 지금 명부를 손에 든 상태였다. 거기에 점주가 계단을 내려오는 소리가 들려와, 몸이 급속도로 식어가는 감각에 빠져들었다. 아직 명부를 다 확인하지 못했고, 로베르토 와이즈에게 변명도 해야 한다.

"로베르토 씨. 그게, 이건…….."

"실례합니다. 여기서 새로 취급한다는 금박 편지지와 통지용 종이를 찾고 있는데요…….."

로베르토 와이즈는 내게 손가락으로 신호하고는 계단을 올랐다. 이건 혹시, 지금 명부를 확인하라는 뜻인가……?

나는 서둘러 명부에서 다시 이름을 찾기 시작했다. 그리고 크레센도가의 이름을 발견했다. 이 가문의 영애는 나와 같은 반이다. 게임에선 미스티아의 추종자 중 한 명이었고, 이 가문은 분명—— 죄인을 수용하는 감옥의 관리를 맡고 있었다.

미스티아의 추종자는 딱히 나를 좋아하지 않는다. 게임 속 미스티아와 지금 나는 많이 다르고, 내게는 카리스마도 없다. 그러니 게임과 다르게 함께 다니지 않는 게 자연스럽다고 생각하여 신경 쓰지 않았다.

미스티아의 추종자인 크레센도 양이 환생자고, 레이드 녹터를 죽이려 하는 걸까?

"그럼, 전부 구매하겠습니다."

"감사합니다. 그러면 계산은 아래에서……."

2층에서 로베르토 와이즈와 점주의 목소리가 들려왔다. 나는 서둘러 고객 목록을 원래 있던 자리에 돌려놓았다. 깜빡하고 있었다. 로베르토 와이즈가 도와줬으니 그에게도 이야기를 들어봐야 한다.

"설마 네가 가게에 있었을 줄이야."

로베르토 와이즈와 함께 가게를 나온 나는, 곧바로 가게 바로 옆에 세워둔 그의 마차에 올라타 그와 대화를 나눴다. 그는 변장을 풀고 얼굴을 닦았다.

"나는 녹터가 이 가게를 이용했다고 들어서 조사하러 왔어. 너는?"

"저도 같은 이유로 왔어요. 레이드 님이 선거를 위해 돈을 지불했다니, 믿기지 않아서 명부를 확인하려고요."

"아카데미 관계자의 이름이 있었나?"

"크레센도 양의 이름이 있었어요."

"크레센도 양?!"

그는 놀란 얼굴로 상체를 앞으로 쭉 내밀었다. 내가 놀라자 그는 "크레센도 양은 선거관리위원이야."라며 어리둥절한 표정으로 다시 자세를 바로 했다.

"수첩에도 선거에 관해 적혀 있었어. 거기엔 녹터가 선거에서 부정을 일으킨 것처럼 꾸민다는 내용이 적혀 있었지."

"어어……."

로베르토 와이즈의 말에 눈을 크게 떴다.

게임 지식을 이용해 미스티아가 앨리스를 괴롭히는 데에 사용했던 장소…… 인적이 없고 사람 눈이 닿지 않는 장소를 통해 은밀한 행동을 취하는 건 간단하다. 이동 경로도 데이트 이벤트 등으로 어느 정도 예측할 수 있다. 그리고 무엇보다, 등장인물의 동향은 클라우스만큼이나 잘 알 것이다.

"녹터는 학생회 선거 정도의 일로 인생을 망칠 만한 사람은 아니야. 그래서 네 투옥에 관해서만 집중적으로 조사했는데…… 설마 이렇게 간접적으로 널 공격해 오다니…… 미안해."

로베르토 와이즈는 괴로운 얼굴로 고개를 숙였다.

"아뇨, 딱히…… 신경 쓰지 않으셔도 돼요."

게임에서 미스티아의 추종자는 위원회에 들어간 적이 없었다.

미스티아가 그 어떤 위원회에도 속하지 않았으니, 그녀의 비위를 맞추며 서포트하는 추종자들은 위원회에 들어가고 싶어도 들어갈 수 없다.

그 외에 앤지가, 무브바가의 영애들도 미스티아의 추종 멤버였지만, 게임과 다르게 다른 위원회에 들어가려는 등의 모습을 보이지는 않았다.

"크레센도 양과 관련된 일만큼은 레이드 님에게 전해야 할 것 같아요."

로베르토 와이즈는 위병에게 그 노트에 관해 이야기하지 않았다. 이야기했다가 노트에 적힌 미래가 바뀌어 버리면 대책을 세울 수 없으니 조용히 있어달라는 부탁도 받았다.

"그래. 누군가가 노리고 있다는 것만큼은 전하는 편이 좋겠어. 그리고 너도 부디 몸조심해. 아마 노트의 주인은 녹터를 노리고 있는 게 분명해. 녹터의 약혼자인 너도 그 표적이 될 가능성이 있어."

"알겠어요. 그러면 이만⋯⋯."

내가 마차에서 내리자 와이즈가의 마차는 거리를 떠났다. 무슨 일이 생기면 늦는다. 가능성만이라도 전하기 위해 나는 올 때보다도 무거운 마음으로 아렌가의 마차로 돌아왔다.

녹터가의 집사의 뒤를 따라 저택의 접객실을 향해 걸어갔다. 선물도 들고 오지 않았고 약속도 잡지 않은 채로 녹터가에 방문하고 말았지만, 쉽게 저택 안으로 들어올 수 있었다.

약혼자라고는 해도 이런 행동은 무례했다.

하지만 녹터가의 사용인들은 다들 모든 일이 순서대로 정해진 듯이, 당연한 듯이 움직였다.

아무리 상대가 무례하더라도, 도련님의 약혼자이니까 티를 내지 않는 것일 수도 있지만 그것과는 다른 위화감이 느껴졌다. 접객실의 소파에 앉아 사용인이 내준 홍차에 입을 대지 않고 바라보고 있자 문이 열렸다.

"미스티아. 올 줄 알았어."

레이드 녹터는 근신 전과 다르지 않은 얼굴로 나를 향해 걸어왔다. 그 모습을 보고 녹터가의 집사는 접객실을 나갔다.

방에는 나와 레이드 녹터 단둘뿐이다. 레이드 녹터는 소파에 앉더니 나를 도발하는 듯한 시선으로 바라봤다.

"그래서, 내 부정 선거에 관한 이야기를 하러 온 거야?"

설마 직구로 물어볼 줄은 몰랐다. 나는 "그것도 있고요."라고만 대답했다. 하지만 본론은 다른 것이다. 환생자인―― 크레센도 양의 위험에 관해서였다.

"레이드 님이 부정을 저질렀다는 증거가 된 종이 전문점의 고객 명부에 관한 이야기인데요. 그 명부에 크레센도 양의 구입 기록이 있었어요. 아마도 이번 건과 관련되어 있을 거예요. 어쩌면 숙박 체험 때의 일도…… 그래서 뭔가 짐작 가는 게 없는지 물으러――."

"아하하하하하하!"

그는 내 말에 목 안쪽으로 웃는 듯한, 참는 듯한 웃음소리를 냈다.

"하하. 내가 습격당했다고 생각하는 거야?"

레이드 녹터는 가볍게 몸을 뒤로 뺐다.

그리고 흥이 가신 듯이 창문을 바라봤다. 그 태도를 보고 당황하면서도 "누군가 노리고…… 한 거잖아요."라고 말했다. 그러자 레이드 녹터는 단 한마디, "그때."라고 말하며 나를 바라봤다.

"그때, 내가 뭘 하고 있었는지 기억해? 숙박 체험에서, 너와 같이 절벽 위에 있었을 때."

분명, 레이드 녹터는 앨리스가 다쳤다면서 나를 부르러 왔었다.

나는 앨리스 옆에 있었고, 그는 내 뒤에 서 있었던 것으로 기억한다.

"나는 네 모자를 들고 있었어. 분명 누군가가 귀족을 잘 모르는 외부인을 고용해서 모자를 든 사람을 습격하라고 지시한 거겠지. 너는 얼굴을 덮는 모자를 쓰고 있어서 얼굴이 보이지 않았으니까. 그러니까 말이야, 미스티아. 노려진 건, 너였어."

그렇게 말하며 레이드 녹터는 나를 보며 비틀린 웃음을 지었다.

"노려진 게, 저였다고요……?"

노려진 게 나였다면, 이번 선거에서는 왜 레이드 녹터를 노렸을까.

어쩌면 그는 거듭되는 불행을 받아들이기 어려워, 자신이 노려진 게 아니라고 믿고 싶은 것일지도 모른다. 나는 그의 말을 부정하지 않고 "일단."이라며 대화를 이어나갔다.

"그렇다고 하더라도 선거관리위원인 크레센도 양에 관해서 묻고 싶어요. 지금까지 대화를 나눴거나 무슨 일을 당한 적은 없으신가요?"

"없어. 관심도 없고. 대화를 나눈 적도 없거니와 내게 말을 건 적조차 없었어."

입학 전 파티에서 레이드 녹터에게 말을 거는 영애가 무척이나 많았다고 한다. 그런데도 크레센도 양과 한 번도 대화한 적이 없다는 건 상당히 부자연스럽다. 게다가 그는 반장인데 사무 연락조차 하지 않았다는 건 이해가 가지 않는다.

"뭔가, 파티 같은 행사에서 같이 있었거나 편지가 온 적은요?"

"없어. 아카데미에서도 파티에서도 대화하는 건 너, 아니면 루키트가의 영애, 앤지가, 무브바가 영애뿐이야. 크레센도 양과 대화할 기회는 없었어. 애초에 크레센도 양의 저택은 아카데미를 기준으로 우리와 정반대 위치에 있으니까. 입후보할 때도 자기 반 위원을 통해서 하는 게 아니라 한 번도 대화한 적 없어."

"그렇군요……."

"미스티아는 내가 부정을 저지르지 않았다고 생각해?"

"네. 물론이죠."

"흐음."

그는 나를 일별하곤 홍차를 마셨다. 그리고 나는 그의 근황을 어느 정도 물은 후 녹터가 저택을 뒤로했다.

"크레센도 양은 레이드 님과 접촉한 적이 없었다나 봐요……."

다음날, 나는 등교하자마자 로베르토 와이즈에게 레이드 녹터와의 대화 내용을 전했다.

상당히 이른 시간에 등교했기에 교사는 무척이나 조용했다. 그만큼 작게 말해야 해서 불편했지만, 누군가가 다가오는 발소리를 듣기 쉽다는 점은 편리했다.

"일부러 한 번도 말을 걸지 않았을 가능성도 있네. 반대로 너는 크레센도 양과 아무 일도 없었어?"

"없었네요. 저도 대화한 적이 없어서⋯⋯."

크레센도 양과는 아무 교류도 없었다. 미스티아의 추종자인 앤지 양의 가문── 요컨대 앤지가와 아렌가는 업무상 관계가 있다는 듯하지만, 어릴 적 아버지의 업무 대화에 한두 번 언급된 게 끝.

무브바 영애는 아카데미 입학 전 설명회가 한창 진행될 때 재채기를 한 사람 정도로만 인식하고 있다. 그리고 체육제에서 깃발 만드는 걸 도와준 기억도 있었고.

이렇게 생각해 보면, 크레센도 양은 철저하게 게임에 나온 인물들을 피하는 것처럼 느껴졌다.

"일부러 너희를 피했을 가능성도 있군⋯⋯. 나는 오늘 크레센도 양에게 녹터에 관해 물어보겠어."

"그럼 저는 주변 사람들에게 크레센도 양의 동향에 관해 물어볼게요."

"그래. 분담하는 게 좋겠어. 그녀와 직접 만나거나, 만날 가능성이 있는 일은 전부 내가──."

로베르토 와이즈는 그렇게 말하다가 갑자기 입을 다물었다.

동시에 등 뒤에서 문소리가 들려왔다. 순간 클라우스인 줄 알고 돌아봤으나, 그곳에 있는 건 제시 선생님이었다.

"너희 여기서 뭐 하는 거지?"

제시 선생님의 낮은 목소리가 나직하게 교실에 울려 퍼졌다. 나는 선생님을 향해 몸을 돌렸다.

"잠시 수업에 관해 대화하고 있었어요."

"그러면 교실에서 하면 되지 않나."

"앗, 죄송해요. 지금 나갈게요."

아마도 선생님이 이 교실을 수업에 사용하려는 모양이다. 로베르토 와이즈와 함께 재빨리 교실을 나가려 하자, 선생님은 나만을 바라봤다.

"아렌은 남도록 해."

선생님의 말에 로베르토 와이즈가 어두운 표정을 지었다.

로베르토 와이즈에게 괜찮다는 의미로 고개를 끄덕이자 그는 "실례하겠습니다."라고 말하며 문을 닫고 나갔다.

하지만 로베르토 와이즈는 다시 선생님을, 그리고 문을 잠시 바라본 후, 이쪽으로 돌아와 문을 열었다.

"와이즈. 교실로 돌아가도록. 나는 아렌과 할 이야기가 있으니. 아니면 내게 할 말이 있나?"

"아뇨. 저는 아렌 양과 할 이야기가 남아 있어서."

"그러면 교실로 돌아가도록."

"하지만."

"남은 이야기는 교실에서 해. 아니면 다른 녀석들 앞에선 할 수 없는 이야기를 하려는 거냐?"

선생님은 그에게 차가운 시선을 보내며 말했다. 모습은 보이지 않지만 이야기를 들어보니 로베르토 와이즈가 교실 밖에서 기다리고 있었던 모양이다.

선생님은 잠시 문을 연 채로 얼굴을 살짝 내밀어 복도를 지켜본 후, 문을 닫고 걱정스러운 얼굴로 나를 바라봤다.

"괜찮았나?"

불안이 담긴 선생님의 표정에 당황했다. 선생님이 대체 무엇을 걱정하고 있는 것인지 몰라 표정만 살피고 있자, 선생님은 "그 녀석."이라며 문으로 시선을 보냈다.

"예전에 너를 이상한 눈으로 봤잖아. 노려보기도 하고. 뭔가 좋지 않은 이야기를 들은 게 아닌가 해서."

"아……."

예전이라면…… 입학하고 얼마 지나지 않았을 때, 로베르토 와이즈가 내게 적의를 보인 적이 있었다. 간단히 말하자면 내가 앨리스 왕따 사건의 주범이라고 오해하던 시기가 있었다. 선생님은 아무래도 그 일이 아직도 이어지고 있는 게 아닌지 걱정하는 듯했다.

"괜찮아요. 지금은 아무렇지 않게 대화를 나누기도 하는걸요."

"정말인가? 나를 안심시키려고 거짓말을 하는 거라면 불필요한 배려야."

"정말이에요. 평범하게 같은 반으로서 잘 지내고 있어요."

"그런가. 그렇다면 다행이고."

선생님은 안도한 얼굴로 한숨을 내쉬었다. 학급 내의 세세한 상황까지 이렇게 신경 쓰다니. 선생님은 정말로 좋은 교사다. 감탄하고 있는데 선생님이 내 어깨를 툭 두드렸다.

"네 약혼자도, 이 소동이 사그라들고…… 그 녀석이 자수한 후, 증거의 타당성이 확실히 인정되면 자퇴도 시킬 수 있어. 그때까지만 참으면 되니까. 지금은 힘들겠지만 그때까지 나를 의지해도 좋아."

"자퇴……요?"

"당연하지. 아카데미 내에서의 금전 수수는 금지되어 있어. 게다가 위원회까지 끌어들였지. 정학이나 유급 처분으론 끝낼 수 없어. 그 녀석은 퇴학하게 될 거야."

그렇게 말한 선생님은 "그러니 안심해, 미스티아."라고 나를 보며 웃었다. 나는 놀란 마음에 선생님의 말에 고개만 끄덕였다.

이대로라면 레이드 녹터가 퇴학 처분을 받는다.

게임에서도 일어난 일이니 그 사실을 마주하는 건 딱히 처음도 아니다. 하지만 선생님의 입을 통해 들으니 다가오는 무게감도, 충격도 차원이 달랐다. 나는 욱신거리는 위를 다스리며 교실로 걸어갔다.

영애들에 관해 잘 알고, 아마도 레이드 녹터가 전에 참가한 파티에도 참가했을 테고, 거기에 게임에 등장하지 않은 인물…… 헬렌 루키트 대여신님에게 크레센도 양에 관해 물어보자.

손을 쥐고 복도를 걷고 있자, 마침 루키트 님의 뒷모습이 보였다. 하지만 그녀와의 거리가 너무 가까웠다. 뒤에서 갑자기 말을 걸면 그녀는 분명 과거의 안 좋은 일을 떠올릴 테지.

"루키트 님—!"

최대한 떨어져서 부르자, 그녀는 불쾌하다는 표정으로 내 쪽으로 뒤돌았다. 주변을 둘러본 후 내게 걸어오더니 "이름 뒤에 '님' 붙이지 말라고 내가 몇 번이나 말했을 텐데?"라며 나를 노려봤다.

"죄송해요. 잠시 헬렌 씨의 도움이 필요한데요."

"무슨 일인데?"

"그러니까, 반의 여학생들에 관해서 알고 싶어서요."

"내가 늦게 전학 온 사람인 거 기억 안 나?"

"하지만 완전히 적응하셨잖아요…… 저보다는 훨씬……."

루키트 님은 "그러게. 너보다는 학생들이랑 잘 지내고 있지." 하며 눈을 가늘게 떴다.

"그래서, 누구에 관해 알고 싶은데?"

"크레센도 양이…… 그, 어떤 분인지, 레이드 님에게 관심이 있었는지 아시나요?"

"크레센도 양? 나도 대화해 본 적이 거의 없는데……. 아, 잠깐만."

루키트 님은 그렇게 말하며 "그 아이, 분명 체험학습에서……." 라고 말을 이어나갔다.

"그러고 보니 걔, 네가 떨어지고 얼마 후에 쓰러졌어."

"쓰러졌다고요?"

"응. 완전히 의식을 잃은 건 아니었지만…… 내가 부축해서 선생님한테 데리고 갔거든. 얼굴이 창백했어."

왠지 알 수 없는 일이 하나 더 늘어난 기분이었다. 생각에 빠져 있는데 "앗, 미스티아 님! 안녕하세요!"라는, 무척이나 큰 목소리가 뒤에서 들려왔다.

"괘, 괜찮으신가요……? 아니, 괜찮지 않으시겠죠. 약혼자분이 그런 일을……."

앨리스가 눈을 내리깔고는 주뼛거리며 자신의 손을 꼭 쥐었다. 앨리스는 상냥한 사람이다.

레이드 녹터를 걱정하는 게 아니라, 본의 아니게 약혼 관계가 되어버린 나까지 걱정해 주다니. 하지만 어딘가 마음에 걸리는 부분이 있었다.

뭔가 레이드 녹터가 부정을 저질렀다고 확신하는 듯한…….

"저, 언젠가 그런 일을 벌이지 않을까 항상 생각했었거든요. 레이드 님은 존경할 만한 사람이에요. 성적도 최상위권이고 가문도 대단하다고 들었어요. 체육 시간에도 달리기가 가장 빨랐고요. 저보다 빠르죠. 인정해요. 하지만 저, 뭐라고 해야 할까, 레이드 님이 미스티아 님을 대하는 태도만큼은 정말 좋지 않다고 생각해서, 언젠가, 그런 일을 벌이지 않을까 생각했어요."

……응?

"그렇게 다른 사람의 기분을 생각하지 않는 태도가 부정행위로까지 이어진 거겠죠. 미스티아 님, 아무리 약혼자라고 해도 남은 남, 나쁜 건 레이드 님이에요. 부디 너무 신경 쓰지 않으셨으면 좋겠어요……!"

앨리스는 나를 격려하듯 양팔로 파이팅 포즈를 취했다. 정말 고맙다. 하지만 무척 신경 쓰인다. 그보다 어떻게 하지? 이래서야 레이드 녹터의 뇌물 의혹을 앨리스가 밝혀낼 수 있을 것 같지가 않았다.

"빨리 모든 죄가 판명되면 좋겠네요, 미스티아 님!"

"네……? 네…….."

게임에서 미스티아가 "너, 레이드 님을 좋아하는 거야? 평민 주제에."라는 말을 했기에 나는 절대 그런 말을 평생 입 밖으로 내뱉지 않기로 다짐했지만, 지금은 정말 물어보고 싶었다.

평민 주제에, 는 빼고.

"앨리스 씨는 올바르지 않은 일을 매우 싫어하시는…… 거죠?"

레이드 님의 얘기를 하는 게 아니라, 라고 덧붙일까 고민하는 사이에 그녀는 몇 번이나 고개를 끄덕였다.

"네! 엄청나게 싫어해요! 뇌물 수수 같은 일은 절대 일어나선 안 된다고 생각해요."

뭘까. 간접적으로 레이드 녹터가 싫다고 선언하는 것처럼 느껴졌다. 어떻게 대답해야 할지 고민하고 있는데, 루키트 님이 "경박하게 그렇게 큰 소리로 얘기하지 마."라며 앨리스를 나무랐다.

"앗, 죄송합니다! 어어, 그럼! 저는 먼저 교실에 들어갈게요!"

앨리스는 재빠르게 교실로 달려갔다. 루키트 님이 "뛰지 마!"라고 하자 빠른 걸음으로 멀어져갔다.

"정말이지. 두 사람한텐 똑같은 말을 몇 번이나 계속해야 한다니까……."

루키트 님은 나와 앨리스를 번갈아 봤다. 그리고 "말하는 걸 깜빡했는데."라며 내 쪽을 향해 뒤돌더니 품에서 수첩을 꺼내 내게 건넸다.

"이거, 내용이 이래서 집에 둘 수도 없고, 범인은 찾고 있지만 아무 실마리도 없어서 일단 경고의 의미로 너한테 줄게."

그녀가 건넨 수첩은 굉장히 고급스러워 보였고, 연지색 가죽 커버에 금색으로 '미스티아 양 어록'이라고 적혀 있었다.

필체가, 너무나도 피나 선배와 닮았다. 하지만 선배가 내 말을 기록할 이유가 없으니 선배는 아니겠지.

"이건 뭔가요……?"

"제목 그대로. 안에는 네가 언제, 무슨 말을 했는지 기록하는 듯한 내용이 적혀 있었어. 아마도 네 말 전부가 아니라 이 수첩의 주인이 좋다고 생각한 말을 적은 모양이야."

나는 건네받은 수첩을 펼쳤다. 다른 사람의 수첩을 멋대로 펼쳐보는 건 내키지 않지만 확인은 해야지.

6월 8일. 맑음. 전학생 이야기를 하며 '어제 구해주신 딸기 타르트입니다, 라고 말해도 끄덕이게 될 정도'

6월 8일. 맑음. 자신의 점토상 이야기를 하며 '뭉그러진 빵처럼 만들어지기만 한다'

확실히, 내가 했던 말이 적혀 있다. 그뿐만 아니라 피나 선배와 대화한 내용에 한정된 것처럼 느껴졌다. 그러고 보니 네인 선배가 피나 선배의 수첩을 찾던 적이 있었는데…… 이 내용을 보면 루키트 님이 문화제 때, 복잡한 표정을 지었던 것도 납득이 되었다.

"비싸 보이기도 하고, 이 품질을 봐선 분명 전문점에서 샀을 거야. 이 아카데미에 범인이 있는 것 같은데……"

루키트 님은 고민스러운 표정으로 수첩을 바라보더니 "적어도 기간 한정 제품이었으면 범인도 쉽게 알아낼 수 있었을 텐데."라고 덧붙였다.

"기간 한정이요?"

"몰라? 이런 수첩은 계절이나 특정 시기 한정으로 특별한 무늬가 있는 제품을 팔기도 해. 그러면 용의자는 구매자로 범위가 줄어드니까 이 잡듯이 뒤져보기만 하면 되고…… 위병이나 아카데미 관계자가 나서지 않으면 증거를 찾기 힘드니까."

기간 한정, 그 말을 듣고 생각이 번뜩였다.

분명 가게에 자체 회수에 관한 사과문이 붙어 있었다. 어떤 시기에 종이의 목질이 바뀌는 바람에 가려움을 발생시키는 제품이 판매되었다고 한다. 분명 그 날짜는 크레센도 양이 전용 용지를 구매한 날짜와 일치했다.

"루키트 님. 감사합니다!"

"그러니까 이름 뒤에 '님'은 붙이지 말라고 몇 번을 말해야……"

"헬렌 씨, 감사해요."

"그래. 그거면 됐어."

나는 루키트 님의 손을 잡고 몇 번이나 악수했다. 그녀는 당황하면서도 내 손을 맞잡아주었다.

곧바로 서둘러 그녀와 인사한 후, 아마도 교실에 있을 로베르토 와이즈를 찾기 위해 걸음을 빨리했다. 그런데 예상과 다르게 그는 건물 사이 복도의 바로 옆에 있었다. 그는 내가 달려와서 놀랐는지 주춤거리며 나와 내 등 뒤를 살폈다.

"아, 그게, 시크 선생님은, 괜찮았어……?"

방금 제시 선생님의 모습은 평소와 비교해서 조금 이상했다. 로베르토 와이즈는 내가 혼났으리라고 생각한 게 틀림없다. 괜찮다는 의미로 고개를 끄덕인 나는 본론을 꺼냈다.

"저, 방금 떠올랐는데 크레센도 양이 용지를 구매한 날이요. 그날은 평소와 다른 목질의 용지가 판매되었다고 해요."

"정말인가?"

"네. 그러니까 이번에 증거로 쓰인 종이의 목질을 알 수 있다면…… 증거로 쓰인 용지의 실물을 볼 수 있다면 아카데미 관계자나 위병의 눈을 그녀한테 돌릴 수 있을 거예요. 그런데 문제는, 어떻게 실물을 확인할 수 있을지인데요."

"그렇지. 일개 학생인 나나, 녹터의 관계자인 네게 증거를 보여주진 않을 테니까……."

로베르토 와이즈는 턱에 손을 대고 고민에 빠졌다. 그렇지 않아도 퇴학 이야기까지 나오는 상황이다. 외부자에게는 당연히 증거를 보여주지 않을 테고, 레이드 녹터 측에 있는 사람에겐 더더욱, 증거 인멸이나 다른 대책을 세울 것을 우려해 절대 보여주지 않을 것이다.

그러니 지금 상황에서 증거의 실물을 볼 수 있는 사람은 아카데미 내에서 모든 위원회에 영향이 있고 게임에선 철저하게 레이드 녹터를 추궁할 수 있었던, 그 사람뿐이다.

"오늘 점심시간에 시간 좀 내줄 수 있나요? 같이 가 주셨으면 하는 곳이 있는데요……."

"상관없어. 어디로 가면 되지?"

"빅터 네인 선배에게요."

"뭐?!"

로베르토 와이즈는 말문이 막혔다. 그야 그렇겠지. 상대는 레이드 녹터의 대항마니까. 적에게 힘을 빌려줄 리 없다. 하지만——,

"그분이라면 증거를 보는 것도, 만지는 것도 허용될 거예요. 부회장이니까요."

싹싹 빌고 빌어서, 그야말로 녹터가에서 난동을 부렸던 기세로 머리를 숙이고 들어갈 수밖에 없다.

2학년 교실은 1학년 교실의 한 층 위에 있다.

학년이 올라갈수록 더 높은 층에서 수업을 듣는다. 다른 학년의 층에 출입하는 건 장려되지 않을뿐더러, 후배에게 이상한 짓을 하지 못하게 선배가 내려가는 것은 아예 금지되어 있다.

그래서 1학년 층으로 내려오는 에릭이 눈에 띈 것이고, 지금 2학년 층의 복도를 걷는 나와 로베르토 와이즈도 주목을 받는 중이다.

크레센도 양이 의심하지 않도록 시차를 두고 교실을 나왔기 때문에 1학년 복도를 걸을 땐 아무 시선도 느껴지지 않았는데, 지금은 시선에 쿡쿡 찔리는 기분이었다.

"1학년이 왜 여기 있어?", "무슨 일이지?" 하며 복도에 나와 있는 2학년 학생 전원이 경계하는 표정이었다. 게다가 2학년 학생들 사이에서도 레이드 녹터의 부정에 관한 이야기가 퍼져 있는지 "1학년?", "그, 부정행위 한 녀석은 아니지?"라며 수군거리기까지 했다.

1학년은 레이드 녹터의 부정에 관해 어느 정도 거리를 두고 지켜보는 중이다. 레이드 녹터를 대놓고 욕하는 사람도 없고, 옹호하는 사람도 신기할 정도로 없다.

상냥하고 학생들을 정리하는 역할이던 그가, 부정을 저질렀다. 그 뉴스가 너무나도 충격적이어서 어떻게 받아들여야 할지 혼란스러운 듯했다.

하지만 2학년은 호기심이 담긴 시선을 숨기지 않았다.

"결백함이 밝혀져도 여러 말이 나돌 것 같네."

"네…… 빨리 해결하는 게 좋겠어요."

네인 선배의 반은 가장 안쪽에 있었다. 빠른 걸음으로 걷고 있는데 갑자기 뒤에서 누군가가 팔을 붙잡았다.

"미스티아, 뭐 하고 있어? 이런 데서."

뒤돌아보니 에릭이 내 팔을 잡고 고개를 기울이고 있었다.

친구의 등장이었지만 등장하는 방법이 마치 괴담 속 원혼 같

앉다. 친구가 아니었다면 비명을 질렀을지도 모른다. 나는 두근
대는 심장을 다스리며 한 발짝 뒤로 물러섰다.

"어? 미스티아 노려보던 나쁜 녀석이잖아."

에릭은 내 옆에 있던 로베르토 와이즈를 평가하는 듯한 차가
운 시선으로 보더니, 불쾌한 듯이 "방해되게 이런 걸 데리고 왔
어?"라며 고개를 기울였다.

에릭, 예전엔 사교적인 분위기였는데 지금은 완전히 거부 모
드였다.

친구에겐 과하게 잘해주기도 하듯이, 에릭은 타인을 향한 호
불호가 심한 편이다. 로베르토 와이즈에게 경계하는 태도를 보
이는 것은 여러 요인 때문일 테고, 호불호를 고치라고 할 수도
없다.

감정은 통제할 수 있는 게 아니다. 하지만 적어도 겉으로는 드
러내지 않도록 나중에 잘 이야기해 보자. 싫어하는 건 아니지만
레이드 녹터에게 냉정한 태도를 보이는 내가 할 말은 아니지만.

하지만 말할 타이밍이 없고……, 아니, 지금은 그런 걸 생각
하고 있을 때가 아니다.

"나쁜 녀석이 아니라, 동급생이에요. 오늘은 잠깐 네인 선배
에게 용건이 있어서……."

"왜? 학생회에 들어오래?"

"아뇨……."

"어어, 아니야? 분명 그것 때문에 온 건 줄 알았는데. 그럼,
먼저 지원해 보려고?"

"그런 거랑은, 조금 다른데……."

"아—, 미스티아 혹시 자칭 약혼자인 그 녀석을 도와줄 생각
인 거야?"

에릭의 말에 "일단은요."이라고 대답했다. 에릭은 레이드 녹
터를 확실히 싫어한다. 어릴 때부터 서로 안 맞는다고는 생각했
지만, 지금은 그 감정이 돌이킬 수 없을 단계까지 발전한 게 틀
림없었다.

주뼛거리며 에릭의 얼굴을 살피자, 에릭은 "역시나……."라며
중얼거리더니, 웃었다.

"무슨 일이 있으면 나도 도와줄게. 협력해 줄게. 그 녀석은 없
애버리고 싶지만 미스티아가 곤란한 상황이라면 도와주는 게
당연하니까."

"어어……."

"왜 놀라? 미스티아는 내가 다른 사람한테 친절하게 구는 거
좋아하잖아?"

"그러네요. 다른 사람에게 친절한 건 좋은 일인데……."

"그럼 곤란한 일이 생기면 나한테 부탁해! 네인은 어차피 퀭
한 얼굴로 책상에 엎드려 있을 테니 바로 찾을 수 있을 거야!"

에릭은 내 목을 살짝 건드리고는 몸의 방향을 휙 돌려 교실로
들어갔다. 바로 교실로 향하려 하자 로베르토 와이즈는 작게 중
얼거렸다.

"하임 선배, 좀 다르네."

"네?"

"아니……, 하임 선배는 영리하다고 할까…… 저런 어리광 부리는 말투로 말하는 선배는 아니었던 거로 기억해서……, 미안, 그냥 잊어 줘."

어째서인지 말을 하다 마는 로베르토 와이즈의 모습이 의아했지만, 일단 네인 선배의 교실로 향했다. 네인 선배는 책상에 엎드려 있지 않고 죽은 듯한 눈으로 어딘가를 바라보고 있었다. 나는 직접 말을 걸지 고민하다가 근처에 있던 여학생에게 말을 걸었다.

"저, 네인 선배에게 할 말이 있어서 왔는데…… 그럴 상황이 아닌가요?"

"아, 아하하. 아니. 요즘은 항상 저 상태니까 괜찮을 거야."

복도 쪽 문 옆에 서 있던 그녀는 어쩐지 딱딱한 웃음을 지으며 네인 선배를 바라봤다. "요즘 몸이 안 좋으신가요?"라고 묻자, 그녀는 눈을 동그랗게 뜨고 "못 들었어? 여동생한테 추월당한 이후로 계속 상태가 안 좋았어."라고 대답했다.

"어, 무슨 추월이요?"

"시험도, 예술 콩쿠르도, 체육도, 전부. 피나 님의 재능이 개화했다는 소문이 도는 중이야. 지금까지 계속 1위를 유지했던 네인 군에겐 충격적이었겠지. 학생회장도 실은 피나 님이 더 어울리는 게 아니냐는 얘기도 나오고, 그런 와중에 1학년이랑 경쟁해야 하잖아. 저러는 것도 당연하지."

여학생은 "불러줄게."라며 네인 선배를 불렀다. 감사 인사를 전하는 사이에 네인 선배가 이쪽으로 뒤돌더니 깜짝 놀라 일어섰다.

"안녕…… 아렌 양. 내게 용건이 있다고? 피, 피나한테 무슨 말이라도 들었니……?"

"아뇨, 그게, 선거 관련해서 잠시 할 말이 있어서요."

"윽."

선거라는 말을 입에 담자 네인 선배는 위 부근을 손으로 짚었다.

배를 문지르며 "선거가, 왜……? 나를 응원하라고 피나가 부탁한 건…… 아니겠지?"라며 힘없이 몸을 떨었다. 피나 선배가 습격당한 다음 날 나를 찾아왔던 그와는 아예 다른 사람 같았다.

"그런 건 아닌데요. 여기서는 말하기 어려운 내용이라, 잠시 시간 좀 내주실 수 있을까요?"

"옮긴 장소에 피나가 기다리고 있는 건 아니겠지? 장소는, 내가 골라도 될까? 저기, 최근에 피나랑 만난 적이 있고, 그것 때문에 나를 만날 생각이 들어서 여기 온 건 아니겠지……? 너희도 모르는 새에 나를 교실에서 빼내려는 계획에 이용당하고 있는 건, 절대, 절대 아니겠지……?"

네인 선배는 대체 뭘 이렇게 두려워하는 걸까. 마치 지금까지 어딘가에 갇혀서 목숨의 위협이라도 받은 듯한 표정이었다. 나는 어리둥절한 기분으로 "괜찮아요."라고 덧붙였다.

"그러니까, 저와 로베르토 씨만 온 게 맞고, 장소는 비밀스럽게 대화할 수 있다면 어디든……."

"알았어……."

"어라? 미스티아 양? 왜 이런 곳에 있어?"

네인 선배, 로베르토 와이즈, 그리고 내가 빈 교실로 향하려 할 때, 사각지대에서 피나 선배가 나타났다. 그러자 "으으." 하며 옆에 있던 네인 선배가 신음했다.

"어, 어떻게 피나가 여기에?"

"오라버니, 제대로 서세요. 여긴 아카데미잖아요. 차기 학생회장이 이런 모습을 보이면 다른 학생들의 본보기가 될 수 없죠."

피나 선배가 재빠르게 네인 선배의 팔을 붙잡고 내게 미소지었다.

"미스티아 양, 여기서 만나다니 너무 반가워. 오라버니와 대화하러 와 준 줄 알았는데…… 옆에 있는 건 와이즈가의……."

"로베르토 와이즈라고 합니다. 피나 네인 선배."

피나 선배가 고개를 갸웃하며 로베르토 와이즈를 바라보자 그는 고개 숙여 인사했다.

"뭔가 복잡한 이야기를 하려는 거야? 마침 잘됐네. 지금은 학생회실이 비어 있으니까 거기서 대화하자."

──뭔가 사정이 있는 모양이니까. 그렇게 덧붙인 피나 선배는 여유 있는 얼굴로 웃었다. 한편 네인 선배는 창백해졌고, 나는 불안한 마음으로 학생회실로 향했다.

"미스티아 양. 그래서, 우리한테 무슨 이야기를 하러 온 거야? 혹시 오라버니에게 관심이 생겼어?"

학생회실에서 피나 선배가 미소 지으며 홍차를 탔다.

처음에 안내받은 교실과 비슷한 크기에, 우측에는 회의에 쓰이는 듯한 책상과 의자가, 좌측에는 낮은 테이블과 소파가 놓여 있는, 응접실과 비슷한 공간이 펼쳐져 있었다.

우리는 소파에 앉았고, 피나 선배는 홍차를 탔고, 네인 선배는 아까부터 작은 병에 담긴 약을 계속 마시고 있었다.

그보다 피나 선배의 질문에 고개를 가로저을지 망설여졌다.

지금 고개를 가로저으면 "앗, 네인 선배에겐 전혀 관심 없어요." 같은, 미묘한 분위기가 되어버리고 만다.

"오늘은 다른 이야기로……."

말을 흐리자 피나 선배는 아쉬운 얼굴이 되었다.

"그럼, 무슨 이야기인데?"

"실은 네인 선배와 피나 선배에게, 부디 저희 반 반장인 레이드 녹터의 뇌물 의혹을 푸는 데에 협력을 부탁드리고 싶어요."

두 사람에게 그렇게 말하고, 고개를 숙였다.

레이드 녹터를 구할 수단. 그것은 네인 선배에게 부탁하는 것이었다.

학생회이면서, 레이드 녹터의 대항마. 거기에 두근러브 스토리에서 온갖 권력을 구사했던 그라면 증거를 가져올 수 있을 터.

하지만 네인 선배는 "그, 그럴 수 없어."라며 겁먹은 표정으로 고개를 가로저었다.

"사, 상대는 내 대항마라고. 적이야. 네겐 빚이 있지만 그 부탁은 들어줄 수 없어. 불가능한 일이야."

"부디 어떻게 안 될까요? 그는 결백해요. 의심스러운 사람은 이미 발견했고, 이제 그 증거만 확인할 수 있으면 돼요. 학생회가 가지고 있는 그의 수수 계약 용지를 네인 선배가 보여주셨으면 해서…….”

“그, 그런 일은 할 수 없어. 나 같은 건 못 하는 일이야. 게, 게다가 그건 선거관리위원회가 아카데미에 제출한 거잖아. 내가 보고 싶다고 해도 바로 확인할 수 없는 곳에 있을 거야. 그, 그리고 나는, 이제, 올해 선거에서만큼은 꼭 이겨야 해. 그러지 않으면, 나는 피——.”

“오라버니. 제가 뭐요?”

“어어, 그래. 아버지가, 꼭 이겨야 한다고 하셨어. 나는 들어줄 수 없어. 그러니까, 어려워.”

네인 선배는 바들바들 떨며 “연설문은 더 읽고 싶지 않아. 선거도, 싫어. 해방되고 싶어. 힘들어.”라며 몸을 웅크렸다.

“오라버니. 진정하세요.”

하지만 피나 선배가 네인 선배의 어깨에 조용히 손을 얹었다. 그리고 “잘못된 일이 있으면 바로잡아야죠?”라며 타이르듯이 얘기했다.

“어, 하, 하지만 피나. 네, 네가 꼭 회장이 되라고, 그러지 않으면, 나를 죽이겠——.”

“상황이 바뀌었어요. 오라버니, 미스티아 양을 도와줘요. 부탁할게요.”

그녀는 네인 선배에게 무척이나 상냥한 목소리로 말했다. 한편 그 목소리를 듣는 네인 선배는 “대체 무슨 생각으로……?”라며 떨고 있다.

"미안해. 미스티아 양. 오라버니는 지금 학생회 선거 때문에 마음이 불안정해. 엄청 불안정하지. 아버지가 선거에서 이기지 못하면 용서하지 않겠다고 압박을 가하셨거든. 선거에 이겨도 인생에서 지면 아무 의미도 없는데 말이야. 웃긴 일이지. 하지만 오라버니는 책임감이 강하니까 그런 아버지의 말에 상당히 압박을 받아서……, 식사도 제대로 못 하는 상태야."

방금 네인 선배는 피나 선배에게 죽을 거라고 말했다. 두 사람의 아버지에 관해선 한마디도 하지 않았다.

의문을 담아 바라보자 피나 선배는 "오라버니는 네인가를 이어야 한다는 책임감이 있으니까. 내가 해방시켜 주고 싶지만 쉽지 않아서 말이야."라며 어깨를 늘어트렸다.

"그래서, 방금 이야기를 듣자 하니 녹터 군이 부정을 저지르지 않았다는 증거를 가져오고 싶다고? 괜찮아, 안심해. 내가 잘 해결해 볼게."

"저, 정말인가요……?"

부탁해놓고도 희망이 없었는데, 미안한 마음이 들었다.

입장만 따지자면 우리는 적이다. 네인 선배도 그렇게 말했다. 하지만 피나 선배는 "나한테 맡겨."라며, 봄에 봤던 죽음을 마주한 표정을 지우듯이 미소지었다.

"괜찮아. 생각해 봐. 적대하는 상대조차 정의롭게 도와주다니, 학생들에게 가장 효과적으로 먹힐 선전 방법이잖아? 부수입이라고 할 수 있지."

"부수입……."

"이건 약간 농담식으로 말한 거고. 실제로, 녹터 군이 부정 의혹을 불식시키더라도, 적을 도와줬다는 이유로 오라버니가 압승할지도 몰라. 그런데, 하나만 물어볼게."

"네."

"미스티아 양은 역시 녹터 군이 회장이 되었으면 좋겠어?"

"아뇨."

즉답하자 피나 선배가 기쁜 얼굴로 웃었다.

"하지만 녹터 군이 회장이 되면 미스티아 양은 학생회장의 약혼자가 되는데? 아렌가라는 배경만으로도 충분하다고 생각하지만, 그 이상의 덕을 볼 수 있을 거야. 그런데 괜찮아? 아깝지 않아?"

"확실히 그럴 수도 있겠지만, 만일 그가 학생회장이 되어도, 제가 학생회장이 되는 건 아니잖아요. 회장 선출로 덕을 봐야 하는 건 약혼자가 아니라 학생이어야 한다고 생각해요."

"후후. 역시 내가 미스티아 양을 좋아하는 이유가 있다니까. 나한테 전부 맡겨 줘. 내년 인사까지 잘 처리해 줄 테니까."

피나 선배는 웃음을 머금은 채로 말했다. 마지막 말의 의미가 이해되지 않아 네인 선배와 눈을 마주치자, 피나 선배는 "괜찮아."라며 어째서인지 더욱 짙은 웃음을 지었다.

"어어, 감사합니다. 잘 부탁드리겠습니다."

"나야말로, 잘 부탁해!"

그녀는 그렇게 말하며 내 손을 꼭 잡았다. 하지만 명랑한 웃음에서 왠지 정체를 알 수 없는 무언가가 느껴져서, 나는 두루뭉

술한 위화감에 휩싸였다.

피나 선배가 원본을 볼 기회를 얻었다고 소식을 전해온 것은, 협력을 요청한 다음 날의 일이었다.

"피나 선배, 그, 원본이란 건?"

"이거야. 미스티아 양에게 보여준 다음에 일단 우리 가문에서도 한 번 필적 감정을 해 보기로 했어."

"이렇게 바로…… 어떻게……."

로베르토 와이즈가 놀라면서 그 용지를 살폈다.

"간단하지. 네인가는 인맥만큼은 확실하거든. 곧 실력도 따라잡게 될 테지만. 그렇죠, 오라버니?"

"그러네. 내 시체를 밟고…… 만들어지겠지. 나는…… 그냥 피에로야…… 그냥…… 죽는 걸 기다릴 뿐이야…….."

네인 선배는 전보다 훨씬 어른스러워진 것 같았다. 해탈한 듯한 눈에는 이제 두려운 기색이 남아 있지 않았다. 나는 그런 그를 걱정하며 원본을 확인하고, 레이드 녹터가 적었다고 하는 서약을 바라봤다.

"으음……."

레이드 녹터와는 편지를 주고받은 적이 있으니 그의 글씨를 볼 기회가 많았다.

하지만 이 용지에 적힌 건 그의 글씨와 닮았지만 어째서인지 군데군데 다른 느낌이 있었다.

"선거관리위원회가 잘도 이걸 건네줬군요……."

로베르토 와이즈도 원본을 살펴보며 고개를 기울였다.

"결국 귀족 아카데미의 학생이잖아. 교사도 아니고. 정말 업무로 여기고 공평하게 대표를 선출하는 조직이 아닌걸. 적당히 그럴싸하게 정론을 말하면 끝이야. 오라버니가."

"아하하······."

피나 선배의 옆에 있던 네인 선배는 바닥을 바라보며 적당히 웃어넘겼다. 아무튼 이 용지와 가게에서 회수했다던 종이를 대조해 봐야 한다.

"오늘 방과 후에 곧바로, 가게에 가서 회수한 용지와 이 종이가 같은 종이인지 확인하러 가보려고요."

"그래. 그러는 게 좋겠어. 미안하지만 그건 미스티아 양에게 부탁할게. 우리는 학생회 일로 준비할 게 있어서······."

"네! 감사합니다."

레이드 녹터를 궁지에 몰아넣으려는 듯한 크레센도 양을 막는 것, 그리고 레이드 녹터의 파멸을 저지하는 것. 이건 꼭 달성해야 하는 두 가지 목표를 위한 위대한 첫걸음이다. 협력을 받을 수 있어서 정말 다행이었다.

그날 방과 후, 우리는 다시 레이드 녹터가 이용했다고 하는 용지 전문점으로 향하기 위해 시내로 나왔다.

가게에서 회수했다는 용지가 남아 있다면 그걸 얻는 것이 목표다.

레이드 녹터의 부정에 쓰인 용지가 제품 회수 시기의 것과 같다면, 틀림없이 크레센도 양이 부정을 꾸며냈다는 증거가 된다.

"자체 회수한 물품은 증거 제출을 위해 어느 정도는 남겨 두지. 분명 남아 있을 거야."

"그렇, 겠죠……?"

하지만 혹시 처분해 버리지 않았을지, 가게 사람들도 한패인 게 아닐지 하는 불안을 지울 수가 없었다.

한 사람의, 아니, 녹터가의 평판과도 연관된 일이라 긴장된 마음으로 마차를 타고 이동하다 보니, 어느새 마차가 가게 앞에 멈춰 섰다.

나와 로베르토 와이즈는 가게로 들어가 여성 점주에게 말을 걸었다.

"저, 실례합니다. 실은 귀족 아카데미의 학생회 선거와 관련된 일로 이곳에서 자체 회수한 종이를 일부 받아가고 싶은데……."

"네……? 또인가요?"

또? 의아해하자 여성 점주는 뒤쪽에 있는 선반을 가리키며 우리에게 어리둥절한 표정으로 말했다.

"방금 크레센도가의 영애가 오셔서 선거 일로 수고스럽게 만들었다면서, 사과의 의미로 지금까지 회수한 용지를 구매하겠다고, 재고를 전부 사 가셨는데…… 뭔가 부족한 게 있었나요?"

"그럴 수가……."

그건 즉, 완전한 증거 인멸이다.

레이드 녹터의 결백을 증명할 증거가 사라져 버렸다.

등골이 오싹해져서 "죄송하지만 그 종이는 한 장도 남아 있지 않나요?"라고 묻자, 점주는 조금 곤란해 보이는 얼굴로 "있긴 있는데…….”라며 뒤쪽 계단을 뒤돌아보았다.

"실은 예전 것들과 섞인 상자들이 있어요. 거기에 2장씩은 들어 있을 텐데, 그게, 밤에 가게에 나와 있는 아버지가 제대로 관리하질 않아서, 아마도 날짜만 적어서 다른 재고와 같이, 그게…… 아무렇게나 들어있다고 해야 하나. 찾기엔 시간이 걸릴 듯해서…….”

"그, 그거, 저희가 찾으면 안 될까요?”

조심스럽게 부탁하자 점주는 작게 고개를 끄덕였다.

하지만 어째서인지 시선이 불안해 보였다.

"그건 문제없고, 그렇게 해주신다면야 저희도 매우 감사하겠지만…… 너, 너무 양이 많아서, 종이가 오, 오백 장은 섞여 있을 텐데…… 괘, 괜찮으신가요?”

"네! 저희가 부탁하는 입장이니까요. 정말, 감사합니다!”

"감사합니다.”

나는 로베르토 와이즈와 함께 고개를 숙였다.

곧바로 2층으로 안내받으려는데, 뒤에서 “잠시만요!”라는 소리가 들려왔다.

"미스티아 님!!”

흔들리는 분홍색 머리카락, 촉촉한 하늘색 눈동자. 몹시 감동한 표정의 앨리스가 뒤에 서 있었다.

그녀의 옆에는 굳은 얼굴로 앨리스를 바라보는 루키트 님도 있었다. 혹시, 레이드 녹터를 도우러?

기대하는 사이에 앨리스는 시속 100km는 넘을 속도로 내 발

치로 날아왔다.

"미스티아 님, 미스티아 님, 제가 틀렸어요. 망할 성가신 해악 쓰레기 오타쿠 레이드 님따위는 사라졌으면 좋겠다고 생각했는데! 어떤 팬이든 소중히 하겠다는 미스티아 님의 그 정신! 감동했어요! 엄청, 엄청나게 감동했어요! 저, 저도 돕게 해 주세요! 미스티아 님께 도움이 되고 싶어요!"

"어……."

내게 도움이……? 레이드 녹터에게 도움이 되는 게 아니라?

"얘, 와이즈 씨가 네 마차에 탔다고 난리를 부리지 뭐야. 미스티아 님이 위험해! 같은 소리를 하면서 마차를 붙잡으려고 하길래 내 마차에 태워서 데려왔어. 지금까지 다른 사람을 이용한 적은 있는데 이렇게 이용당한 적은 처음이야. 기분 나빠."

루키트 님은 지쳤는지 평소의 활기찬 아이돌 말투를 쓰지 않고 본모습에 가까운 상태였다.

그리고 "나도 도울게. 혼자 집에 가기도 뭐하고."라며 한숨을 쉬었다.

"감사합니다……."

"딱히 감사할 건 없어. 반대 입장이었다면 너도 그랬을 거 아니야."

"미스티아 님! 평생 최애로 삼을 거예요!"

앨리스가 파이팅 포즈를 몇 번이나 반복했다.

500장이나 되는 종이를 다 확인할 수 있을까 불안했던 마음이 가벼워지는 동시에 든든함도 느껴졌다. 게임 시나리오가 끝나면 앨리스와 루키트 님, 로베르토 와이즈에게 진심을 담아 감사를 전하자는 마음이 강하게 들었다.

피나 선배에게도, 네인 선배에게도…… 이루 말할 수 없을 정도로 나는 도움을 받고 있다. 은혜를 갚고 싶고, 좀 더 제대로 교류하고 싶다.

"종이에 이렇게 많은 종류가 있었구나……."

루키트 님이 한숨 섞인 목소리로 종이 조각을 하나 집어 들었다.

그 후로 함께 막대한 양의 종이 다발을 확인했지만, 우리의 목적인 자체 회수 용지는 찾지 못했다.

그뿐만 아니라 서서히 해가 지기 시작하는데도 아직 보지도 못한 종이가 산처럼 남아 있었다.

아예 아렌가로 종이 상자를 들고 가서 밤새 확인하는 편이 나을지도 모른다.

하지만 추후 증거의 신용도가 떨어질 만한 빌미를 제공하는 건 피하고 싶다.

어떻게 할지 고민하고 있자 또각또각 하며 이곳을 향해 올라오는 발소리가 들려왔다.

"미스티아 양. 상당히 힘들어 보이는데, 괜찮아……?"

"피나 선배……."

"학생회 일은 다른 사람한테 맡길 수 있을 것 같아서, 와 버렸어. 도와줄게."

이렇게 믿음직스러운 '와 버렸어'를 들어본 적이 있던가.

지금까지 그 단어에는 괴로운 기억만 있었지만, 지금은 구원과도 같았다.

"감사합니다, 피나 선배……!"

"아냐. 미스티아 양, 항상 그렇게 감사하다고 하는데, 신경 쓰지 않아도 돼. 전혀 신경 쓸 필요 없어."

피나 선배는 환하게 웃었다. 그리고 루키트 님과 앨리스를 보더니 "그쪽이 루키트 양, 하트펄 양이구나. 전부터 한번 대화해보고 싶었어. 잘 부탁해."라며 선거 활동을 하듯이 두 사람의 손을 잡았다.

"저, 학생회 일은 괜찮나요?"

"괜찮아. 어차피 나는 보조 역할이고. 학생회에서 본격적으로 일하는 건 내년이고, 지금은 사업도 안정되어서."

"사업이요?"

"응. 아버지가 조금 맡겨주셨거든. 여름에 아버지가 하시는 일을 지켜보다가, 조금 바꿔보면 좋지 않을까 하는 생각이 들어서. 아버지 사업에 협력하는 분께 이야기해서 나도 힘을 보태고 싶다고 부탁했더니 집안 사업을 맡겨주기 시작하셨어."

그건…… 소위, 가정 내 찬탈이 아닌가……?

하지만 피나 선배의 눈동자는 순수함으로 빛나고 있었다. 야심이 보이지 않는, 진심이 담긴 선의로 느껴졌다.

"그래서 내가 이것저것 움직이지 않고 끝낼 수 있는 일이 많아져서 시간은 남아돌아. 안심해. 그리고 나는 기쁜걸. 나는 지인이 별로 없으니까 미스티아 양이 대화하는 사람들과 친해지고 싶기도 하고."

"피나 선배⋯⋯."

"그러니까 빨리 끝내고 차라도 마시자. 괜찮죠? 여러분."

"네!"

피나 선배의 말에 앨리스가 손을 들며 대답했다.

한편 로베르토 와이즈와 루키트 님은 조금 긴장한 얼굴이었다. 나는 "잘 부탁드립니다."라고 고개를 숙여 인사하고, 종이 다발 탐색을 재개했다.

"아, 아, 아아아!"

피나 선배도 가세하여 회수 용지 탐색을 재개한 지 약 2시간. 앨리스가 갑자기 큰 소리를 냈다.

내가 서둘러 곁으로 다가가자 그녀의 손에는 크레센도 양만 방문한 날짜가 적힌 종이가 쥐어져 있었다.

"이거! 이거죠? 미스티아 님이 찾고 계시던 용지요!"

"네! 이거예요!"

"해냈다, 해냈다아! 해냈다!"

앨리스는 마치 자신의 일처럼 기뻐했다. 루키트 님과 로베르토 와이즈는 "끝났다⋯⋯."라며 안도한 얼굴이었고, 피나 선배는 미소 지으며 박수를 보냈다.

그리고 "빨리 확인해야죠." 하며 품에서 레이드 녹터의 계약 용지를 꺼내려 했다. 그런데 그와 동시에 자그마한 빨간 수첩이 나타났다.

"앗! 내 최애 수첩!"

방금까지 "해냈다아!" 하고 기뻐하던 앨리스가 눈을 크게 떴다.

수첩을 떨어트린 피나 선배도, 앨리스처럼 눈을 크게 뜨더니 "혹시 네가 이 수첩을……?"이라며 놀란 모습이었다.

"네, 맞아요! 이건 제 수첩이에요! 잃어버린 줄 알았는데 보관해 주고 계셨군요! 감사합니다!"

앨리스는 피나 선배가 건넨 수첩을 받아들고는 활짝 웃었다. 표지에는 '미스티아 님과의 추억'이라고 적혀 있었다.

왜, 나와의 추억을 적은 거지? 추후 재판 증거로 쓰일 것 같은 수첩이 나타나 몸이 오싹해졌지만, 그와 동시에 지금까지 봐 왔던 앨리스의 행동에 어렴풋한 의문이 들었다.

정말로, 이게 착각이라면 자의식과잉이 심하다는 소리를 들어도 할 말이 없고 부끄러운 일이다. 하지만 혹시, 어쩌면, 앨리스는 나를, 친구라고 여기고 좋아하는 게 아닐까?

지금까지 데코레이션 쿠키를 선물해 주거나, 응원해 준다는 등, 고마운 말을 듣기도 했는데, 어쩌면, 상당히 우호적으로 나를 대하고 있는 게 아닐까……?

"실은 나도 수첩을 잃어버려서 찾다가 발견한 건데, 그렇구나. 네가 이걸……."

그리고 곧바로 들려온 피나 선배의 말에 나는 확신했다. 나는 주춤주춤하며 루키트 님에게 받은 수첩을 꺼냈다. 역시라고 해야 할지, 피나 선배는 "아앗, 내 미스티아 양 어록이!"라며 내가 꺼낸 수첩을 보고 허둥댔다.

지금까지 피나 선배가 이렇게 큰 소리를 낸 적은 없었다. 나는 놀라면서 "여기요."라며 그녀에게 수첩을 건넸다.

"고마워. 미스티아 양이 이걸 주웠다니."

"아뇨. 그걸 주운 건 헬렌 씨예요."

"어어, 고마워. 루키트 양."

피나 선배는 어색하게 고개를 숙이고, 앨리스도 어째서인지 창백한 얼굴로 몸을 떨기 시작했다.

주위에 긴박한 분위기가 돌고, 로베르토 와이즈도 서먹한 얼굴로 안경 브릿지를 어루만졌다. 그리고 루키트 님은, 벽 옆으로 이동해 있었다.

나는 분위기를 바꾸듯이, 그리고 본론으로 돌아가기 위해 "종이를 대조해 보죠."라며 모두에게 말했다.

"그래야지. 이걸로 녹터 군의 의혹이 풀릴지도 모르니까."

그렇게 말하며 피나 선배는 레이드 녹터의 서류와 방금 찾은 용지를 대조하기 시작했다. 색상도, 목질도 전부 일치했다.

"역시, 녹터 군의 부정 의혹은 날조된 것 같아."

"네. 이걸로 부정을 저지르지 않았다고 증명할 수 있겠네요."

그렇게 말하며 주위를 둘러봤으나, 다들 어딘가 석연치 않은 표정이었다.

특히 로베르토 와이즈는 내 발언이 적힌 수첩에 대해 몰라서 무슨 일인지 파악하지 못하고 가만히 상황을 지켜보고만 있었다.

나는 결심하고 피나 선배에게 말을 걸었다.

"저기, 왜 제 발언 같은 걸, 기록하셨던 건가요?"

그대로 보지 못한 척할 수도 있었지만, 역시 신경 쓰였다. 왜 피나 선배는 내 발언을 기록했던 걸까. 친구끼리 기념으로 교환 일기를 주고받는 건 평범한 일이지만, 기념으로 발언을 기록하는 건 들어본 적이 없다. 따지자면 의사록이나, 재판이나, 정치에 쓰일 것 같은 느낌이다.

대답을 기다리고 있자 선배는 "기분 나쁘지……?"라며 힘없이 말했다.

"아뇨. 제 발언이 정신적인 고통을 줘서, 따라 적는 것으로 마음의 부담을 덜어내셨던 거라면 제가 개선해야 할 부분이고……."

"아, 아니야, 미스티아 양. 미스티아 양의 발언은 불쾌하지 않았어! 그게, 나…… 친구가 없잖아."

피나 선배는 내 얼굴을 살피듯이 바라봤다. 아니, 이 말에는 동의하기 어려웠다.

나보다 피나 선배가 100배는 친구가 많을 것 같았다.

게다가 만난 지 얼마 되지 않았을 때, 지인인 공작가, 후작가 영애의 다과회에 같이 가자는 등 권유도 여러 번 받았다. 게다가 아카데미에선 여학생들의 중심에 서 있는 일이 자주 있었고, 평소에도 리더로서 다른 학생들을 관리하는 모습을 자주 봐 왔다.

하지만 피나 선배는 내 생각을 읽었는지 "없어. 미스티아 양이 없으면 고독한걸. 혼자야."라며 못을 박듯이 말했다.

"아니, 이, 있잖아요. 피나 선배, 쉬는 시간에도, 다른 학생들과 대화를——."

"단도직입적으로 말할게. 내 안 좋은 성격이 드러나겠지만, 그건 단순한 교류야."

단호한 말투로 부정하기에 나는 입을 다물었다.

"지금까지 나는 가문을 위해서, 가문에 이익이 될지 안 될지를 생각하며 교류할 사람들을 정해 왔어. 하지만 미스티아 양은 달라. 확실히 아렌가와 친분을 쌓으면 네인가에게 이익이 되겠지만, 미스티아 양과는 그런 건 상관없이 친하게 지내고 싶다고 처음으로 생각했어…… 그래서 미스티아 양과 대화하는 게 신선하고, 즐거워서…… 일기처럼 미스티아 양과 했던 대화를 수첩에 정리한 거야."

"그 팬심 이해합니다……!"

피나 선배의 말을 듣고 앨리스가 신음하듯이 뭔가를 중얼거렸다. 하지만 무슨 말인지 알 수 없었다. 팬시, 펜싱……? 대체 무슨 뜻일까.

"하지만 점점 바쁜 일이 많아져서, 어떻게든 시간을 내서 적다 보니 미스티아 양의 말만 기록하게 됐어……."

피나 선배는 고개를 숙이고 떨리는 목소리로 말했다. 그렇군. 원래는 일기였구나. 피나 선배는 학생회 부회장인 네인 선배를 도우니 바쁜 일이 많았을 것이다. 일기를 쓸 시간이 적어지면서 불가항력적으로 내 발언만 농축된 듯한 수첩이 되어 버렸다는 뜻인가.

피나 선배의 수첩을 처음 봤을 때 이상하다고 생각했던 게 미안해졌다. 다른 사람의 일기를 그런 식으로 평가해 버리다니.

"죄송해요, 피나 선배. 그건 피나 선배의 소중한 일기였군요. 말씀하신 걸 들으니 확실히 이해됐어요."

"정말? 앞으로도 나랑 친구로 지내 줄 거야……?"

피나 선배는 고개를 숙인 채로 가냘픈 목소리로 물었다. 나는 선배에게 손을 내밀었다.

"네. 부디 앞으로도 잘 부탁드려요."

"그럼 앞으로도 계속 기록해도 될까?"

선배는 내 손을 맞잡더니 즉답했다. 어딘가 위화감이 느껴졌지만 일단 고개를 끄덕이자 피나 선배의 얼굴이 확 밝아졌다.

"후후, 다행이다! 앞으로도 미스티아 양과 친구로 지낼 수 있다니! 미스티아 양, 앞으로도 잘 부탁해."

뭘까. 방금까지 가련하게 말하던 피나 선배는 어디로 간 걸까. 당황하고 있자 내 옆에 누군가가…… 앨리스가 섰다.

"저기, 미스티아 님."

"네?"

앨리스는 피나 선배에게 받은 노트를 끌어안고 나를 똑바로 응시했다. 분명 옆에서 보면 히로인이 악역을 마주하는 그림으로 보이겠지만, 어째서인지 그 히로인은 '미스티아 님 최애 수첩'이라고 적힌 노트를 들고 있다. 최애가 무슨 뜻일까. 전혀 알 수 없었다. 앨리스는 노트를 펼치고 내게 내밀었다.

"저, 최애와의 접촉은 최대한 줄여야 한다고 마음속으로 다짐했는데요. 하지만 이렇게, 일상의 기쁨은 점점 희석되기 마련이잖아요. 저는 지금 이렇게 살아가고, 많은 분과 대화하고, 공부하고, 이 모든 일을 뇌에 기록해서 영구보존하고 싶다는 마음은 있지만 실제로는 어렵고요. 그래서 저는 매일 아침 미스티아 님과 대화하고, 덕분에 귀중한 경험을 하고, 그런 기회를 혼자 레포트로 적어서 기록을 남겨놓고, 다시 읽으면서, 살아가거나 공부하는 데에 의욕을 불러일으키는 용도로 쓰고 있고, 결코 이런 기록을 편지로 보내려 한다거나, 이만큼 많이 적었으니 대단한 팬이라며 미스티아 님께 제 존재를 인식시킬 생각은 없었지만, 역시 과한 행동은 좋지 않다고 생각해서요."

"어어…… 네."

"불쾌하시다면 이 수첩은 바로 태울게요. 그러니 정말 죄송하지만 미스티아 님의 의견을 말씀해 주세요."

앨리스는 몸을 접듯이 내게 고개를 숙였다.

아니, 나를 응원하는 것이 살아가는 데에 힘이 된다는 건 이해되지 않았지만, 기록되는 것이 딱히 불쾌하지는 않았다. 게다가 수첩은 무척이나 공들인 모양새였는데, 상당히 시간을 들여 만든 것처럼 보였다.

이걸 태우는 건 왠지 앨리스의 시간을 헛수고로 만드는 느낌이 드는 데다가 태울 만한 물건도 아니다.

"어어, 불쾌하지 않아요. 그러니 딱히 태우지 않아도 괜찮고, 지금까지 해왔던 대로, 괜찮……은데요. 그런데, 왜 저를 응원하고 싶어 하시는 건지……."

"미스티아 님은 최애니까요."

"그렇군요……. 어어, 앞으로도 잘 부탁드릴게요……."

방금 피나 선배와 악수한 참인데 앨리스와는 악수하지 않으면 왠지 앨리스만 은근히 따돌리는 것 같겠지. 앨리스에게 손을 내밀자 그녀는 눈을 크게 뜨고는 "악수회……? 티켓도 없는데?"라며 믿기지 않는다는 눈으로 나를 바라봤다.

뭘까. 앨리스는 어딘지 모를 이국의 문화에 정통한 걸까? 게임에 그런 설정이 있었는지 기억을 되짚으면서, 시나리오의 강제력이 발동하여 앨리스의 손을 으스러뜨리지 않도록 주의하며 기다리고 있자, 앨리스는 조심스레 내 손을 잡고 어째서인지 작게 카운트를 세더니 손을 놓았다.

"감사합니다. 존재해 주셔서 감사합니다! 응원할게요! 실례하겠습니다!"

앨리스는 마치 진행 방향이 정해진 것처럼 우리에게서 멀어졌다. 루키트 님은 그 모습을 경악한 눈으로 보고 있었다. 피나 선배는 어째서인지 만족스럽게 끄덕이고, 로베르토 와이즈는 그저 어리둥절해 보일 뿐이다. 나도 비슷한 기분이었다.

앨리스가 내게 호의적인 건 알았다. 감사한 일이다. 하지만 왜 그렇게 호의적인 걸까. 실은 미스티아의 외모가 엄청나게 취향이었다거나……?

"어어, 그럼 이제 이걸 선거관리위원회의 2학년, 3학년 위원에게 제출해서 레이드 님의 부정은 사실이 아니었다는 걸 전하면……."

"그거 말인데, 나, 선거관리위원회는 신뢰할 수 없다고 생각해. 상층부도 포함해서."

"네……?"

크레센도 양이 선거관리위원회의 재적 중이라고 해도, 직접

2학년, 3학년에게 압력을 가해서 제출한 증거를 없었던 일로 해 달라고 말할 수는 없을 것이다.

하지만 피나 선배는 "학생회라고는 해도, 나한테 간단히 증거 를 건네주는 조직인걸."이라며 서늘한 표정으로 말했다.

"날조된 증거로 움직일 정도로 경솔하기도 하고, 게다가 녹터 군의 악평도 퍼져 있어. 학생들에게 부정이 사실이 아니란 걸 전하는 게 중요하다고 생각해."

"어어, 종이에 적어서 붙이거나…… 그런 걸 말하는 건가요?"

"아니. 오라버니에게 협력을 부탁해서, 투표 전 리허설에서 녹터 군의 부정에 대해 밝히고 싶어. 미안해, 오라버니에게 상 당히 유리한 모양새가 되어버리지만 그러지 않으면 오라버니에 게 좀처럼 협력을 구할 수가 없어서……."

"아뇨, 그건…… 저도 어렵다는 걸 알고 부탁한 거니까요."

네인 선배는 피나 선배가 죽지 않았는데도 정신적으로 궁지에 몰린 듯한 모습이었다. 아버지에게 압박을 받고 있다는데, 어쩌 면 시나리오의 강제력에 의해 정말 여동생이 죽어버린 것과 비 견될 정도로 힐문을 당하고 있는 것일지도 모른다.

"으음, 지금 말할 작전은 부디 여기 있는 와이즈 군, 하트펄 양과 루키트 양에게도 부탁하고 싶은데, 괜찮을까?"

피나 선배의 말에 다들 "물론이죠."라며 기꺼이 받아들였다.

왠지 일이 커졌지만 정말 감사한 일이다. 분명 부정이 날조되 었다는 사실이 알려지면 타인을 모함한 크레센도 양이 조사 대 상이 되겠지.

이 일로 피나 선배 남매와 로베르토 와이즈, 앨리스와 루키트 님에게 위험이 닥칠 가능성도 있지만, 이미 크레센도 양은 레이드 녹터의 인생을 파괴하기 위해 움직이고 있다.

이대로 방치해 두는 것이 더 위험하다.

"저도 할 수 있는 일이 있다면 뭐든 협력할게요."

타인을 밀어트리고, 추락시킨다. 그런 악행은 한시라도 빨리 막아야만 한다. 무슨 일이 있어도.

피나 선배에게 부탁받은 내 일은, 투표일에 크레센도 양에게 부정의 증거를 내미는 것이었다.

성공률을 생각하면 앨리스가 나서는 게 가장 좋겠지만 만일이라도 크레센도 양에게 가벼운 처분이 내려질 경우, 죄를 폭로한 자…… 겉으로 드러난 사람이 도리어 원한을 살 가능성이 있다. 그래서 다른 사람에게 부탁하기가 쉽지 않았다.

피나 선배의 말에 따르면, 내가 우선 결선투표일에 투표장 리허설 단계에서 선거관리위원회, 그리고 크레센도 양에게 증거를 내밀어 죄를 폭로하는 작전이다.

단계적으로 피나 선배, 네인 선배가 모습을 드러내고, 마치 연극의 최종막처럼 드라마틱하게 상대를 몰아넣어서 우리의 페이스에 휘말리게 하는 작전이라고 한다.

그리고 곧바로 결선투표장에서 선거관리위원회가 레이드 녹터의 부정행위가 사실이 아니란 것을 전달하면 전교생의 오해를 효율적으로 풀 수 있고, 나쁜 소문도 불식시킬 수 있다고 한다.

피나 선배도 네인 선배도 정말 머리가 좋은 사람들이다. 적이 아니라 다행이었다.

그리고 오늘은 결선투표일 전날. 내가 할 일은 내일을 대비하여 네인 선배에게 건네받은 증거, 그리고 대본을 완벽히 숙지하는 것이었다.

그러기 위해서 나는 아침부터 빈 교실에서 대본을 주의 깊게 읽는 중이다. 저택에서도 연습했지만 혹시라도 실수해서 모든 일을 헛수고로 돌리는 일이 일어나선 안 된다.

내일은 레이드 녹터의 운명이 걸린 중요한 날이니까.

대본에 적힌 대사를 한 줄 한 줄 머릿속에 집어넣듯이 읽고 있는데 문에서 덜컹 소리가 났다.

아침에 알리 씨에게 열쇠를 빌려서 클라우스도 들어오지 못하도록 교실 문을 잠근 상태였다. 분명 클라우스일 거라고 확신하며 고개를 들었는데, 문에 달린 창 너머로 보이는 건 클라우스가 아니라 제시 선생님이었다.

"아, 죄송해요."

가방 안에 대본을 서둘러 집어넣고 문을 열었다.

그러자 선생님은 "왜 문을 잠그고 있지?"라고 물으며 교실로 들어왔다. 그리고 내 가방을 보며 "뭘 하고 있었나?" 하며 내게 의심의 시선을 보냈다.

"공부요."

"정말이냐? 누군가 괴롭힌 게 아니라? 소문은 이상한 방향으로 흘러가던데, 녹터의 일로 무슨 소리라도 들은 건 아니겠지?"

선생님은 그렇게 말하며 나를 바라봤다. 초반엔 부정을 저지른 레이드 녹터의 약혼자라고 어쩐지 경계가 담긴 시선을 받고는 했는데, 그건 기본적으로 다른 학년이나 다른 반의 학생들이 그랬고, 같은 반 학생들은 동정이 담긴 시선이나 '그렇지 않아도 어떻게 대해야 할지 모를 녀석인데 더 어떻게 대해야 할지 모르겠다'라는 것처럼 동물을 대하는 듯한 시선을 보냈다.

그래서 게임 속 미스티아가 했던 것 같은 괴롭힘이나, 괴롭힘이라는 부드러운 말로 순화한 범죄 행위는 벌어진 적이 없고, 이상한 소리를 들은 적도 없다.

"괜찮아요."

"그럼 그 종이도 내게 보여줄 수 있겠지?"

선생님은 나를 똑바로 응시했다.

급히 감추려고 한 게 잘못이었다. 누가 봐도 남이 보면 안 될 내용을 숨긴 것처럼 숨기고 말았다. 실제로 남이 보면 안 될 내용이긴 하지만, 의심을 불러일으키게 숨겼으면 안 됐다.

"아뇨, 그건 좀……."

"꺼내. 협박이라면 바로 대처해야 하니까. 절대 너를 위험하게 만들지 않을 거야. 나를 믿어."

그렇게 말하며 선생님은 내 가방에서 강제로 대본을 꺼내 들었다.

내 저항이 무력하게도 선생님은 대본을 훑었다. 갑작스러운 사태에 창백한 얼굴로 있자, 선생님은 뒤를 살핀 후, 문으로 다가가 복도를 확인한 후에 문을 잠그고 다시 내게로 몸을 돌렸다.

"너, 이건 뭘 하려던 거지?"

"……그게."

"말하지 않으면 몰라. 나는 널 믿어. 다른 녀석에게 말하지 않을 거야. 그러니 전부 말하도록."

"……하지만."

"미스티아."

선생님은 타이르듯이 내 이름을 불렀다. 이대로 넘기기는 글렀다. 나는 손을 쥐고 입을 열었다.

"레이드 님, 부정을 저지른 게 아니고, 그 증거를 발견해서, 그걸, 내일 발표하려고요."

"너 혼자서 하는 거냐?"

"아뇨. 협력해 주시는 분들이 있어서……."

이름은 말하지 않는 편이 좋을지도 모른다. 선생님은 아마 비밀을 지켜주겠지만…….

"네가 그렇게까지 하지 않아도 되는데."

"네……?"

"그 녀석은 그냥 명목상의 약혼자일 뿐이잖아? 그런데, 네가 이렇게…… 협력자를 모으고 의혹을 풀어주다니…….."

선생님은 비통한 얼굴로 대본을 바라봤다. 이런저런 추궁은 안 하시는 건가……?

의아하게 여기고 있자 선생님은 "안심해. 아무한테도 말하지 않을 테니까."라고 말하며 내게 대본을 건넸다. 하지만 내가 받기 전에 "그런데 말이야."라며 서론을 넛붙었다.

"제대로 선은 그어야 해."

"네?"

"네가, 눈앞에 있는 녀석이 곤란해하는 걸 무시하지 못한다는 건 알아. 평소엔 조용하면서 무슨 일이 생기면 적극적으로 나서고. 그런데 말이야. 자기 몸을 던지면서까지 감싸거나, 의심받을 때 아니라면서 믿어주고, 증거를 가져오거나 하면, 네가 그 녀석을 좋아하는 것처럼 보이잖아? 나는 네가 어떤 녀석인지 잘 알아. 하지만 세상에는 전부 자기 좋을 대로 해석하는 녀석들이 잔뜩 있다고. 눈이 마주친 것만으로 자기를 좋아한다고 착각하거나, 우연히 귀갓길이 겹친다고 운명이라고 느끼거나, 그런 이상한 녀석이 있다는 사실은 너도 인지하고 있어야 해. 나도 지켜주겠지만, 스스로 자신을 지킬 줄도 알아야지."

"어어, 네……."

내가 끄덕이자 선생님은 "알았으면 됐어."라고 말하며 교실 문을 열었다.

정신을 차려보니 눈 깜짝할 새에 투표일 당일이 되었다.

오늘, 나는 레이드 녹터의 결백을 증명한다.

심호흡한 후 조심스레 강당의 문을 열었다. 그리고 단상에 올라가 설치된 막 안으로 들어서자 그곳엔 선거관리위원회의 위원들, 그 옆에는 피나 선배가 서 있었다. 네인 선배는 구석에서 대기 중이다.

레이드 녹터의 결백을 밝히는 장소로 준비한 건 강당의 무대 위. 딱히 내가 전교생에게 알릴 필요는 없고, 나는 위원회 전원에게만 알리면 된다.

좀 더 폐쇄적인 장소를 찾아봤지만 피나 선배의 말로는 학생이 빌릴 수 있으면서 사람들에게 의심받지 않을 만한 장소가 달리 없었다고 한다.

그리고 에릭이 소리를 막을 칸막이를 설치하자고 제안해 준 덕분에 결과적으로 이런 폐쇄 공간이 만들어졌다.

"오늘은 이렇게 모여주셔서 감사합니다."

그렇게 말하며 고개를 숙였다. 선거관리위원회의 위원장은 조용히 나를 응시한 후 피나 선배에게 시선을 돌렸다.

"네인 양, 선거관리위원회 전원에게 할 말이 있다고 들었는데, 대체 무슨 일인가요? 현재 뇌물 용의로 근신 중인 사람의 약혼자까지 부를 줄은. 무슨 생각이시죠?"

"……실은, 흥미로운 이야기를 들어서 위원장에게도 전해드려야겠다고 생각해서요."

피나 선배가 작은 목소리로 말하며 나를 바라봤다. 그리고 신호를 보내듯이 크게 끄덕였다.

"레이드 님은 결백합니다. 부정은 저지르지 않았어요."

단호하고 큰 목소리로 그렇게 선언했다. 그러자 선거관리위원회의 위원들은 내 말이 허언이라고 비웃듯이 흥이 식은 태도를 보이기 시작했다. 하지만 그중에 단 한 명만큼은 눈이 불안으로 떨리고 있었다.

"무슨 말을 하나 했더니…… 증거는 제대로 모았고, 아카데미에도 제출했지. 부정인지 아닌지를 토론하기에는 너무 늦었어.

약혼자가 뇌물 문제로 퇴학하게 된 건 유감이지만, 이건 결정 사항이야. 그런 이야기가 하고 싶다면 가족이나 친구에게 말하지 그래?"

그렇게 말하며 위원장은 한숨을 쉬었다.

나는 한 발짝 앞으로 나가 품에서 서류를 꺼냈다. 위원장은 내 행동에 미간을 찌푸리며 "그건 뭐지?"라고 질문했다.

지금까진 전부 준비된 대본대로다.

피나 선배가 준비한 대본에는 여기서 아마 위원장이 무시할 테니, 반론하라는 내용이 적혀 있었다. 그 타이밍과 딱 맞았다.

거의 공략본에 가까운 정도라고 생각하며 나는 각서를 제시했다.

"이건 레이드 님이 부정을 저지르지 않았다는 증거…… 아뇨, 선거관리위원회의 위원이 레이드 님의 뇌물 의혹을 억지로 꾸며냈다는 증거예요."

한층 더 큰 목소리로 말했다. 이것도 피나 선배의 지시였다. 그리고 대본대로 나는 말을 이어나갔다.

"레이드 님이 부정을 저지른 증거로 제출된 계약 용지는 전문점에서 판매된 것이었죠. 그리고 이 용지는 특정한 사람의 피부에 악영향을 미칠 가능성이 있는 재료가 섞여 있다는 이유로 외국에서 화제가 되어서, 그걸 안 점주가 판매한 지 하루 만에 판매 정지한 특별한 용지이기도 하고요."

"그게 어쨌다는 거야. 용지의 질이 나쁘니까 부정행위가 아니라고?"

"아뇨. 그런 이야기를 하고 싶은 게 아니에요. 문제는 그날, 그 가게에 들른 구매자가 딱 한 명밖에 없었다는 사실이죠. 구매자 목록에 선거관리위원회의 위원 이름이 있었어요."

게임 속 미스티아의 말투를 의식하며 말하자 위원장이 눈을 크게 떴다.

"뭐, 라고?"

"해당 종이를 구매한 사람은, 어떤 선거관리위원…… 한 명뿐이었어요. 네인 선배가 확인해 주셨죠."

내가 이름을 말하자 네인 선배가 그늘에서 나타났다.

대본을 읽었을 때, 네인 선배가 오히려 원한을 살 가능성이 있다고 했지만, 피나 선배가 "표면에 나서는 이상, 원한도 처리할 줄 알아야 당주가 될 수 있어."라고 말하여 네인 선배는 몸을 떨면서 동의했다.

"정말이야? 부회장."

"그래. 그녀가 말한 게 확실해."

위원장의 질문에 네인 선배는 고개를 끄덕였다. 이미 선거관리위원회가 제출한 증거품을 회수할 수 있었던 건 그 누구도 아닌 네인 선배의 공이다.

네인 선배의 긍정을 들은 위원장은 매우 놀란 얼굴로 나를 바라봤다.

"대체 누가, 이런 일을……."

"크레센도 양이에요."

아까부터 얼굴에 초조함이 드러나 있는 그레센도 양에게 시선을 돌렸다.

위원장이, 크레센도 양을 바라봤다.

크레센도 양은 고개를 가로저을 뿐이고 아무 말도 하지 못했다. 피나 선배는 내게 눈짓했다. 그 신호를 보고 가볍게 끄덕인 후 대본대로 큰 목소리를 내려 했다.

하지만 그것을 가로막듯이, 옆에 설치되어 있던 막이 휘릭 소리를 내며 순식간에 올라갔다.

갑자기 눈 부신 빛이 흘러들어왔다. 어리둥절하게 서 있는데, 방금까지 놀란 표정이던 피나 선배가 "이해하셨나요? 여러분!" 하며 마치 관중을 앞에 둔 것처럼 큰 목소리로 말했다.

전혀, 이해하지 못했다.

이해하지 못했어요. 선배.

그렇게 말하고 싶은 기분으로 뒤돌자, 마치 아까부터 계속 있었던 것처럼, 거의 전교생이 모였다고 할 정도의 대인원이 놀란 표정으로 멍하니 이쪽을 보고 서 있었다.

"어……?"

말이 되지 못한 목소리가 입에서 흘러나왔다. 네인 선배가 "미안."이라며 진심으로 면목이 없다는 듯이 사과했다.

그 모습에, 내가 지금 사과받을 만한 상황에 있는 건지 더욱 혼란스러워졌다.

상황 파악이 안 된 채로 멍하니 서 있자 피나 선배가 환한 얼굴로 내게 다가왔다. 그리고 "자, 미스티아 양. '그러니까 레이드 님은 결백해요'라고 말해야지?"라며 내게 대본대로 속행할 것을 재촉했다.

"그, 그러니까 레이드 님은 결백해요!"

그렇게 말하자 이쪽을 보고 있던 사람들이 웅성거리기 시작했다. 상황이, 전혀 파악되지 않았다.

선거관리위원회의 위원들도 마찬가지인지 당황한 표정으로 서로의 얼굴만 마주 봤다.

하지만 단 한 사람, 크레센도 양은 바닥에 무릎을 꿇고 절망적인 눈으로 허공을 바라봤다. 피나 선배는 다시 한번 큰 목소리로 "그리고, 여기서 부회장인 빅터 네인이 여러분께 드릴 말씀이 있습니다."라고 말하며 주변을 둘러보았다.

네인 선배는 헛기침을 하고 입을 열었다.

"다들. 오늘은 부회장인 나의 갑작스러운 부탁을 들어줘서 고마워."

옆에 네인 선배가 섰다. 조금 전의 사죄하던 분위기는 사라지고, 마치 통솔자 같은 당당한 얼굴이었다.

"이번 레이드 녹터 군의 뇌물 용의에 관한 소문은 놀라울 정도로 전교생에게 폭발적으로 퍼지고 말았지. 그래서 그 용의를 풀기 위해 이렇게 모두를 모아야 했어. 지금 모두가 들은 것처럼, 녹터 군은 부정을 저지르지 않았어. 내가 현 부회장으로서 선언하지! 레이드 녹터의 자택 근신 및 출마 정지의 해제를 정식으로 아카데미, 그리고 선거관리위원회에 요청하겠다고!"

네인 선배의 선언이었다. 이건 대본대로였으니 나도 알고 있다.

하지만 그 선언은 선거관리위원회를 향해 말하는 것이었지,

수많은 관중 앞에서 말하는 것이라고는 적혀 있지 않았다. 지금 눈앞에 있는 관중에 대해선 전혀 적혀 있지 않았다.

단상 아래엔 에릭과 앨리스, 로베르토 와이즈, 루키트 님이 있었다. 앨리스는 놀란 듯한, 그러면서도 어딘가 감동한 듯한 얼굴이었고, 로베르토 와이즈와 루키트 님은 그저 놀라고만 있어서 나와 비슷한 기분이란 것이 쉽게 전해져왔다. 나도, 이 상황이 이해되지 않는다.

"고마워. 하지만 이게 끝이 아니야. 박수를 받을 건 내가 아니라, 여기 있는 영애, 미스티아 아렌이지! 나는 그녀에게 부탁받아 이 자리를 만들었을 뿐이야. 피나도 마찬가지. 오늘, 나는 준비를 도왔을 뿐이야!"

그렇게 말하며 아까부터 계속 단상 아래의 관중들을 향해 연설하듯이 말하던 네인 선배가 내게로 몸을 돌렸다.

그리고 나를 본 후, 다시 관중에게 시선을 돌렸다.

"그녀는 녹터 군의 용의를 풀기 위해 협력해 달라고 내게 부탁했어. 대항마인 내게 말이야. 나는 그 이야기를 들은 순간, 그렇게까지 자신의 약혼자를 회장으로 만들고 싶은가 하는 생각이 들었어. 하지만 그녀의 의견은 달랐어. 그가 학생회장이 된다고 자신까지 학생회장이 되는 게 아니다, 게다가 회장 선출로 덕을 보는 건 약혼자가 아니라 학생들이어야 한다고! 그리고 내가 협력하면 대항마에게 협력한 후보로서 지금의 지위를 더욱 견고하게 굳힐 수 있다고까지 말했지."

확실히 나는 레이드 녹터의 결백을 증명하고 싶었던 거지, 그를 회장으로 만들고 싶었던 건 아니다.

하지만 왜일까. 네인 선배의 말은 과장된 느낌이었다. 말만 들으면 내가 엄청나게 대단한 일을 한 것처럼 느껴진다. 과대광고라는 단어가 머릿속에 맴돌았다.

불안한 마음으로 네인 선배를 바라봤지만, 선배는 나를 보지 않고 그저 앞을 응시하는 중이다. 한편 피나 선배는 당당하게 나를 보고 힘차게 고개를 끄덕였다.

모르겠어. 선배, 모르겠어요. 이게 무슨 상황인지.

"그녀는 내 여동생과 친하기에 그 평판은 들어봤지. 다들 들어본 적이 있을 거야. 가난한 자, 힘이 없는 자에게 손을 내미는 아렌가의 평판을! 그런 아렌가의 영애라고 해서 무조건 올바르다고 할 수는 없어. 하지만 약혼자의 결백을 믿고 지금 그 결백을 증명해 낸 미스티아 아렌은 그야말로 힘없는 자에게 손을 내미는, 고귀한 귀족으로서의 그릇을 지녔다고 생각하지 않는가!"

생각하지 않아. 생각하지 않아요, 선배.

그리고 힘없는 자에게 손을 내미는 아렌가의 평판도 들어본 적 없다. 아렌가는 크긴 하지만 네인 선배의 말은 너무나도 과장되었다.

유서 깊고, 권세 높은 가문. 그게 아렌가이지만 그 집안의 딸인 나는 매우 평범하다. 이 강당에 있는 사람 중에서도 가장 고귀한 귀족으로서의 그릇을 지니지 않은 사람이다.

고장 난 기계처럼 고개를 가로로 휘젓자 네인 선배는 관중의 성원에 응하듯이 힘 있는 시선으로 앞을 응시하며 승리를 확신한 것처럼 웃었다.

"그러니 나는, 지금 선언하겠어. 내가 회장이 된다면, 미스티아 아렌을 학생회 임원으로 받아들이기로!"

네인 선배가 소리 높여 선언했다.

단상 위를 바라보던 관중들은 일제히 박수갈채를 보냈다.

영문을 모르겠다. 정말로, 영문을 전혀 알 수 없었다. 말문이 막힌 상태로 있자 무대 바로 아래에 선 앨리스가 감격한 것처럼 내게 박수를 보내고 있었다. 이건, 본 적이 있다. 이 광경은 레이드 녹터가 학생회 선거에서 회장이 되어, 모든 사람이 평등하게 행복해질 수 있는 아카데미를 만들겠다고 말하며 앨리스에게 시선을 보내고, 앨리스가 조용히 감격하는 그 장면과 닮았다.

하지만 오늘은 선거 결과 발표일도 아니고, 무대 위에는 레이드 녹터가 없다. 자택 근신 중이니까……. 그런데 앨리스는 보는 사람이 아파질 정도로 짝짝 소리를 내며 박수를 치고 있다.

그보다 내가 학생회에 들어간다니, 그게 무슨 소리야?

현기증이 들었다. 나는 눈앞의 광경을 이해할 수 없어서 멈추지 않는 박수를 맞으며 그저 멍하니 서 있었다. 그런 내 어깨에 누군가의 손이 툭 올라왔다. 뒤돌아보니 피나 선배가 기쁜 듯이 웃고 있었다.

"미스티아 양. 학생회의 일원이 된 걸 환영해!"

"네?"

무슨 상황인지 모르겠다.

아니, 귀족 아카데미에 입학한 이후로, 무슨 상황인지 이해되는 일을 조우한 게 압도적으로 적었지만, 이건 정말 뭐지? 내가 대체 뭘 했다고. "이게 무슨 말인가요?"라고 질문하자 선배는 "이것도 녹터 군의 의혹을 불식시키기 위한 거니까."라며 대답했다.

"나쁜 소문이 너무 널리 퍼져 버렸잖아. 이렇게 크게 일을 벌여도 끈질기게…… 정말 끈질기게 소문을 입에 담거나 화제로 삼는 사람이 있을지도 몰라. 그러니까 미스티아 양……, 부회장인 오라버니가 직접 지명해서, 1학년에 학생회 가입이라는 전례 없는 일을 네가 달성했다고 말만 흘리면 아카데미 내의 화제는 전부 미스티아 양에게 집중되리라고 생각했어. 혹시 마음에 안 들었어……?"

피나 선배는 미안하다는 표정으로 내 표정을 살폈다.

확실히 레이드 녹터의 악평은 순식간에 걷잡을 수 없을 정도로 퍼져 있었다. 그러니 선거관리위원회 전원을 앞에 두고 이렇게 연극 같은 일을…… 아니, 논점이 바뀌지 않았어?

애초에 왜 선거관리위원회뿐만 아니라 전교생이 무대 아래에, 마치 조회 시간처럼 모여 있는 거야?

"서, 선배. 학생들은 왜 이렇게, 위원회에 속해 있지도 않은 학생들이 모인 거죠?"

"그것도 말야, 녹터 군을 위해서야. 최대한 빨리 학생들에게 결백을 증명하는 편이 좋다고 생각해서."

그런……가? 점점 이해가 될 것 같기도 하고. 하지만 피나 선배를 불신하는 것도 아닌데, 어째서인지 구슬려지고 있는 듯한 기분을 지울 수가 없었다.

불안한 마음으로 고개를 끄덕이자, 피나 선배는 어깨를 늘어 트렸다.

"미안해, 미스티아 양. 어떻게든 널 위해서 뭐라도 하고 싶었는데, 계획 전부를 말해 주지 못한 채로 일을 진행해 버려서⋯⋯. 최대한 빨리 해결해야 한다는 마음에 초조했나 봐."

"아뇨. 저야말로 죄송해요⋯⋯ 협력해 주셔서 감사합니다. 하지만 제가 정말로 학생회에 들어가야 하는 건⋯⋯."

"그건 안심해. 너를 억지로 가입시킬 생각은 없으니까. 학생들이 반대하면 당연히 미스티아 양의 학생회 가입은 무산될 거야. 안심해. 알았지? 생각해 봐, 학생들이 미스티아 양이 어떻게든 꼭 학생회에 들어가 주기를 바라는 게 아니면 괜찮을 거야."

잘 이해는 되지 않았지만, 귀족 아카데미의 학생회와 학생들은 풋내기 1학년의 학생회 가입을 허용할 정도로 만만하지 않다.

게다가 레이드 녹터의 천재성, 카리스마성을 높이 평가해서 그의 학생회장 선거 출마를 허용했을 뿐이지, 애초에 나는 허용되지도 않았다.

딱히 공적이 있는 것도 아니고. 그 사실에 안도하고 있으니 "아냐⋯⋯ 뭔가 이상해."라는 떨리는 목소리가 들려왔다.

"이런 건, 이상해. 우리 집안이 몰락할 거야⋯⋯ 내가, 배드엔딩이 돼 버린다고⋯⋯."

레이드 녹터를 모함한 크레센도 양은 몇 번이나 고개를 가로

저으며 전교생 앞에서 뒷걸음질을 쳤다. 곧바로 선거관리위원회의 위원장이 그녀에게 날카로운 시선을 보냈다.

"……크레센도 양. 진술을 해줘야겠어. 교사진들도 함께한 자리에서."

"제대로 자물쇠를 열었는데, 플래그도 세웠다고! 해방했을 텐데, 어째서?"

위원장과 크레센도 양의 대화는 전혀 맞물리지 않았다.

"거짓말이야! 내가 투옥되고 사형대에 서게 될 거라니, 절대 싫어! 나는 아카데미에 불도 지르지 않았다고!"

아카데미에 불을 지르고, 투옥되고, 사형대에 선다고?

크레센도 양은 분명 두근러브에 관해 이야기하고 있다. 하지만 그건 미스티아의 엔딩이다. 아무 관계도 없는 크레센도 양이 왜 그런 엔딩을 맞이할 거라고 걱정하는 거지?

혹시, 크레센도 양은, 자신이 게임 속 미스티아처럼 되리라고 생각해서, 레이드 녹터를 파멸시키려고 한 건가……?

그녀는 미스티아의 추종자 중 한 명이었다. 당연히 미스티아가 게임처럼 파멸을 맞이한다면 그녀도 비슷하게 파멸하고 만다. 하지만 지금 크레센도 양은 나와 아무 사이도 아니다.

나와 엮이지 않으면 파멸도 다가오지 않을 텐데.

가만히 지켜보고 있자, 그녀는 마구 날뛰기 시작했다. 위원장은 다른 위원에게 그녀를 붙잡도록 지시했다.

"크레센도 양. 네가 어떤 목적으로 이런 짓을 저질렀는지 해명도 포함해서 일단 이야기를 들어보도록 하지."

"이거 놔! 왜 나인 거야! 말 잘 들었잖아! 녹터만 없어지면! 나는 괜찮아진다고!"

"무대 안쪽으로 데려가."

크레센도 양 외의 전원이 당황한 표정으로 있는 사이에 정신을 차린 네인 선배가 지시를 내렸다.

선배의 말에 다시 선거관리위원들이 재빠르게 움직여 크레센도 양을 무대 안쪽으로 데려갔다.

"조용히. 내 말을 들어 줘."

네인 선배는 무대 아래에서 웅성거리는 학생들을 앞에 두고 늠름한 표정으로 뒤돌았다.

"레이드 녹터 군의 결백은 이것으로 증명되었으리라 생각해. 하지만 지금 이 자리에서 결선투표를 진행하는 건 공평하지 않아. 사람은 자신이 한번 결정한 사항을 쉽게 바꾸지 못하니까. 필연적으로 자기 생각을 포기할 테고, 그 결과로 내게 표가 모여들겠지. 그러니 결선투표는 3일 후에 진행하고, 선거관리위원회가 따로 집계하는 게 아니라 그 자리에서 집계해서 발표하겠어."

네인 선배의 말에 혼란스러워하던 학생들이 조용해졌다. 다들 선배의 말에 귀를 기울이고 있는지 진지하게 이야기를 듣고 있다.

"학생회의 발표는 이상. 그리고 선거관리위원회의 처우는 나중에 연락하지."

선배가 무대 안쪽을 바라보자 무대를 가리는 막이 닫히기 시작했다.

상황을 전혀 파악하지 못한 채로 서 있자 피나 선배가 내 얼굴을 들여다보았다.

"괜찮아? 미스티아 양. 혼란스러울지도 모르겠지만 제대로 해결될 테니까 괜찮을 거야. 그리고 이제 녹터 군의 결백은 증명됐으니 안심해."

"네……."

피나 선배는 나를 배려해 주고 있다. 하지만 나는 아직도 이 상황을 따라가지 못하고 있다.

녹터가를, 레이드 녹터를 노리던 크레센도 양은 떠나갔다. 아마도 처분이 내려지겠지. 하지만 가슴이 불안하게 두근거리는 것은 왜일까. 나는 불안한 마음을 품은 채로 피나 선배의 안내에 따라 무대 안쪽으로 들어갔다.

"미스티아!"

무대 안쪽으로 빠져나가 피나 선배의 안내를 받아 도착한 곳은 학생회실이었다.

외부에서 들어온 건 처음이라 긴장했는데, 안에는 낯익은 사람…… 에릭이 있었다.

그는 내게 크게 손을 흔들고 있었다. 정말 오늘은 이해되지 않는 일만 일어난다는 생각을 하고 있는데, 네인 선배가 "쟤는 다음 임기부터 학생회 회계로 들어올 예정이야."라며 에릭을 가리켰다.

"어…… 에릭 선배가, 말인가요?"

"그래. 내가 학생회 일은 다른 사람한테 부탁했다고 말했었지? 오라버니와 내가 빠진 분만큼 일을 도와준 게 쟤야."

그런 건 처음 듣는 이야기다.

어리둥절하게 이야기를 듣고 있는데 에릭은 "저기, 미스티아가 학생회에 들어오도록 도와주면 나도 가입시켜준다고 해서 들어왔어!"라고 말하며 웃었다.

"아니, 들어왔다니, 서, 선거는……? 그보다 제가 학생회에 들어가도록 협력했다니, 그게 무슨 말인가요?"

"전에, 미스티아가 나한테 녹터 녀석을 도와달라고 부탁한 적이 있었잖아. 그때 개인적으로는 그 녀석을 그냥 못 본 체하고 싶었는데, 미스티아의 부탁은 들어주고 싶었단 말이지. 그런데 녀석이 학생회장이 되면 분명 미스티아를 학생회에 가입시키려고 할 것 같아서, 그 녀석과 경쟁하는 네인…… 정확히 말하자면 네인 양한테 선거를 도울 테니 학생회에 넣어달라고 부탁했어!"

"어어……."

"네인 양도 말이야, 녹터만 좋은 경험 하는 건 싫을 테니까, 이해가 맞아떨어진 거지! 그렇지?"

에릭의 물음에 피나 선배는 생각하는 표정을 지었다. 그리고는 고개를 크게 끄덕였다.

"내가 미스티아 양을 좋아하긴 하지만…… 호감을 제외하고도 그 능력도 높이 사거든. 네 힘은 분명 학생회 운영에 도움이 될 거야. 그래서 네 생각을 듣기 전에 진행해 버렸어. 녹터 군의 악평을 순식간에 지워내면서 미스티아 양을 학생회에 가입시키는 두 가지 목표를 이루려면 그게 가장 좋은 방법이라고 생각해서…….”

피나 선배는 미안하다는 듯이 말을 더듬었다. 그리고는 나를 똑바로 응시했다.

“미스티아 양. 혹시 내가 싫어졌을까……?”

“그런 일은 없어요. 그건 확신할게요.”

선배는 마치 세상의 종말을 맞이하는 듯한 어두운 표정이었다. 괜찮다는 의사를 전하기 위해 어깨에 손을 올리자 “정말로……?”라며 목소리를 떨었다.

“네. 제가 피나 선배를 싫어할 수 있을 리가 없죠. 오히려 이렇게 협력해 주셔서 감사해요! 정말, 정말 감사해요.”

전교생 앞에서 레이드 녹터의 편을 든 것은 원하던 바가 아니었다. 약혼 파기의 꿈이 멀어지고 말았다.

하지만 여러 사람 덕분에 녹터가는 무사할 듯하다. 감사 인사를 전하고 있자 선배는 조금 전의 그 연약한 모습을 지우고 “그럼 학생회에 들어와 줄래?”라며 강요하는 듯한 눈으로 나를 바라봤다.

“어……, 그건, 어……? 그런데 아까, 학생들의 반대가 있으면 어렵다고 하셨던 것 같은……?”

“맞아. 하지만 이번 선거부터 오라버니가 교칙을 바꿔서 회장, 부회장 2명, 서기, 회계 외에도 학생회 일반임원이라는 직책을 새로 만들어서, 직함 없는 학생회 임원 제도를 만들었어. 선거의 부담을 없애기 위해서 일반임원은 회장의 지명으로 정하기로 했고……, 그러니까 괜찮아! 너만 받아들이면 너는 학생회 일반임원이 될 수 있어!"

아니, 전혀 괜찮지 않다. 괜찮지 않다고. 학생회 일반임원이 뭐야? 그런 건 게임에 나오지 않았다.

게다가 방금 들었던 이야기와 다르다.

방금까지 피나 선배는 "모두가 반대하면 학생회엔 들어올 수 없다"라고 말했다. 요컨대, 내가 학생회에 들어가는 건 확정 사항이 아니었다는 뜻이다.

네인 선배를 바라보자 "내가 변경했다고는 하지만 제안한 건 피나였지……."라며 매우 피곤한 표정으로 말했다.

그렇군. 게임에선 죽었던 피나 선배가 살아 있기에 생겨난 제도……. 아니, 그런 임원이 되면 유학을 갈 수 없잖아.

"아뇨, 저는…… 학생회에 들어갈 만한 그릇도 아니고…….."

"그렇지 않아! 게다가 힘들면 언제든지 나가도 돼! 괜찮아. 처음엔 뭐든 두렵지만 적응하면 간단한 법이야! 게다가 다들 미스티아 양이 1학년이고, 처음이란 걸 알고 있어! 분위기도 좋고! 게다가 학생회 임원으로 일하는 건 다음 임기부터니까, 괜찮아! 응?"

"아니, 그게…….."

"그리고 녹터 군의 나쁜 소문을 완전히 지우기 위해선 역시 가입하는 게 좋아. ……아! 맞아! 미스티아 양, 오늘 방과 후에 녹터 저택에 보고하러 가는 건 어때? 약혼자인 네가 얼마나 노력했는지를 미래의 남편……이 될지도 모르는, 아니, 안 될지도 모르는 그 애한테 전하는 게 좋을 것 같아!"

"하지만……."

"그리고 생각해 봐. 학생회의 결선투표일이 바뀌면서 결과 발표일도 바뀌었잖아? 학생회 선거에 입후보한 학생의 보호자는 그날 아카데미에 와야 하니까 녹터 군의 부모님에게도 알려드려야지."

피나 선배는 그렇게 말하며 학생회실의 책상에서 프린트를 몇 장 꺼내 내게 건넸다.

프린트에는 결과 발표 일자가 변경되었다는 것을 알리는 문구가 적혀 있었다.

"어, 이걸 방과 후에……, 전하면 되나요?"

"응! 방과 후에 바로! 괜찮다면 네인가의 마차를 빌려줄게."

"마차는…… 저도 있어서…… 마차를 빌려주시면 선배들이 하교하지 못하잖아요."

"그래, 알았어. 그런데 오늘 방과 후 곧바로 녹터가 저택에 가줘! 부탁할게."

"네……."

피나 선배는 눈을 반짝이며 빠르게 요구 사항을 전달했다. 뭘까. 강제로 일을 떠안게 된 듯한 기분도 들었다.

하지만 지금까지 선배가 그런 적은 없으니…….

"그럼 수업이 시작할 테니 해산하죠!"

시계를 보니 피나 선배의 말대로 수업이 시작할 시간대가 되어 있었다.

주뼛거리며 학생회실을 나서자 네인 선배가 "……미안." 하며 무척이나 피곤한 얼굴로 어깨를 늘어트렸다.

"아뇨. 이번엔, 정말 감사했습니다. 협력해 주셔서……."

"아니. 네가 피나를 구해줬는데, 정말 미안해……."

네인 선배는 동정심이 담긴 듯한 눈으로 나를 바라봤다.

내가 이렇게 사과받을 만한 일을 당했던가.

아까 무대 위에 있을 때도 비슷한 사과를 받았는데, 짐작 가는 게 없어서 불안함이 생겨났다.

"자, 가자. 미스티아."

내가 학생회실에서 나가려다 멈추자 에릭이 내 어깨를 밀었다. 나는 혼란한 채로 교실로 돌아가기로 했다.

에릭과 헤어지고 교실로 돌아왔다. 그보다 아까부터 학생들의 시선이 꽂혀 들었다.

아까 나는 전교생 앞에서 레이드 녹터라는 한 유명인에 관해 이런저런 이야기를 했다. 그래서 이렇게 주목받는 건 이상하지 않다. 내가 이들이었어도 주목했을 것이다.

하지만 역시 이런 시선에 노출되는 건 너무나도 어색했다. 1주 정도 지나면 괜찮아지려나 하는 생각을 하며 걷고 있는데 갑자기 뒤에서 누군가가 뛰어오는 소리가 들려왔다.

뒤돌아보니 로베르토 와이즈가 숨을 헐떡이며 내게 달려오고 있었다.

"아렌 양!"

"안녕하세요."

그는 내게 할 말이 있는 모양이었다.

나도 그에게 감사 인사를 전할 생각이었다. 하지만 지금은 우선 그의 이야기부터 듣는 게 맞겠지. 호흡을 가다듬는 것을 기다리고 있자 그가 천천히 입을 열었다.

"아까, 그건, 너도 알고 있던 일이야?"

"어어……."

"학생회, 임원으로 들어간다는 건……."

"아뇨, 아니에요. 피나 선배가 전부터 생각하셨다고 해서……."

아무래도 로베르토 와이즈는 내가 임원으로 들어가는 것에 관해 묻고 싶었던 모양이다.

내 말에 그는 생각에 빠진 듯한 표정이더니 이내 납득했다.

"……저, 갑작스럽지만 감사했어요. 협력해 주셔서……."

"아니, 인사하지 않아도 돼."

그는 그렇게 말하며 바닥을 바라봤다. 그래도 다시 감사를 전하려고 했는데 안색이 좋지 않아 보였다.

보건실에 가보라고 말하려는데, 말을 꺼내기 전에 그는 "곧 종이 울릴 거야. 돌아가자."라며 뭔가를 감추듯이 교실을 향해 걸어갔다.

어지러울 정도로 상황이 바뀐 방과 후. 나는 곧바로 레이드 녹터를 만나러 가기로 했다.

"노려진 건 너였어."라며 약간 착란 상태에 빠진 모습을 마지막으로 본 이후로 만나지 않아서인지 평소보다 더 긴장되었다.

레이드 녹터의 위협이 줄어들어서 안심되는 기분도, 조금은 있었지만…….

"바로 레이드 님을 부를 테니 잠시 기다려 주세요."

영리해 보이는 집사가 나를 거실로 안내한 후 자리를 권했다.

언제 와도 긴장되는 장소. 조용히 거실을 둘러보며 나는 소파에 앉았다.

처음 이곳에 왔을 때, 커다랗게 비어 있는 공간이 신경 쓰였었지. 지금 그곳에는 레이드 녹터, 그의 동생인 자르드 군, 그리고 녹터 부부의 초상화가 걸려 있다.

최근 몇 년 동안 몇 번이나 봐 왔던 것이지만 신기한 기분이었다.

레이드 녹터와 처음 만났을 당시엔 사진이 발명된 지 얼마 되지 않아 수요가 늘어날 것을 예상하고 사진 액자를 대량으로 파는 잡화점도 있었다.

지금은 카메라와 사진 액자도 스테디셀러가 되었고, 휴대용 카메라도 판매되고 있다. 하지만 초상화의 수요도 당연히 남아 있다. 저번엔 아카데미 학생이 콩쿠르에서 입상하여 공작의 초상화를 맡게 되었다는 공지를 본 적이 있었다.

사진의 보존 기간이 어느 정도인지 아직 계산으로만 파악해야 하는 이상, 가족의 초상화는 그림으로 하는 게 낫다는 선전도 본 적이 있다. 분명 이 초상화도 대대로 녹터가에 대물림되겠지.

"아— 미스띠아 누나다! 안녕! 왜 왔어? 놀자!"

가만히 초상화를 구경하고 있자 탕! 하며 문이 열리는 소리가 나더니 자르드 군이 들어왔다.

"자르드 군, 안녕. 오늘은 아카데미 일로 형한테 할 말이 있어서 왔어."

"그럼, 형아가 올 때까지 놀아 줘!"

"으음……."

"나 가게 놀이 하고 싶은데—. 형아랑 하면, 형아는 같은 꽃만 산다고 하니까."

레이드 녹터는 저택에 있는 동안 자르드 군과 많이 놀아준 모양이었다.

"그럼 형이 올 때까지만."이라고 덧붙이자 자르드 군은 주머니에서 꽃을 여러 개 꺼내서 "내가 손님이야!"라며 기쁜 얼굴로 웃었다. 가게 놀이라고 했으니, 내가 점원이다.

"어서 오세요. 오늘은 무슨 꽃을 찾으러 오셨나요?"

자르드 군이 꺼낸 꽃은 다양한 장미였다.

빨강, 까망, 파랑, 하양, 노랑 등 다양한 색상이 테이블 위를 채웠다. 손님이 먼저 진열을 하다니. 점원 실격이다.

"이 돈으로 미스띠아 누나 주세요."

"아— 누나는 파는 게 아닌데—."

자르드 군은 처음부터 인신매매를 요구했다. 당연히 꽃이 상품이라고 생각했는데 자금이었던 모양이다.

"점원은 파는 게 아니야. 상품이 아니니까—."

"그럼 왜 가게에 있어?"

"누나는 말이야―, 손님한테 돈을 받아서 거스름돈을 주기 위해서 있는 거야."

"그럼, 다들 거스름돈을 안 받으면 누나도 없어도 돼? 가게 사면 누나 받을 수 있어?"

"으음, 가게에는 봉투에 물건을 담는 사람도 필요하니까――, 아하하."

"봉투 필요 없으니까 누나 가질래. 주세요."

왜인지 자르드 군과 나누는 이 대화가 그립게 느껴졌다.

봄에도 레이드 녹터와 함께 이렇게 논 적이 있다. 그리고 그 후에 결혼식 놀이와 입적 놀이도 했다.

생각해 보면 딜리아와도 자주 이런 놀이를 했던 것 같다. 마왕과 용사가 싸울 때 어떻게 해야 가장 다치지 않을지 대화한 적이 있었다. 그리운 추억이다.

딜리아와는 이런 놀이를 한 후에 자주 반성회를 하거나 놀이의 이후 이야기를 상상하면서 대화를 나누는 일이 많았다.

용사와 마왕이 둘 다 살아 있는 이야기를 생각해 보자거나, 쇼핑 놀이 후에는 손님이 나쁜 사람이라 복수하러 오면 어떨지 대화를 나누거나. 대부분 싸우는 이야기를 어떻게 평화적으로 끝낼지에 관한 이야기를 많이 나눴다. 나는 최대한 사람이 죽지 않는 방법을 떠올렸고, 딜리아는 평화를 위해서라면 어느 정도 희생이 필요하다는 생각이었다.

"미스티아 누나는 자르드의 나이로는 살 수 없어."

자르드 군과 가게 놀이를 하고 있는데 레이드 녹터가 옆에서 조용히 끼어들었다.

"앗."

"미스티아, 찾아와 줘서 기뻐. 오늘은 무슨 이야기를 하러 온 거야? 혹시, 내 자택 근신이 풀렸다는 보고?"

모든 것을 꿰뚫어 보는 듯한 레이드 녹터의 눈에 간담이 서늘해졌다.

어떻게 그것까지 알고 있는지 의문을 품기도 전에 그는 "흐음. 풀렸구나."라며 코웃음 쳤다.

"내일부터 다시 등교해도 괜찮다고……."

"에—, 그럼 자르드는 형아랑 점심에 못 놀아?"

의외로 가장 반응을 보인 것은 자르드 군이었다.

자르드 군은 전에 내가 이 저택에서 난동을 부렸을 때처럼 큰 소리로 불만을 표하며 얼굴을 찌푸렸다. 레이드 녹터는 기뻐하지도 않고 담담하게 고개를 끄덕였다.

"그러네."

"에—! 싫어어어어어!"

"형한테 계속 달라붙으려고 하는 건 부끄러운 일이야, 자르드. 똑바로 앉아."

그 말에 나는 눈을 크게 떴다. 레이드 녹터는 동생이 자신에게 의존하면 의존할수록 안심하는 줄 알았는데.

하지만 지금 그는 완전히 좋은 형…… 아니, 오히려 동생과 거리를 두는 듯한 모습이었다.

혹시, 문화제 때 앨리스와 연극을 했던 영향이 뒤늦게라도 발현했나……?

아니면 근신이라는 형태로 집에 있는 시간이 늘어서 동생과 같이 있을 시간이 늘어나서……?

이 거리는 매우 건전해 보였다.

내가 자르드 군과 대화하면 죽일듯한 시선을 보내곤 했는데, 지금은 매우 온화한 얼굴이었다.

"형아, 자르드가 싫어?"

"떼만 쓰는 자르드랑은 말 안 할 거야."

"으에에에에엥!"

"우는 거로 원하는 걸 얻으려 하지 마."

아니, 오히려 엄격해 보였다.

하지만 화내거나 혼내는 게 아니니까 괜찮겠지. 너무 담담한 듯한 느낌도 들지만 지금 그의 발언은 정말 기복 없이 조용했다.

자르드 군도 그런 그를 보고는 "네에……." 하며 뾰로통한 얼굴로 입술을 삐죽였다.

"그럼 자르드, 나랑 미스티아는 아카데미 일로 할 이야기가 있으니까 선생님한테 돌아가. 검술 선생님을 따돌리고 온 거지? 찾고 있었다고."

"우우……."

자르드 군은 뺨을 부풀린 후 가볍게 꾸벅 인사한 후 거실을 나갔다. 예전엔 내가 자르드 군과 있으면 살의를 숨기지 못했는데, 지금은 상냥한 웃음을 짓고 있었다.

"미안해. 네가 온 게 반가워서 어리광을 부렸나 봐. 아니면 네 관심을 사려고 일부러 아이처럼 굴었을지도 모르고."

레이드 녹터의 온화한 표정은 최근 반년은 본 적 없는 것이었다. 화내거나, 화내는 줄 알았는데 갑자기 웃거나, 요즘은 특히나 정서가 불안정했다.

5년 전에는 내가 차분한 사람이 폭주하는 공포를 그에게 심어주고 말았지만, 그걸 재현하고 있는 게 아닌지 의심될 정도로 그의 상태는 이상했다.

그런데 지금은 마치 그의 본래 모습으로 돌아간 것처럼 차분했다.

"자르드도 5년이 지나면 누군가와 약혼하겠지. 저런 교활함도 때로는 필요하다고 생각하지만 지금은 너무 과해. 눈앞의 욕구에 휩쓸려서 미래를 놓치는 건 어리석은 일인데."

그의 말에 직감했다. 지금 그는 동생과 거리를 두려 하고 있다. 아니, 이미 거리를 뒀을지도 모른다.

……혹시, 내가 아카데미에 남아 있을 필요는 없는 게 아닐까?

에릭의 주종 놀이 중독도 완치되었고, 레이드 녹터의 브라콤도 치료되었다.

앞으로 미스티아가 방화를 저지른 날까지 휴학이나 유학을 하면 그 누구도 범죄자로 만들지 않고, 불행하게 만들지 않고, 지옥에 떨어지지 않고 끝날 수 있는 게 아닐까……?

"그래서, 나한테 더 전할 말이 있어?"

그의 말에 정신을 차리고 나는 가방을 뒤적여 프린트를 꺼냈다.

"선거 결선투표일이 바뀌었고, 그래서 결과 발표 일자도 변경되었다는 안내문이에요."

"고마워. 그래서, 미스티아는 학생회 임원이라도 됐어?"

"······네?"

"미스티아가 학생회에 들어오길 바랐을 테니까. 그리고 네가 들어가면 나도 들어갈 테고. 빅터 선배도 참 못됐다니까."

오늘 들은 이야기를 떠올려 보면 아마 계획을 주도한 것은 피나 선배 같았다. 하지만 그걸 지금 말해야 할지 고민되었다.

"너도, 나를 도울 필요 없었는데."

"네······?"

레이드 녹터는 그렇게 말하며 천천히 내게 다가왔다.

그의 진의를 헤아리고 있자 문에서 노크 소리가 들려왔다.

"미스티아 님. 아렌가의 마부가 슬슬 돌아갈 시간이라며 미스티아 님께 전달해 달라고 합니다만."

"아, 네!"

"아렌가의 사용인은 역시 우수해. 미스티아, 아카데미에서 천천히 이야기하자."

"네······ 그럼 실례하겠습니다."

나는 서둘러 일어나 레이드 녹터에게 인사했다.

그는 내게 손을 흔들고, 나는 가볍게 고개를 숙인 후 빠른 걸음으로 녹터가를 뒤로했다.

"그러면 지금부터 새 학생회, 회장과 부회장의 취임식을 진행하겠습니다."

현 학생회 임원들이 강당 무대 위에서 큰 소리로 말했다.

레이드 녹터의 결백이 증명되고 1주일 후. 새 학생회장인 빅터 선배와 레이드 녹터의 취임식이 진행되었다.

그래서 그들은 지금 무대 위에 서서 앞을 응시하는 중이다. 게임에서도 다른 임원의 소개는 적당히 생략되었는데 현실에서도 마찬가지인 모양이다.

빅터 선배는 석연치 않은 얼굴이었고, 레이드 녹터의 날카로운 눈도 신경 쓰였지만 일단 레이드 녹터가 아카데미에 복귀했으니 어느 정도는 안심이다.

주변으로 눈을 돌리니 다른 학생들은 새로운 학생회에 기대의 눈빛을 보내고 있었다.

레이드 녹터의 복귀 초, 학급 분위기는 어딘가 그를 부스럼 취급하는 듯한, 어떻게 대해야 할지 모르겠다는 느낌이었으나 요즘은 많이 안정되었다.

하지만 문제가 없는 건 아니었다. 내가 원래 결선투표일에 행한 행동, 발언에 의해 내가 레이드 녹터의 약혼자라는 사실이 거의 교내 전역에 널리 퍼졌고, 결과적으로 내가 헌신적으로 그를 지지한다거나, 계속 결백을 믿어왔다는 등의 미담……, 요컨대 마치 내가 그를 좋아하는 듯한 소문이 퍼지기 시작한 것이다. 정말 고통스럽다.

문득 강당 구석을 보니 녹터 부부가 시야에 들어왔다. 두 사람은 똑바로 레이드 녹터를 응시하고 있었다.

두 사람은 얼마 전에 내게 감사의 편지를 보냈다. 아들을 믿어 줘서 고맙다며, 감사의 마음과 함께 답례하고 싶다는 내용이 적혀 있었다.

정말, 정말 미안하지만 내가 레이드 녹터를 좋아하는 것으로 착각될만한 행동은 더 하고 싶지 않다.

그보다 그의 결백을 계속 믿었다는 건 연애 감정을 품지 않더라도 가능한 일이다. 그런데 어째서 다들 연애로 관련짓는지 모르겠다.

"뭘 하고 있죠? 아렌 양."

뒤에서 가볍게 팔꿈치가 닿아왔다. 오늘은 정말 피하고 싶었다. 만나고 싶지 않다.

떨떠름하게 뒤돌자 그곳에 있는 건 역시나, 목소리를 꾸미며 일반 학생인 척하고 있는 클라우스였다.

"아무것도 안 하고 있는데요……."

"으응? 사랑하는 약혼자가 회장이 되지 못했는데 슬프지 않나요오?"

클라우스는 진심으로 놀란 듯한 얼굴로 나를 바라봤다. 최대한 상대하지 않으며 앞을 바라보고 있자 그는 주위를 둘러보더니 내게 속삭였다.

"뭐, 아무리 빌어도 네 약혼자는 회장이 되지 못했을 테지만 말이야."

"……네?"

"새 학생회장님의 여동생이 하임가의 도련님을 이용해서 상당히 표를 모았다지. 녹터한테 투표하는 건 기껏해야 1학년 정도. 2학년이랑 3학년은 새 학생회장님의 뜻대로……라는 거지. 그러니까 1대 2. 어느 쪽이 이길지는 네가 아무리 바보라도 알겠지?"

확실히, 득표수를 보면 클라우스의 말대로 네인 선배가 전체 표의 3분의 2를 독점했다.

클라우스가 "네인을 회장으로 만들고, 녹터를 부회장으로 삼는 게 새 학생회장님 동생의 계획이었으니까."라며 서늘한 목소리로 웃었다.

"그게 무슨 말인가요?"

"네인가는 이제 완전히 그 여동생이 지배했어. 몰랐어? 여동생 쪽이 이번 여름에 자기 가문이 1년 동안 버는 자산을 순식간에 벌었거든."

"그건 좋은 일이잖아요. 피나 선배가 노력한 결과가 나온 거니까."

"바보 아니야? 네인은 말이야, 몇 년이나 전부터 오빠 쪽이 우수하고, 빛이고, 최고인 게 당연한 가문이었어. 당주가 바보였던 거지. 흉폭한 독사보고 너는 그저 홍보용 꽃장식이라고 세뇌를 시켜놨는데, 올해에 너는 사실 독사였다고 알려준 바보가 한 마리 나타나는 바람에 난리가 났지."

"독사?"

"지금까지 무시하던 게 독을 품고 자기보다도 커지면 당연히 무섭잖아. 네인가의 당주도 그래서 상당히 위협을 느끼는 모양이야. 온화한 노후를 보내려고 필사적인가 봐. 지금까지 적당히 대하던 녀석한테 꾸벅꾸벅 고개까지 숙이고."

클라우스의 이야기는 아마도 가문에서 힘을 못 쓰던 피나 선배가 재산을 모으기 시작하자 그녀를 무시하던 가족들이 두려워하기 시작했다는 거겠지. 하지만 내게는 자업자득처럼 느껴졌다.

"너, 어떻게 할 거야? 독사를 다룰 수 있겠어? 사육사도 아니면서. 맹수에 희귀동물에 독사나 꼬이고. 시체까지 뿌리고."

"시체를 뿌린 적 없어요."

"아니─, 뿌렸어, 너는. 그리고 너는 그런 일에 천부적인 재능을 가지고 있지. 내가 만일 이 나라의 왕이고 진심으로 평화를 바란다면 우선 네 목부터 자를 거야."

썩둑, 하고 말이지. 그런 말을 이어나가며 클라우스는 내 목을 자르는 시늉을 했다. "저도 같은 입장이라면 똑같이 할 거예요."라고 대답하자 그는 코웃음 쳤다.

"그보다, 너 크레센도가 어떤 가문인지 알고 저번에 즐거운 단죄극을 펼친 거야? 전부 꾸며진 각본으로."

전부, 꾸며진 각본……?

속뜻을 알아내기 위해 표정을 살피는데, 클라우스는 실실 웃으며 "영구적으로 죄수를 감시하는 간수라고. 그 가문은."이라고 말하며 천천히 강당의 뒤를 손가락으로 가리켰다. 아무 생각 없이 그가 가리킨 방향을 바라본 나는 아연실색했다.

학생회장이 단상에 서자 터져 나오는 환성과, 그 틈에 뒤섞이

듯이 강당의 뒤쪽, 학생과 교사, 그리고 학생회 선거에 출마한 학생의 가족 사이로 섞여드는, 한 남자.

벌써 5년이나 지났는데도 그 눈도, 외모도, 마치 시간이 멈춘 것처럼 변하지 않았다.

녹터 부인의, 조카였다.

그는 나를 보고, 씩 웃었다.

그리고 그 누구도 수상하게 여기지 않을 만한 속도로 녹터 부부에게, 부인에게 빠르게 다가갔다.

위험하다. 정말로. 왜 저 사람이 지금 나타난 거지?

클라우스가 말하던 게, 이건가?

의문을 품은 채로 녹터 부인이 있는 곳으로 달려갔다. 부인은 조카를 발견하기 전에, 강당의 학생들과 부딪히면서 부인에게 다가가는 나를 먼저 발견했다.

"위험해요! 피하세요!"

크게 외쳤지만 그 목소리는 회장이 빅터 선배로 결정되자 터져 나오는 환성에 묻히고 말았다.

"도망쳐! 칼을 들었어!"

몇 번이나 외쳤지만 환성에 묻혔다. 안 된다. 녹터 부인이 살해당하고 말 것이다.

부인도, 옆에 선 백작도 내 말을 알아챌 기미가 보이지 않았다. 조카가 있는 쪽을 보니 부인에게 닿기까지 3미터밖에 남지 않았다.

주변 학생들을 억지로 밀어내고 인파를 가르며 나아가자 갑자기 길이 열렸다. 나는 그대로 부인에게 다가갔다.

조카가 부인에게 다가가는 것, 내가 부인에게 다가가는 것. 거의 동시였다. 아니, 내가 더 빠르다. 이대로라면.

부인을 감싸듯이 손을 내밀자 드디어 부인이 조카의 존재를 눈치챘다. 그리고 공포로 얼굴을 찌푸렸다. 조카는 웃었다.

이제 조금만, 한 발짝만.

부인 앞에 서서 그녀의 어깨를 붙잡고 그대로 백작이 있는 방향으로 밀쳤다.

늦지 않은 것을 확신하면서 고통을 각오한 순간, 등에 강한 충격이 전해져 왔다.

그 순간 주변에서 비명이 들렸다. 내 앞에 선 녹터 부인은 떨었고, 백작은 놀라서 움직이지 못했다.

하지만 이상하다. 느껴져야 할 고통과, 열이 없었다.

상황을 파악하기 위해 뒤돌자, 시야에 들어온 것은 새까만 블레이저와, 밤색 머리카락.

"와이즈 씨……!"

로베르토 와이즈가 나를 감싸듯이 서 있었다.

그의 배에는 나이프가 깊이 꽂혀 있었다. 조카는 "아냐! 네가 아니야!"라며 절규했다.

곧바로 주변에 있던 수위가 조카를 제압하기 시작했다. 로베르토 와이즈는 비틀거리며 내게 기대더니 그대로 몸의 균형을 무너트렸다.

"와이즈 씨, 와이즈 씨!"

바로 블레이저를 벗어 로베르토 와이즈의 복부를 눌렀다. 나이프는 뽑아선 안 된다. 빨리 지혈해야, 빨리 의사에게 보여야만 한다.

"의사를 불러주세요! 부상자가! 배를 찔렸어요!"

소리치며 주변에 도움을 요청했다. 놀라서 굳어 있던 학생과 교사들이 서둘러 움직이기 시작했다.

"어째서……, 어째서 당신이."

"너라면, 이럴 것 같았어……."

"그런……!"

어째서, 어째서 로베르토 와이즈가 칼에 찔린 걸까.

나를 감싼 걸까.

영문을 알 수 없었다. 왜, 어째서. 어떻게 해야 막을 수 있었을까.

아무리 압박해도 넘쳐흐르는 피가 멈추지를 않았다. 로베르토 와이즈는 복부에 깊이 자상을 입고도 더할 나위 없이 행복한 웃음을 지었다.

"꽤, 좋은 죽음이네."

"그런 말 하지 마세요. 당신은 죽지 않아요. 죽게 두지 않을 거예요. 괜찮아요. 치료할 수 있어요."

"아니야. 이거면 됐어. 이걸로 된 거야. 너를 지켰으니……, 나는……, 드디어……."

로베르토 와이즈의 보라색 눈이 천천히 감겼다.

불러봐도, 아무 말도 들리지 않는 것처럼 호흡도 얕았고, 흘러나오는 피도 식어가기 시작했다.

나는 그저 블레이저를 붙잡고 의사가 도착하기만을 기다렸다.

번외. 영웅 지원

SIDE: Robert

영원히 사라지지 않는 목소리가 있다. 이런 건 내가 아니다. 이런 추한 존재는 내가 아니다. 그렇게 부정하는 것조차 죄였고, 내가 얼마나 추한 존재인지를 증명하는 것이었다.

"너는 역시 최악이야! 믿은 내가 바보였어!"

어둠 속, 눈앞에 있는 건 체육제의 광경이었다.

나와 아렌 양이 마주 보고 있는 순간.

과거의 일이다. 하지만, 현실은 아니다. 왜냐하면 과거의 내 손에 칼이 쥐어져 있으니까. 흐릿한 빛을 받아 반짝이는 칼을 휘두르면 사람의 목숨 따위는 간단히 앗아갈 수 있다.

그럼에도 불구하고 과거의 나는 그 칼을 그녀에게 찔러넣으며 계속 화를 낸다. 모욕을 주고, 자신이 정의라고 굳게 믿는 눈으로, 전혀 올바르지 않은 말을 정론처럼 내뱉는다.

머지않아 아렌 양의 몸에서 점점 피가 흘러나왔고, 그녀는 천천히 쓰러졌다.

"무슨 소리를 하시는 거죠?! 미스티아 님은 항상 저를 도와줬어요! 정말 상냥하고 순수한 분이에요!! 미스티아 님은, 절대 그런 짓을 하지 않아요!!"

어둠 속에서 앨리스 하트펄이 나타났다.

쓰러져 피를 흘리는 미스티아 아렌의 곁으로 달려가 과거의 나를 노려본다. 몇 번이나, 몇 번이나 본 광경이다.

거짓말을 하는 것처럼 느껴지지는 않았다. 하지만, 인정할 수 없었다. 왜냐하면, 그 말이 사실이라면, 나는.

"미스티아 님, 상처투성이잖아요! 이렇게 될 때까지, 일방적으로, 어째서!!"

피 웅덩이에 있는 미스티아 아렌은 내가 찌른 흉부뿐만 아니라 팔과 다리, 얼굴에서 점점 피를 흘렸다.

새하얀 피부는 핏기가 사라져 창백해 보일 정도였다.

"나는, 나는, 나는, 그러려던 게……."

"상처입히려던 게 아니다. 그런 말을 하고 싶은 건 아니겠지?"

과거의 내가 당황하며 아렌 양에게 달려가려는 것을, 레이드 녹터가 막았다.

"최악인 건 항상 너였잖아."

"그래요. 최악은 항상 당신이었어요."

레이드 녹터와 앨리스 하트펄이 담담하게 말했다.

미스티아 아렌은 피 웅덩이에 삼켜지듯이 잠겨 들었다.

과거의 나는 칼을 놓지도 못하고, 그저 미스티아 아렌이 피 웅덩이 밑으로 가라앉는 것을 바라볼 수밖에 없었다.

손을 내밀었으나, 그와 동시에 미스티아 아렌은 피의 바닷속으로 가라앉았다.

벌써 몇 번이나, 몇 번이나, 몇 번이나 꾼 꿈이다.

이제는 이 세계가 꿈속이라고 인식할 수도 있었다. 그런데도 결코 중간에 꿈에서 깨어날 순 없었다.

나는 반드시 미스티아 아렌을 죽인 후에 눈을 떴고, 등교 준비를 하고, 아카데미로 향했다.

미스티아 아렌에게 못할 말을 하고, 결국은 그녀가 옳고 내가 추하게 어그러진 괴물이란 사실이 증명된 그 날부터, 계속.

내가 저지른 짓은 절대 용서받을 수 없다. 용서받으면 안 된다. 나는, 계속 틀렸다.

특정 시기부터가 아니다. 전부 틀렸다. 무결한, 무결할 뿐만 아니라 올바른 인간인 그녀를 계속 모욕하고 업신여겼다.

내가 한 말을 하나하나 상기했다.

추악한 언행을 멈출 순간도, 대화를 나눠 볼 순간도 몇 번이나 있었는데 그러지 않았던 어리석은 인간. 천박함을 저주했다. 저주해서, 고통스럽게 죽으면 좋을 텐데.

무지는 분명 죄다. 뭐가 최악이란 거야. 뭐가 나쁘단 거야. 그건 전부, 내게 해당하는 말이었다.

그녀는 항상 올바르게 살아왔다. 틀린 건, 나였다. 언제나, 귀족으로서도, 사람으로서도 틀린 건, 내 쪽이었다.

대체 무슨 짓을 저지른 걸까. 사죄 같은 것으로는 용서받을 수 없는, 돌이킬 수 없는 짓을 저지르고 말았다.

그래서 나는, 그 누구보다도 불행해져서 참혹하게 괴로워하며 고통 속에서 죽기로 했다. 괴로워하며 죽는 것만이 죄를 갚을 유일한 수단이다. 사과는 형식적이고 한순간일 뿐이다. 영원하지 않다.

하지만 내 속죄를 막은 것은, 그 누구도 아닌 아렌 양이었다. 그녀는 나를 용서하겠다고 했다. 나는 벌 받아야 할 추악한 짐승인데, 그런 내가 인간으로서 아카데미에 다니는 건 이상한데, 퇴학하지 말라고 한다.

언제나 아렌 양은 강인함과는 거리가 먼 행동을 취했다. 그런데 타인을 위해 움직일 때만 적극성이 드러난다. 그리고 그녀는 내 퇴학신청서를 멋대로 찢는, 상당히 적극적인 행동을 취했다.

나처럼 세계에서 가장 추한 짐승을 위해서 말이다.

그럴 정도로 그녀는 무척이나 상냥했다. 아무 가치도 없는, 일방적으로 상처입히기만 하는 나 같은 것도 사람인 것처럼 상냥하게 대한다. 나도 안다. 충분히 알고 있다.

그런데도 나는 미스티아 아렌에게 아무래도 좋다는 소리를 들었을 때, 가슴이 찢기는 듯한 감각을 느꼈다.

내게는 상처 입을 자격조차 없는데. 내 눈에서 흐르는 눈물은 세계에서 가장 추하고, 더러운데도, 눈물을 참을 수가 없었다.

아렌 양에게 속죄하고 싶다.

아렌 양에게 사죄하고 싶다.

이 세계에서 사라지고 싶다.

벌을 받고 싶다. 이제, 더는 추해지고 싶지 않다.

그녀에게 존경, 그리고 그 이상의 감정을 품고 있는 것을 눈치채고 나의 지독한 천박함에 구토를 할 때, 그대로 몸이 텅 비어서 사라지기를 바랐다.

전부, 내장까지 전부 토해서 흘려보내고, 로베르토 와이즈라는 존재가 이 세계에서, 나 외의 모든 사람의 기억에서 사라지기를.

그렇게 기도하며 나는 아카데미에 다니며 미스티아 아렌의 앞에 있는 동안은, 살아 있자고, 그녀를 지키는 데에 목숨을 바치자고 결심했다.

왜냐하면 죽는 것도, 아카데미를 그만두는 것도 용서받지 못했으니까. 나를 용서하면서 그것만큼은 용서해주지 않는다.

마침 그때였다. 그, '미스티아 아렌이 투옥당하는 날'이라며 기념일처럼 적힌 수첩을 발견한 것은.

순간 자신이 미스티아 아렌을 지키는 것을 정당화하기 위해 뇌가 멋대로 만들어 낸 환각인 줄로만 알았다. 하지만 수첩에 적힌 내용과 비슷한 일이, 현실에서 일어났다.

수첩에 적힌 것은 앨리스 하트펄이 아렌 양에게 밀쳐져 추락한다는 내용이었다.

실제로 일어난 것은 레이드 녹터가 밀쳐져 아렌 양이 그를 구한 것이었지만.

그 후에 문화제에선 샹들리에가 떨어져 부상자가 두 명 발생한다고 적혀 있었다.

미스티아 아렌이 무대 장치에 발이 걸릴 뻔했지만, 샹들리에는 떨어지지 않았다.

그 수첩에 적힌 내용이 반드시 일어나는 건 아니다. 그러니 어쩌면 내 행동은 의미 없을지도 모른다.

하지만 만에 하나라도 아렌 양이 죽는 일은 일어나지 않기를 바랐다. 그럴 가능성이 있는 것조차 싫었다. 살아줬으면 했다.

딱히 나는 자신의 미래를 생각한 게 아니다. 살아갈 자격은 스스로 버렸다. 지금 살아 있는 건 그저 그녀를 지키기 위해서였다. 내가 미래를 생각하는 건 오로지 아렌 양을 위해서였다.

"네게, 위험이 닥칠지도 몰라."

어느샌가 나를 책망하는 레이드 녹터와 앨리스 하트필의 모습은 사라졌다. 그리고 나를 정면에서 직시하는, 과거의 내가 있다.

"나는 네가 투옥당하는 미래를 바꾸고 싶어. 아니, 바꿔야 한다고 생각해."

그렇게 진지하게 호소하는 나는, 분명히 정의로운 척하는 어리석은 자의 얼굴이었다.

보고 있을 수가 없어서 뿌리치려고 했지만, 이번엔 뒤에서 비웃듯이 내 목소리가 들려왔다.

"정말, 그녀의 미래를 바꾸고 싶다면 왜 아무에게도 말하지 않았지?"

그 질문에, 머리가 새하얘졌다. 과거의 나는 또다시 나를 깔보듯이 웃었다.

"너는 그녀를 걱정하는 척하면서, 수첩에 관해서 아무에게도 말하지 않았어."

"아냐. 그건 말해도 믿기 어려운 일이라……."

"정말이냐? 영웅이 되고 싶은 게 아니라? 그녀를 위험에서 구하면 너는 너를 용서할 수 있지. 조금씩 죄를 청산하면서, 그녀에게 다가가고 싶다고, 조금도 생각하지 않았어?"

"당연하지!"

소리치자 과거의 나는 "아하하하하하!" 하며 미친 듯이 웃기 시작했다. 배를 끌어안고 "웃기지 마."라며 내 목을 졸랐다.

"실제로, 너는 그녀를 감싸서 대신 칼을 맞았잖아. 그날, 칼에 맞아 죽는다고 수첩에 적혀 있던 걸 너는 분명 기억하고 있었어. 내가 알고 있다는 게 그 무엇보다 확실한 증거지."

"아니야."

"어떻게든 아카데미 측에 미리 말했다면 애초에 너는 찔릴 일이 없었지. 칼을 지닌 사람이 아카데미에 들어올 일도 없었고. 수첩에 관해서 숨긴 건, 정말 그녀를 위해서냐?"

목이 꽉 졸리는 고통에 의식이 멀어지기 시작했다. 하지만 시야가 흐려지기 전에, 강하게 밀쳐졌다. 눈을 뜨니 과거의 내 모습은 어디에도 보이지 않았다.

"정말이지. 거짓말하며 속이는 건 그만둬. 너는 짐승이 된 게 아니야. 처음부터 쓸모없는 피를 이어받은 추한 괴물이지."

뒤돌아보니 입꼬리를 올리는 또 다른 내 모습이 있었다. 눈앞에 있던 과거의 내 모습은 어느샌가 사라졌다.

조금씩 뒷걸음질 쳤지만 또 다른 나와의 거리는 전혀 줄어들 기미가 보이지 않았다.

"하지만 이걸로 넌 행복하겠네. 분명 네가 희생했으니 상냥한 아렌 양은 너를 좀 더 걱정할 거야. 네가 면목 없다는 듯이, 미안하다는 듯이, 평소대로 접근하면 자연스럽게 너는 행복해지겠지."

"아니. 아니야."

"그럼 뭐야. 너는 그녀 앞에서 죽어서, 그녀가 지켜보는 곳에서 고통으로부터 해방되고 싶었던 거냐?"

"그런 건, 바라지 않았어……."

"그러겠지. 네 소망은 그저 하나……."

과거의 내가 조용히 미소지었다. 그리고 나를 손가락으로 가리켰다.

"미스티아 아렌에게 유일한 존재가 되는 것이니까."

"그만둬!"

외치며 일어나자 시야에 비친 건 조금 전까지 있던 새까만 세계가 아니라 내 방이었다.

옆에는 불안한 표정으로 여동생인 로셰가 서 있었고, 겁에 질린 표정으로 나를 내려다보고 있었다.

"세상에…… 어머니, 아버지를 불러올게!"

로셰는 곧바로 방을 나갔다. 상황을 이해하기 위해 주변을 둘러보니 낮인지 창문에서 밝은 빛이 들어오고 있었다.

옷 위로 칼에 찔린 복부를 더듬자 붕대가 꽉 감겨 있었다.

책상 옆에 세워둔 달력을 보니, 내가 찔린 날짜로부터 보름이 지나 있었다.

"나는, 계속 잠들어 있었나……."

머리에도, 내장에도 막연한 불쾌감이 남아 있다.

그날의 기억을 떠올렸다. 아렌 양이 무사하다는 사실에 안도

하고 있자, 발소리가 들려오더니 로셰가 어머니와 함께 방으로 들어왔다.

"하아, 깨어났구나. 다행이야!"

어머니는 안도한 모습으로 침대 옆에 놓인 의자에 앉았다. 그리고 내 손을 잡고는 "해냈구나! 잘했어!"라며 웃었다.

"······네?"

"네가 아렌가의 영애 대신 찔린 덕분에, 아렌과 녹터의 약혼이 백지가 되었어! 네게도 기회가 돌아온 거야! 아니! 너는 아렌가의 영애를 대신해서 찔렸으니까, 아렌가가 책임을 져야지! 약혼을 맺자! 아아, 아렌가의 윤택한 자산이 손에 들어온다니 꿈만 같아······! 정말 잘했구나, 로베르토!"

어머니의 말에 로셰는 곤혹스러운 표정을 지었다. 나도, 어머니가 하는 말을 전혀 이해할 수 없었다.

내가, 미스티아 아렌을 지키려고 한 건, 그녀와 엮이기 위해서였나?

아니야.

나는, 미스티아 아렌을 존경했다. 그런 부정한 감정을 품지 않았다. 그녀의 옆에 설 자격 따위는 없다.

그 자격을 얻기 위해서 미스티아 아렌을 지키려고 한 건가?

아냐, 나는 와이즈가의 당주로서 부끄러운 행동을 했으니까, 그 속죄를 하기 위해······.

"와이즈가에 며느리로 들이는 게 좋을까. 아니면 네가 데릴사위로 들어가는 게 좋을까······ 아아! 두 사람의 아이가 각각 가문을 이으면 되겠네! 그렇게 하면 와이즈도 아렌도 전부 우리 거야! 꿈만 같아!"

그렇다. 와이즈가는 추한 핏줄이지 않은가.

뭐가 와이즈가의 당주야. 이 가문은 애초에 완전히 썩어빠졌다. 이미 손 쓸 도리도 없다. 내가 알면서도 모른 척했을 뿐이다.

"로베르토! 내 이야기 듣고 있니? 네가 아렌가의 영애를 꽉 붙잡아서——."

"닥쳐."

그렇게 중얼거리자 한때 어머니였던 존재는 얼굴을 일그러뜨렸다.

예전에는 부모님의 존재가 두렵게 느껴졌다. 추하고, 감정적이고, 의사소통을 포기한 대상. 그 시선이 내게 향해 있으면 로셰는 무사할 테니까, 우수한 결과를 내놓으면 공격당할 일 없을 테니까, 그저 내가 계속 참으면 된다고 생각하며 모든 말에 수긍하기만 했다.

하지만 지금은 이상하게도 공포도 체념도 들지 않았다.

엄청나게 격렬한 증오와 분노가 일어, 지금 당장 이 세계에서 사라지고 싶은 게 아니라, 없애고 싶다는 생각이 들었다.

"나는 미스티아 아렌과 결혼하지 않을 거야. 나도, 그리고 와이즈가의 모든 것이 그녀에겐 어울리지 않아."

"그게 무슨 소리니……? 대체 누가 지금까지 키워줬다고 생각하는 거야? 적당히 하렴. 대체 그 말투는 또 뭐고?"

"재산에 눈이 멀어서 상대 영애조차 도구로 보다니……, 귀속이라고는 상상도 할 수 없어. 이 집안은 추하고, 썩어 빠졌어. 그런 웃기지도 않은 혼담은 전부 내 손으로 없앨 거야. 만일 억지로라도 진행하려고 한다면——."

나는 방에 장식되어 있던 단검을 집어 들었다.

어느샌가 아버지도 방문 앞에 와 있었고, 다른 사용인도 겁먹은듯한 모습으로 나를 보고 있었다. 나는 주저하지도 않고 한 사람 한 사람에게 단검을 겨눴다.

"이 저택의 인간들을 전부 죽이고 불을 질러서 저택째로 와이즈가의 핏줄을 끊어 버릴 거야."

나는 미스티아 아렌과 어울리지 않는, 추한 괴물이다. 그러니 그녀에게 어울리는 인간이 나타날 때까지 그녀 주변의 추한 것들을 제거해야 한다.

수첩을 보여주지 않은 건 영웅이 되고 싶기 때문이 아니다.

제거하기 어려워지기 때문이다.

그 존재를 드러내 버리면 제거하기 어려워진다. 그러니 나는 미스티아 아렌을 가지고 싶다고 생각한 게 아니다.

그저 나는, 미스티아 아렌을 위해서. 속죄를 위해서 그녀를 노리고 접근해 이용하려는 인간을 제거하기 위해 목숨을 바칠 것이다.

제16장

히로인과 악역 영애

종언을 위한 안내인

"몸은 어떠신가요?"

단조롭기만 한 실내에서, 침대의 헤드보드에 기대어 앉은 로베르토 와이즈에게 말을 걸었다. 그는 나를 보고 "문제없어."라며 조금 곤란한 듯이 웃었다.

"왜 네가 그렇게 불안해하는 거지? 걱정이 과해."

"카, 칼에 찔리셨잖아요……."

그날, 나는 바로 전속의인 랜스데이 씨를 불러서 치료를 부탁했다. 나는 그때 계속 로베르토 와이즈 옆에 있어서 몰랐는데, 그사이에 녹터 부인을 습격하려 한 레이드 녹터의 사촌 형은 위병에게 잡혔다고 한다.

감옥에서 나올 수 없는 그가 어떻게 5년 만에 부인의 앞에 나타난 걸까. 그건 크레센도 양의 소행이었다.

그녀의 집안은 원래 죄인을 수용하는 감옥의 관리를 맡는 가문이다. 그녀 아버지의 직업상 감옥을 관리하는 열쇠를 손쉽게 얻을 수 있었다고 한다.

하지만 일반적으로는 술에 빠진 아버지의 방에 있는, 관리가 소홀한 열쇠를 얻었다고 해서 손쉽게 탈옥을 꾸밀 수 없다.

우선 감옥에 있는 곳으로 직접 가서, 감옥에서 레이드 녹터의 사촌 형을 찾아 빼내야 하니까 말이다.

15세의 학생이 범죄자 한 명을 탈옥시켜 귀족 아카데미에 들인다. 보통은 하기 어려운 일이다.

따라서 위병들의 수사는 현재 난항을 겪는 중이고, 원래라면 바로 감옥에 들어가야 했을 크레센도 양은 위병의 감시하에 심문을 받는 중이라는 듯했다.

보통이라면 불가능한 범행. 누구나 그렇게 생각했고, 동기조차 이해하지 못한 채로 시간만 지나갔다.

설마 크레센도 양이 환생자였다니.

증거는 확실히 그녀가 레이드 녹터를 모함하려 했다는 사실을 가리켰지만, 실감이 나지 않는다.

두근러브의 기억이 있다는 것은 나처럼 현대를 살다 왔다는 뜻이다. 나이도 비슷할지도 모른다.

사이가 가깝지는 않았지만, 그녀가 이런 악행을 꾸미기 전에 미리 알았더라면 대책을 세울 수 있었을지도 모른다.

하지만 크레센도가는 몰락했고, 작위를 몰수당했다. 파멸을 회피하려다 파멸하고 만 것이다.

그리고 레이드 녹터의 사촌 형에게는 사형 판결이 내려졌다. 집행은 봄…… 게임 엔딩 이후라고 들었다.

로베르토 와이즈도 눈을 떴고, 사건은 마무리에 가까워지고 있지만, 묘한 불안감을 떨칠 수가 없었다.

어째서 크레센도 양은 미스티아에게 휘말린다고 착각하고, 레이드 녹터의 파멸을 바라며 위험한 일을 실행할 정도로 궁지에 몰려 있던 걸까.

부모님과 자신, 그리고 주변 사람들을 생각하여 무슨 일이든 해내겠다는 마음은 이해할 수 있다. 그렇다면 레이드 녹터가 아니라 나를 죽이는 편이 더 올바른 선택지가 아닌가.

게다가 내가 게임 속 미스티아와 똑같이 움직이지 않은 것은 환생자인 크레센도 양도 바로 눈치챘을 터.

레이드 녹터의 사촌 형을 탈옥시킨 것도 그녀의 소행인 듯했지만, 탈옥 사건까지 벌일 정도라면 예전의 그 교회 신부처럼 사람을 고용하여 죽이도록 하는 게 낫다고 생각한다.

이해하기 어려운 점이 많았다.

"무슨 생각을 하고 있지?"

침대 옆 의자에 앉아 있는데 로베르토 와이즈가 안경을 끼고 나를 바라봤다.

랜스데이 선생님의 치료는 완벽해서 목숨에 지장도 없고 후유증도 남지 않는다고 한다. 그래도 로베르토 와이즈는 나를 감싸며 칼에 찔리기까지 했다.

그를 향한 걱정과 죄책감도 물론 있다. 목숨을 구해준 것에 대한 감사함도 있다. 하지만 그는 눈을 뜬 후로 어딘가 결정적으로 뭔가가 달라진 듯한, 바뀐 듯한 느낌을 지울 수가 없었다.

"……수첩 주인이 크레센도 양이었다죠."

얼버무리듯이 입을 열자 그는 "그래……."라며 시선을 내렸다.

로베르토 와이즈가 눈을 떴다는 소식을 듣고 나는 바로 그를 만나러 갔다. 나를 본 그는, 칼에 찔린 건 자신인데도 내게 "다치진 않았어?"라고 물었다.

그리고 로베르토 와이즈는 "그럼 전부, 끝난 건가."라며 부드럽게 미소지었다. 편안한, 어떤 저주에서 벗어난 듯한 미소였다.

"범인은 잡혔어. 내일 있을 아카데미의 시업식에도 안심하고 갈 수 있겠지. 다행이야."

"……네."

칼부림 사건이 발생하여, 사건으로부터 2주간 아카데미는 휴교했다. 그대로 겨울 방학에 들어서서 1개월 정도가 지났고, 지금은 새해를 맞이한 1월의 중순. 그리고 내일이 시업식이다.

어지러울 정도로 많은 일이 일어나서 어쩐지 실감이 나지 않았다.

"나도 3일 정도만 더 쉬고 등교할 예정이야."

"그땐 제가 도움을……."

"그러지 마."

내 말에 갑자기 로베르토 와이즈는 날카로운 눈으로 변했다. 오싹할 정도로 낮은 목소리로 말한 그는 나를 똑바로 응시했다.

"네가 내게 보답할 필요는 없어."

처음 로베르토 와이즈가 눈을 떴을 때, 나는 감싸줘서 고맙다고 감사 인사를 전했다.

그러자 그는 평온하고, 어딘가 허무함조차 느껴지는 상태에서 갑자기 돌변하여 냉정하게 내 말을 막았다.

그 후, 그의 여동생에게 사정을 들으니 아무래도 그는 사죄나 감사를 받는 것에 강한 반응을 보이는 모양이었다.

원인을 물으니 집안 사정……이라는 대답뿐이었고 자세한 이야기는 듣지 못했다.

사전에 그런 이야기를 들어놓고도 나는 자연스럽게 그를 돕겠다고 말해 버렸다. 나를 감싸고, 목숨을 구해줬는데.

"그런 표정 짓지 마. 나는 네가 웃는 게 좋아서 널 감싼 거야. 딱히, 한심한 감정으로 네 헌신을 기대한 게 아니라고."

"네……."

이 대화 이후로 어딘가 어색한 분위기 속에서 나는 로베르토 와이즈와 아카데미의 이야기를 나누고, 그의 저택을 뒤로했다.

"아가씨―, 도착했어―."

와이즈의 저택을 나와 마차에 몸을 맡긴 나는 마부 솔 씨의 목소리에 눈을 떴다.

나도 모르게 잠든 모양인지 차창으로 노을빛이 아니라 가로등의 빛이 흘러들어오고 있었다.

눈을 비비며 마차에서 내린 나는 문지기 토마스 씨와 브람 씨가 있는 곳으로 향하려 했다.

그런데 그 순간, 가로등이 비추지 않는 어둠 속에서 불쑥 인영이 나타났다. 갑자기 나타난 인물에, 문지기 두 명과 솔 씨가 경계 태세에 들어갔다. 나는 서둘러 "괜찮아요."라며 그들을 진정시켰다.

괜찮다고 말했지만 사실 괜찮지 않다. 왜냐하면 어둠 속에서 사람이 나타나는 일은 상상 속에서나 일어났지, 현실에서 일어난 적은 한 번도 없으니까.

그런데 실제로 갑자기 사람이 나타났다. 괜찮지 않다.

"무슨 용건이시죠?"

"네. 꼭 미스티아 씨에게 하고 싶은 말이 있어서요."

금색 눈동자는, 밤의 어둠 속에서 신비롭게 빛났다.

그 눈동자의 주인——클라우스는 상냥하고 순수한 사람처럼 웃으며 이쪽을 향해 걸어왔다.

클라우스와 대화하는 건 전혀 내키지 않았지만, 일부러 전달하러 찾아올 정도의 내용이다. 듣지 않고 넘겼다가는 나중에 지옥을 마주할 가능성도 무시하지 못한다.

저택 안으로 안내해야 할지, 밖에서 대화해야 할지 고민하고 있자 "실은 복잡한 이야기라서요."라며 선량함을 쥐어 짜낸 목소리로 말하기에 결심이 섰다.

"그럼 클라우스 님, 괜찮다면 저택에서 차라도 마시면서 대화 나눠요."

그렇게 말하며 그를 문 안으로 안내했다. 내 말에 문지기 두 사람은 당황하면서도 문을 열었다. 그와 동시에 엄청난 바람 소리가 들려오더니 뭔가가 위에서 내려와 나와 클라우스 사이에 착지를——, 아니, 뭔가가 아니라 멜로였다.

"아가씨, 다치진 않으셨나요?"

"나는 괜찮아. 멜로는?"

"저도요."

멜로는 짧게 대답하고는 클라우스를 향해 뒤돌았다. 그는 코웃음 친 후 "아, 여름에 만났던 미스티아 씨의 메이드, 맞죠? 그

땐 고마웠어요."라며 가볍게 고개를 끄덕였다.

"오늘은 아가씨에게 무슨 용건이 있어 오신 거죠?"

"너무하네요. 그렇게 노려보지 말아 주세요. 그러고 보니 그 때 여름 이후로 감기에 걸리시진 않았나요?"

클라우스의 말에, 멜로가 평소에 보이는 부드러운 분위기가 몸이 시릴 정도로 차갑게 변한 듯한 기분이 들었다. 그녀는 내 게 몸을 돌리더니 "어떻게 할까요. 위병에게 넘길까요?"라며 물었다. 나는 서둘러 고개를 가로저었다.

"아니야. 할 이야기가 있다고 해서 저택으로 안내하려던 중이 었어."

"알겠습니다."

멜로는 한 발짝 물러서더니 공격 태세를 풀었다. 멜로는 강하 니까 아마 클라우스를 이길 수도 있을 것이다. 하지만 클라우스 라면 감쪽같이 뭔가 함정을 파놨을 가능성도 있다. 그리고 애 초에 그는 저택 앞에서 기다리기만 했지, 아직 사고를 일으키지 않았다. 험하게 대할 수는 없다.

"후후. 아렌가의 요리사는 매우 우수하다고 들었는데, 디저트 가 기대되네요."

그리고 클라우스도 그 사실을 잘 알고 있겠지.

다시 문 안쪽으로 안내하자 그는 지금 하늘에 떠 있는 달처럼 입가에 호선을 그리며 가벼운 발걸음으로 아렌가 저택에 발을 들였다.

"그래서, 무슨 일이신가요?"

소파에 앉아 설탕 용기에서 각설탕을 잔뜩 꺼내 홍차에 집어넣는 클라우스에게 질문했다.

여긴 아렌가의 접객실이다. 복잡한 이야기라고 하기에 내 방으로 안내할지도 고민했지만 혹시 몰라서 접객실로 왔다.

멜로는 접객실 밖에서 대기하고 있지만, 그녀는 청력이 좋다. 분명 대화가 들리겠지. 클라우스는 컵의 반 정도 분량의 각설탕을 홍차에 투입한 후 나를 관찰하듯이 고개를 들었다.

"우선 네 이야기를 해 줘. 안경 음기 도련님의 상태는 어때? 오늘 만나러 다녀왔지? 팔 하나쯤 앗아간 거 아냐?"

안경 음기 도련님……. 두근러브에는── 아니, 아카데미의 학생 중에 안경을 쓴 학생은 로베르토 와이즈뿐이다. 그리고 팔 하나를 앗아가다니 무슨 말이야. 의아한 눈으로 클라우스를 바라보자 그는 낄낄 웃으며 홍차를 마셨다.

"뭐, 그 녀석만큼은 전조가 없었으니까 말이지. 오늘은 괜찮아도 다음엔 어떨지 몰라. 조심해. 네가 눈치챘을 땐 이미 팔이나 다리를 물어뜯긴 상태일지도 모르니까…… 아, 무슨 소리냐는 재미없는 질문 하면 거름 구덩이에 던져버릴 거야."

하려던 질문이 막혀서 입을 다물었다. 그러자 클라우스가 "안경네 아줌마는 어때? 아직 살아 있어?"라며 물었다.

"와이즈 부인이라면 아무 일도 없는데요……."

"정말이냐? 아렌가의 재산을 얻을 수 있다고 난리 친 날엔 마차째로 절벽 밑으로 처박힐 줄 알았는데, 아직 살아 있다니. 꽤 끈질기네."

아렌가의 재산? 로베르토 와이즈는 나를 감싸느라 다치고 말았다. 그래서 아렌가가 와이즈가에 대가를 지불하기로 했다.

목숨을 구해줬으니 돈은 얼마든지 줄 수 있다고 아버지가 와이즈 부인에게 말한 모양인데, 돌아온 대답은 돈이 아니라 로베르토 와이즈를 아렌가의 데릴사위로 들이는 것, 즉, 약혼이었다고 한다.

로베르토 와이즈가 칼에 찔린 원인이 녹터의 피를 이어받은 사람이었으니, 와이즈 부인은 대가로 녹터가에 나와 레이드 녹터의 약혼 파기를 요구했다고 한다.

약혼 파기에, 녹터가가 합의했다. 아렌가도 수긍했지만 단 하나, 로베르토 와이즈와 나의 결혼에 관해서는 완고한 태도를 유지했다.

그래서 지금, 아주 간단하고 허무하게 레이드 녹터와 나의 약혼은 파기되었다. 나는 계속 그와의 약혼을 파기하고 싶었지만, 사람의 목숨이 달린 일이라 솔직하게 기뻐할 수도 없었고, 불안한 마음을 지울 수가 없었다.

"오늘은 와이즈가의 이야기를 물으러 온 건가요?"

"아니, 앨리스 하트펄이 사라졌다는 이야기를 하러."

별일 아니라는 듯이 말하는 바람에 자연스럽게 고개를 끄덕일 뻔했다. 하지만 방금 들은 말의 내용이 서서히 이해되고, 눈이 점점 크게 떠졌다.

"무, 무슨, 어, 다, 다시 말씀해 주세요."

"핫, 몇 번이라도 말해 주지. 앨리스 하트펄이, 사라졌다고."

클라우스는 '흐음' 하고 콧소리를 냈다.

"휴교한 지 1주일이 지났을 때쯤부터였나. 아카데미 측에서 휴교 중에도 학생들을 관리하는 게 낫겠다면서 '저는 저택에 있으니 괜찮아요─' 같은 편지를 의무적으로 보내야 했잖아?"

"네⋯⋯."

휴교 중에 몸은 괜찮은지, 제대로 저택에서 쉬고 있는지를 아카데미 측에 문서로 전달해야 했다.

솔직히 필요한 일인지 의문이 들었으나, 아카데미에 탈옥범이 들어온 일로 아카데미는 그 책임을 추궁당하고 있었다. 우리 부모님의 견해로는 학생들을 세심히 관리하고 있다는 어필을 하고 싶은 것 같다고 했다.

"앨리스만 그 편지를 제출하지 않았다고 해. 오늘까지 아카데미에 온 편지가 없었지."

"그걸 어떻게 아세요?"

"그 녀석이 사는 지역의 편지 배달을 관리 중이라고, 우리 가문은. 그 정도는 머리에 박아 둬."

센트릭가는 우편물을 배송하는 사람들을 관리── 전생에 비유하자면 우편배달 사업을 관리하는 가문이다.

은밀한 서류는 직접 사람을 보내겠지만, 그렇지 않은 것은 전부 우편으로 보낸다.

그렇다고 해도, 대대적인 알림이더라도 일부러 전령을 이용하여 특별함을 어필하는 경우도 있어서 기본적으로 상황에 따라 다르긴 하다.

하지만 아무리 관리하는 가문이라고 해도 앨리스의 집만 콕 집어서 배송이 되지 않았다는 사실을 알고 있다는 건——,

"설마, 앨리스 씨 집안과 관련된 문서를 전부 파악하고 계셨던 건가요?"

"그렇게 말하면 내가 스토커 같잖아. 그렇게 말하지 마. 나는 그 외에도 녹터, 하임, 와이즈, 크레센도, 앤지, 하트필……."

"그거, 우리 반 전원 아닌가요?"

"핫, 글쎄다. 뭐, 네가 우리한테 배달을 맡기는 경우는 거의 없으니까 너희 집안에 배달되는 것만 빼고……라는 느낌이지."

"위, 위험한 일을 하고 있다는 자각은 하고 계신 거죠?"

"평민과 같이 일하면서 다양한 가치관을 배우라고 아버지가 말씀하셨으니 어쩔 수 없잖아? 편지 분류하는 동안 자연스럽게 눈에 들어오는데 어쩌라고."

평민과 같이 일한다. 확실히 그런 교육방침은 의외로 흔한 편이고, 실제로 아카데미의 봉사활동에도 그런 게 있었다.

하지만 클라우스가 우편물을 분류하는 사업에 연관되어 있다고 생각하니 상당히 불안했다.

"하지만……, 편지를 보내지 않았다고 해서 앨리스 씨의 행방을 알 수 없다고는……, 어, 설마 앨리스 씨 집에 직접 찾아가셨나요?"

"보통 그런 일이 생기면 보러 가는 게 당연하잖아. 인간 한 명이 사라진 즐거운 연극의 시작이니까."

클라우스의 말에 경악하면서도 나는 서둘러 생각을 바꿨다. 지금은 앨리스의 소재 불명에 관해 생각하는 게 먼저다.

클라우스가 일부러 이 사실을 알리러 왔다는 건, 그조차 앨리스의 소재를 알지 못한다는 소리다.

게임에서 이 시기에 일어난 이벤트라면, 앨리스의 친구들…… 이라고 해도 특정한 누군가가 아니라 적당히 생략되어서 이름도 안 나오는 친구들이 미스티아의 손에 의해 한두 명씩 아카데미를 떠나도록 종용당하는 것.

그리고 앨리스는 친구들을 위해 그들의 집에 방문하여 등교하도록 설득하고, 미스티아에 의해 사업 정지 위기가 닥친 가문에는 경제적인 조언까지 해 준다. 예를 들면 상업을 하는 가문에는 물건을 사들이는 게 아니라 직접 물건을 만들어서 팔면 되지 않냐는 조언을 하거나, 평민 네트워크를 통해 새로운 사업 확대안을 제시하는 등, 앨리스는 상당히 대담한 행보를 취하며 친구들을 아카데미로 다시 데려왔다.

게다가 레이드 녹터의 도움을 받아 행상…… 같은 일도 했다. 한편 미스티아는 그런 앨리스를 방해하거나, 레이드 녹터에게 수면제를 먹여 눕혀놓고 그 현장에 앨리스를 불러서 "우리는 같이 자는 사이라고!"라며 거짓말을 하거나, 본인에게 아이가 생겼다며 협박하는 등, 철저하게 두 사람의 사이를 갈라놓으려고 했다.

에릭 루트에서는 여성 불신이 조금씩 나아진 에릭이 앨리스가 다른 남학생과 대화하는 장면을 발견하고, 질투심 때문에 앨리스에게 냉담하게 대하며 사이가 멀어지는…… 그런 일이 있었다.

제시 선생님 루트에선 마침 이 시기에 선생님이 동창과 친하게 지내는 모습을 앨리스가 목격하고 질투하는데, 질투라는 감정을 전혀 모르는 선생님이 왜 자신을 피하는지 앨리스에게 묻고, 앨리스가 고백하는 이벤트가 있었다.

로베르토 와이즈 루트에서는 마침 가정에 불화가 일어나 와이즈 부인이 앨리스에게 찾아가서 "우리 아들에게 접근하지 마."라며 요구하는 이벤트가 있었던 것 같다.

그동안 아카데미에 다니는 모습은 보지 못했지만, 지금은 게임과 다르게 앨리스에게 친구라고 불리는 존재가 상당히 많다.

그중에서도 특히 친한 것이 루키트 님인 듯했다. 애초에 나는 앨리스의 친구들을 아카데미에서 쫓아내려고 한 적도 없다.

"어딘가…… 우리 반 학생 중에서 곤궁에 빠진 집안이 있는지 아시나요?"

"오히려 성장 중인 가문은 알고 있는데 말이야…… 그보다 뭐야. 왜 갑자기 그런 걸 물어?"

클라우스가 얼굴을 찌푸리며 나를 살피듯이 시선을 보냈다. "아무것도 아니에요……."라며 얼버무리자 그는 내게 코웃음 쳤다.

"뭐, 됐어. 무슨 생각인지 상상은 되니까. 그래서 말이야. 미스티아, 나랑 거래하지 않겠어?"

"거래……?"

"그래. 나는 앨리스 하트펄이 지금 어디 있는지 대충 예상이 가거든. 그런데 나는 공식적으로는 그곳으로 가지 못해. 그래서 말인데, 미스티아. 내일 나랑 같이 앨리스 가족을 만나러 가자."

"……네?"

"갑자기 다른 반 남학생이 찾아가면 제대로 상대해 줄 리가 없잖아. 어차피 그 녀석은 사랑하는 엄마, 아빠한테 너에 관한 이야기를 했을 테니까. 너라면 분명 바로 환영받을걸. 그리고……."

클라우스는 씨익 소리가 날 정도로 입꼬리를 올리고는 내 눈을 똑바로 바라봤다.

"공작령에 갈 거야."

앨리스가, 공작령에 있다고……?

이유를 생각하다 보니, 딱 하나 짚이는 것이 있었다.

그녀는 평민이란 신분이면서 전 교장의 추천을 받아 귀족 아카데미 입학을 허가받았다. 아니, 오히려 초대받은 것에 가까웠다.

어쩌면 그녀를 아카데미에 불러온 이유가 그와 연관된 게 아닐까……. 게임 시나리오에선 자세히 나오지 않았지만 그럴 가능성은 크다.

"나는 진실이 알고 싶어. 그러니까 날 도와, 미스티아."

클라우스가 일어서서 나를 바라봤다. 나는 잠시 생각한 후, 그의 제안에 고개를 끄덕였다.

다음 날, 나는 아카데미에 가지 않고 아침 일찍 저택에 찾아온 클라우스와 함께 앨리스의 집을 향해 출발했다.

부모님은 아카데미를 쉬는 것을 전혀 반대하지 않았고, 오히려 "친구의 병문안이라니!"라며 기뻐했다.

그래서 지금 나는 클라우스와 함께 마차를 타고 이동 중이다. 내 호위로는 멜로가 동행했다. 지금 멜로는 내 옆에, 클라우스는 내 맞은편에 앉아 있다.

"그런데 설마 바그라 교회의 생존자가 태평하게 아렌가의 저택에서 일할 줄이야. 들었어? 신부의 말로가 어땠는지."

클라우스의 말에 멜로는 일절 반응하지 않았다. 그러지 말라고 눈짓하자 그는 내게 코웃음 쳤다.

"너도 정말 착해빠졌다니까. 그러니까 지옥에 떨어지는 거야, 바보야."

"……그보다 왜 앨리스 씨가 공작령에 있다고 생각하는지 이유를 알려주실 수 있나요?"

"그래. 계─속 조사해 봤는데 말이야. 그 녀석이 사라진 시기에 어떤 마차가 앨리스의 집 앞에 서 있었대."

클라우스의 말에 뭔가가 떠올랐다. 루키트 님이 전학 온 지 얼마 되지 않았을 때, 스터디 모임에 참여한 앨리스를 배웅해 주려고 했는데, 마차가 들어오지 못하는 길이라고 해서 다 같이 중간까지 도보로 이동한 적이 있었다.

평범한 마차로는, 그곳을 지날 수 없다.

그렇다는 건 목격자가 거짓말했거나, 아니면 정말 마차가 서 있었다는 뜻이다. 클라우스가 거짓말한 게 아니라면──,

"길 너비에 맞춰 마차를 만들었다……?"

"그래. 똑똑해졌잖아. 그래서, 마차를 만드는 전문가를 조사해 보니 남아 있는 기록이 없었어. 마차는 만드는 데 시간이 걸리니까, 후작가 정도의 작위라면 쉽게 꼬리가 밝히겠지. 그런데 공작가쯤 되면 조사해도 안 나온단 말이야. 게다가."

클라우스는 품에서 바스락거리며 뭔가를 꺼내더니 내게 종이 한 장을 내밀었다.

"그 녀석은 공작령 근처에 살았어. 전염병이 돌기 전에 말이야. 상황만 보면 어딘가의 공작이 분명 엮였을 거란 말이지."

그가 내민 종이는 앨리스가 살던 집 주변의 지도로, 앨리스가 살던 집에는 빨간 동그라미가 쳐 있었다. 그리고 그 주변에도 표시가 된 집이 네 군데 있었다.

"이 집 중 어딘가에 앨리스 씨가 있는 건가요?"

"그래. 귀족 아카데미 전 교장의 관계자가 사는 집이야. 의외로 전 교장은 적이 많아서 말이지. 적대적인 가문을 철저히 조사해 본 결과, 네 곳 정도로 추렸지. 이바라이트, 아비스피아, 올프오그, 필진…… 뭐, 여긴 아니겠지."

클라우스가 필진이 적힌 칸을 손가락으로 찔렀다. 그 가문명은 들어본 적이 있다. 그리고 이유는 모르겠지만 머릿속에 어떤 상상이 생생하게 떠오르기 시작했다.

"오. 도착했나 보네."

입을 열기 전에 마차가 멈췄다. 마차에서 내려 앨리스네 가게로 눈을 돌렸다. 분홍색 지붕은 앨리스의 머리카락을 연상시켰고, 파스텔 컬러에 가까운 하늘색 외관은, 갈색 베이스의 주변 건물들 사이에서 유달리 이채를 띄고 있었다.

그리고 그 앞에는 눈에 익은 뒷모습이 있었다.

"선생님⋯⋯?"

내 목소리에 가게 앞에 서 있던 인물――제시 선생님이 내게로 뒤돌았다.

나를 보고 놀라더니, 나와 멜로에 이어서 마차에서 내린 클라우스를 보고 더욱 눈을 크게 떴다.

"너⋯⋯ 여기서 뭘 하는 거지? 그보다 왜 이런 일행으로⋯⋯."

"어어, 어제 센트릭 씨와⋯⋯."

"아렌 양이 앨리스 씨에게 학생회 선거의 보답을 하고 싶다고, 앨리스 씨의 집을 알려달라고 해서 부탁받아서 같이 왔어요."

클라우스가 내 말을 막고 제시 선생님에게 다가갔다. 그리고 뒷짐 진 손을 내저으며 내게 조용히 하라는 뜻을 내비쳤다.

"그런데 선생님이 계시단 건⋯⋯ 혹시 개인 면담이 있나요?"

그러면 다른 날에 다시 찾아오는 게⋯⋯, 라고 말하며 클라우스가 내 쪽으로 뒤돌았다. 하지만 제시 선생님이 곧바로 고개를 가로저었다.

"아니. 면담이 아니야. 하트펄과 연락이 되지 않아서, 오늘은 시업식이라 시간이 남아 직접 확인하러 왔지. 나는 확인만 하고 나서 바로 아카데미로 돌아갈 생각이야."

그렇단 건 역시 앨리스와 연락이 되지 않는다는 뜻이다.

선생님이 앨리스의 집을 방문한다면 우리는 가게 앞에 있는 편이 좋을지도 모른다.

하지만 클라우스는 가게 문에 손을 뻗는 선생님의 뒤를 태연하게 따라갔다.

선생님이 동그란 창이 달린 문을 열고, 뒤이어서 클라우스, 나, 멜로가 안으로 들어서자 곧바로 "어서 오세요."라는 상냥한 목소리가 들려왔다. 목소리가 난 방향으로 시선을 돌리니 우리 부모님과 비슷한 나이로 보이는 두 사람이 서 있었다.

"아, 시크 선생님. 오랜만입니다."

"오랜만입니다."

"어어, 이쪽 분들은⋯⋯."

"클라우스 센트릭이라고 합니다. 처음 뵙겠습니다. 앨리스 씨의 부모님 되시죠?"

클라우스가 공손하고 올바른 청년처럼 미소 지었다. 앨리스의 부모님은 "아아, 센트릭가의."라며 놀란 표정을 지었다. 그리고 내게 시선을 보냈다.

"처음 뵙겠습니다. 미스티아 아렌이라고 합니다. 그리고 이쪽은 제 호위예요."

멜로를 소개하는데 앨리스의 부모님은 클라우스에게 보인 것과 다른 반응을 보였다. 그리고 "혹시⋯⋯."라며 내게 한 걸음 다가왔다.

"그, 앨리스의 옆자리고, 여름 전에 편지를 보내준⋯⋯?"

"네."

"아아, 당신이⋯⋯!"

두 사람은 어째서인지 감격한 모습이었다. 두 사람의 머리카락과 눈동자 색은 어두운 편이라, 앨리스와는 달랐다.

"그, 집에 잘 있다는 증명서가 아카데미에 제출되지 않았는데, 지금 앨리스 씨는 어디에……."

선생님의 말에 두 사람은 굳어 버렸다. 뭔가 숨기고 싶은 것을 지적당한 느낌보다는, 매우 곤란한 듯한, 상처가 도진 듯한 표정이었다.

"……."

"여기엔 없다, 는 뜻인가요?"

두 사람은 조용히 고개를 끄덕였다. 그리고 앨리스의 어머니는 잠시 생각에 빠지더니 입을 열었다.

"실은…… 그 아이는 할아버님 댁에 공부를 하러 갔어요."

"드세요."

앨리스의 어머니가 홍차를 내어주셔서 가볍게 감사를 표했다. 이야기가 길어진다며 선생님, 나, 멜로, 클라우스가 나란히 앉고, 앨리스의 부모님은 맞은편에 앉았다.

밖에는 오늘의 영업이 종료되었다는 간판이 걸렸으니 손님들은 들어오지 않을 것이다.

"그래서, 할아버님 댁, 이란 건?"

왠지 고개를 숙이고 있는 듯한 앨리스의 부모님에게 선생님이 말을 꺼냈다. 두 사람은 얼굴을 마주 보더니, 앨리스의 아버지가 머뭇거리며 입을 열었다.

"실은 저희와 앨리스는 피가 이어지지 않았어요. 그 아이에겐 쭉 비밀로 해왔습니다만."

앨리스와, 부모님의 피가 이어지지 않았다……? 그런 건 게임 설정에 적혀 있지 않았다.

애초에 의아할 정도로 그녀의 부모님에 관해서 묘사된 적이 없었다. "아빠께 효도해야지.", "엄마는 엄청 상냥하셔." 같은 대사나 그에 따른 회상은 가끔 나왔지만, 일러스트도 없거니와 대화하는 장면도 없었다.

그래서 앨리스의 부모님은 실은 없는 게 아닌지 의심한 적도 있을 정도였다.

그렇다면 부모님에 관한 묘사가 적었던 건 피가 이어지지 않았다는 숨겨진 설정이 있기 때문이었을까.

분명 앨리스 아버지의 오랜 친구가 추천인으로 앨리스의 아카데미행을 결정했다는데, 혹시 그 친구란 사람이──.

"그럼 지금 앨리스는 혈연의 집에?"

"네. 그 아이의 어머니는 공작가의 아가씨였어요. 하지만 저희의 소꿉친구와── 저희와 같은 평민과 결혼하기 위해 집안의 눈을 피해 도망갔고, 그 아이가 태어났지만, 그 후에 전염병에 걸리는 바람에 두 사람 다…… 저희는 그 아이를 보살펴 달라는 부탁을 받고, 갓난아이였던 그 아이를 맡게 되었죠."

앨리스의 부모님은 눈을 내리깔았다. 그녀가, 공작가 영애의 피를 이었다.

그게 사실이라면 갑자기 평민 신분으로 아카데미에 편입한다는 기구한 운명적 사건이 발생한 것도 확실히 이해가 되었다.

앨리스의 어머니는 자신의 손을 꼭 쥐었다.

"그래서 저희는 그 아이를 키웠습니다. 하지만 그 아이가 14살이 되었을 때, 그 아이 어머니의 가문 당주께서 그 아이를 돌려달라고 연락하셨죠. 저희는, 가난한 환경에서 자라는 것보다 귀족 영애로서 대우받으며 자라는 편이 좋다고 생각했습니다. 하지만……."

"공작을, 신뢰하지 못하셨나요?"

"……네. 그래서 조건을 붙였어요. 아카데미에 입학해서 3년간. 앨리스가 귀족 생활을 힘들게 여기지 않는다면 딸을 보내주겠다고. 하지만 만일 귀족 사회에 따라가지 못하거나, 앨리스가 힘들다고 여긴다면 그 아이를 계속 평민으로 살게 해달라고, 그렇게 말했죠."

"그런 약속을……."

제시 선생님이 할 말을 잃은 표정으로 두 사람을 바라봤다. 그러자 앨리스의 어머니가 쓸쓸한 눈으로 우리를 바라봤다.

"저희의 욕심이었어요. 앨리스는 귀족 영애로 자라는 게 분명 행복하겠죠. 평생 배를 곯을 일은 없을 테니까. 하지만 저희는 딸을 떠나보낼 수가 없었어요. 평민으로서 자랐으니, 귀족 아카데미에 다니면 당연히 힘들어할 거라고, 그리고 수업을 따라가지 못하는 모습을 보면 분명 공작도 포기할 거라고. 그렇게 생각했어요."

"하지만 앨리스 씨는 성적이 좋았죠. 처음 시험은 몰라도, 두 번째 시험은 같은 학년 중에서도 높은 순위였습니다."

"네. 그 아이, 처음엔 수업을 따라가기 힘들다고 했는데, 점점 공부를 즐거워하기 시작했어요. 그 아이가 힘들어하는 얼굴은 보고 싶지 않아요. 기뻐하고 웃는 모습이 가장 좋아요. 그런데도 저는……."

앨리스의 아버지가 뚝뚝 눈물을 흘리기 시작했다. 그런데 그 눈물에 젖은 목소리가 내 귀에는 흐릿하게만 들렸다.

나는, 돌이킬 수 없는 짓을 저질렀는지도 모른다.

시험 전. 나는 앨리스의 질문에 자주 답해주었고, 교과서도 보여줬다.

돌이켜 보면 게임 속 앨리스는 처음에 친구를 전혀 사귀지 못했다. 친구를 사귈 틈도 없었을 것이다. 다른 학생에게 말을 걸어봐도, 다들 미스티아가 두려워서 그녀를 유령 취급했으니까.

하지만 레이드 녹터만은 힘든 상황에 있는 그녀를 안타까이 여겨 친절하게 대했고, 상냥하게 대한 결과 미스티아가 화내며 난동을 부리는, 최악의 순환이 벌어졌다.

따라서 게임 속 앨리스는 아마도 교과서를 잊었을 때 보여줄 상대도, 수업을 듣다 모르는 부분이 있으면 물어볼 상대도 없었을 것이다.

물론 선생님에게 물어보면 되지만, 친구가 있으면 수업 중에 바로 물어볼 수도 있으니 훨씬 좋다. 그만큼 이해력이 높아질 테니까.

……지금 앨리스가 공작가에 있는 것이 불행한 일이라면, 그

불행은 내게 책임이 있다.

내가 해온 행동을 떠올리고 경악했다. 내 탓이다. 틀림없이. 앨리스의 어머니에게 시선을 보내자 그녀는 눈물을 흘리는 남편을 다독이며 부탁하듯이 우리를 바라봤다.

"그리고 서서히 공작에게서 오는 연락이 많아졌어요. 손녀에게 언제 출생의 비밀을 밝힐 거냐고. 이렇게 성적이 좋으니, 졸업을 기다릴 필요도 없이 공작가 저택에서 지내면서 가정교사에게 배우는 편이 좋겠다고…… 그리고 아카데미에서 칼부림 사건이 일어나서 학생이 찔렸다는 이야기를 듣고 공작은 아이를 평민이 사는 집에 둘 수 없다면서, 아침에 갑자기 찾아와 그 아이를 억지로 끌고 가서……."

사고가 일어난 위험한 곳에 손녀를 보낼 순 없다. 보호자로서 당연히 들 수 있는 그런 마음으로 앨리스를 저택으로 데리고 갔다……는 뜻이었다.

확실히 앨리스는 마차로 통학하지 않고 도보로 등하교한다. 마차로 통학하는 것보다 위험할지도 모른다.

게다가 공작가라면 호위를 붙여줄 것이다. 공작의 생각은 틀리지 않았다고 생각한다. 하지만 수단이 강제적이란 생각이 가시지 않았다. 이야기를 들어보면 앨리스에게도 거친 행동을 취한 것 같고.

"그래서, 앨리스는 지금 어디에 있나요?"

"이바라이트가예요."

앨리스 어머니의 말에 제시 선생님과 나는 눈을 크게 떴다. 왜냐하면 그 가문은 공작가 사이에서도 명문 중의 명문. 지금 귀족 아카데미의 이사대행을 맡고 있는 가문이기 때문이다.

앨리스의 집에 방문한 다음 날, 나는 평소대로 아카데미에 등교했다.

역시 어제 그런 이야기를 들었다고 오늘 곧바로 이바라이트가에 앨리스를 집에 되돌려 보내줄 수 없겠냐고 부탁하러 갈 수는 없었다.

애초에 개인적인 문제고, 부모님은 앨리스가 집에 돌아와 주길 바라지만, 앨리스도 같은 마음인지는 알 수 없다.

게다가 같은 마음이더라도 이바라이트가를 상대하는 건 매우 어려운 일이다.

"미스티아 님, 맞으시죠?"

어떻게 할지 고민하며 복도를 걷자, 시야 구석으로부터 여학생이 내게 다가왔다.

가지런한 민트색 앞머리 사이로는 더욱 색이 옅은 분홍색 눈동자가 보였다.

낯이 익다.

분명 체육제 전에, 미술실에서 그림을 그리던 학생이었다는 것을 떠올렸다.

"네…… 맞는데요……."

"잠시 시간을 내주실 수 있나요?"

여학생은 우리 반이 아니지만 아마도 같은 학년일 것이다.

고개를 끄덕이며 "저번에, 미술실에서 그림을 그리시던 분, 맞죠?" 하며 묻자 그녀는 놀란 표정을 지었다.

"제가 미술부인 건 맞는데, 학생들의 동아리 소속 현황을 전부 기억하시는 건가요?"

"아뇨, 그런 건 아닌데…… 그냥, 그림을 그리던 모습을 본 적이 있어요."

내 대답에 여학생은 당혹스러운 기미였다.

헛기침을 하면서 그녀는 "소개가 늦었네요."라며 인사했다.

"F반의 샤니 비오스페이드라고 합니다. 실은 긴히 상담하고 싶은 게 있어서요."

"상담이요?"

"네. 실은 함께 이바라이트가에 가주셨으면 해서……."

눈앞의 소녀는 내가 어떻게든 가고 싶어 하던 가문의 이름을, 당연하다는 듯이 입에 담았다.

"이쪽이에요."

비오스페이드 씨에게 안내받아 들어간 미술실은 한산했다.

수업 중에 한 반이 전부 모인 모습과 비교되어서 그럴지도 모르겠지만, 그녀와 단둘이 있으니 매우 넓어 보였다.

곧 있으면 학년이 바뀌기 때문인지, 액자가 죽 늘어서 있던 벽은 퍼즐 조각이 빠진 것처럼 비어 있어서, 5년 전, 초상화가 걸리지 않은 녹터가의 저택과 비슷한 위화감이 느껴졌다.

그보다 이바라이트가에 함께 가달라는 건 무슨 뜻일까.

지금까지 그녀와 접점이 있었던 것도 아니고, 애초에 그녀는 내 목적을 모를 터였다.

의아하게 여기고 있자 비오스페이드 씨가 "콩쿠르에서 대상을 받았어요."라며 칠판 구석에 붙은 프린트를 가리켰다.

그곳엔 나라 주최 콩쿠르의 입상 결과가 적혀 있었고, 우승자는 공작가에 초대받아 그림을 그리라는 내용이 적혀 있었다.

"이바라이트 공작가의 정원을 그린 그림을 선물하기로 되어 있는데, 그림 모델이 되어 주셨으면 해서……."

"네……?"

다른 사람 집 정원에, 타인인 내가 그려진 그림을?

"괜찮나요? 그 가문 사람이 아니어도……?"라고 묻자 그녀는 고개를 끄덕였다.

"이바라이트 공작가에는 지금 당주인 공작님밖에 안 계세요. 그리고 제가 그리고 싶은 건 인물이 뒤쪽을 바라보고 있는 모습이라 문제없어요. 공작께서 영애가 정원을 거니는 모습을 그려 달라고 요청하셔서……."

"그렇군요……?"

이바라이트 공작은 어쩌면 죽은 딸을 그려달라고 요청한 것일지도 모른다.

하지만 그녀가 앨리스를 모델로 삼지 않는 건, 공작이 아직 앨리스를 공작 영애로서 소개하지 않았다는 건가……?

"부탁, 들어주실 수 있으신가요……?"

내가 모델을 잘할 수 있을지는 모르겠지만, 이것 외에 이바라이트가에 갈 수단이 없는 이상 제안을 받아들일 수밖에 없다.

"물론이죠."

"감사합니다. 미스티아 님. 바로 이번 주중에 이바라이트가에 한번 들를 예정인데, 다른 일정이 있으신가요?"

"아뇨. 없어요. 어, 제가 마차를 타고 비오스페이드 님의 저택으로 찾아가면 될까요?"

내 말에 비오스페이드 씨는 조금 놀란 표정을 지었다.

그리고 바로 "제 이름은 편하게 불러주셔도 괜찮아요."라면서 입을 꼭 다무는 표정으로 변했다. 어쩐지 멜로를 떠올리게 하는 사람이다. 분위기도, 행동도 멜로와 닮았다.

"제 집안은 한미한 남작가라, 백작가 영애께서 그렇게 높여 부르실 필요 없어요."

"하지만……."

"아렌가에게 저 같은 신분은 사용인과 마찬가지겠죠. 그런데 높여 부르시면 아카데미의 서열이 흐트러지고 말 거예요. 샤니라고 불러주세요."

"……그래도, 어, 그럼 샤니 씨라고……."

역시 초면에 이름을 부르는 건 어색하다. 주뼛거리며 이름을 입에 담자 그녀는 눈을 내리깔고 "미스티아 님이 그렇게 부르고 싶으시다면."이라며 고개를 끄덕였다.

"그날 점심에 공작가의 마차가 미스티아 님을 모시러 갈 거예요."

"알겠어요. 감사합니다."

"그럼, 이바라이트가에서 보내온 서면의 복사본을 드릴 테니 잠시만 기다려 주세요."

샤니 씨는 그렇게 말하며 미술실 안쪽, 준비실로 들어갔다.

아무 생각 없이 주변 작품을 보며 돌아다니고 있자 이름이 적힌 선반에 화구들이 어지럽게 놓여 있는 것이 눈에 들어왔다. 유화용 붓이나 조각칼, 무슨 용도인지 알 수 없는 화구들이 들어 있었다.

비오스페이드 씨의 이름도 있었는데, 나란히 놓인 붓 옆에는 유화 물감이 놓여 있었다.

"기다려 주셔서 감사합니다."

목소리가 들려와 정신을 차리고 뒤돌자 바로 뒤에 비오스페이드 씨가 서 있었다. 내가 서둘러 몸을 바로 하고 서면을 받아들자 그녀는 선반을 바라보며 "이 선반은."이라고 작은 목소리로 말했다.

"미술부 부원들의 화구를 두는 곳이에요. 부원들은 다들 방과후에 이곳에서 작품을 만드는데, 그때까지 여기에 보관해 두죠."

확실히 화구를 전부 들고 다니려면 힘들겠지. 미술실에서 그림을 그리려면 화구를 두고 다니는 게 좋을 것이다.

"여기 빈 곳은 작년에 퇴부한 남학생의 자리예요."

비오스페이드 씨가 가리키는 곳으로 시선을 돌리자 그녀의 말대로 그 부분에는 아무것도 놓여 있지 않았다.

"그건, 혹시, 날붙이를 반입한……?"

"네. 교내에 날붙이를 들여와 난동을 부린 남학생이요. 그래서 미스티아 님이 제 부탁을 거절하실 줄 알았어요."

비오스페이드 씨는 태연하게 대답했다. 어떻게 대답해야 좋을지 몰라 가만히 있자 그녀는 내게로 뒤돌았다.

"죽었다고는 해도 교내에서 난동을 부린 인간이 속해 있던 동아리에 도움을 주는 건 꺼려질 테니까요."

"죽었다……? 죽었다니, 무슨 말씀이신가요?"

내 대답에 비오스페이드 씨는 또 놀란 표정을 지었다. 이런 식으로 대답할 줄은 추호도 생각하지 않은 것처럼 당황한 얼굴이었다.

"듣지 못하셨나요? 정말로?"

"네…… 아무것도…….."

"그는 죽었어요. 위병에게 끌려가기 조금 전에, 저택에 불을 질러서."

그 말을 듣고 나는 경악했다. 그런 얘기는, 전혀 듣지 못했다. 아무도 얘기해 주지 않았다.

"왜 그런 슬픈 표정을 지으시는 건가요?"

사람이 죽었다는데, 아무렇지 않은 목소리로 물어보니 당황스러웠다.

"그야, 사람이 죽었잖아요……? 그것도 스스로 목숨을 버리다니…….."

"피해자이셨는데도 슬프다고 생각하시는군요."

사람 목숨에 관한 일이다. 그 무엇으로도 대체할 수 없다. 죽으면 전부 끝나 버린다. 게다가 불에 타다니, 정말로 괴롭고 끔

찍한 일이다.

그런데도 죽음을 선택해야 할 정도로 궁지에 몰린 사람이 있
었다는 게, 슬펐다.

하지만 샤니 씨는 그저 나를 의아한 눈으로 보고 있었다. 그
눈이 너무나도 솔직하여, 나는 내가 품은 감정이 올바른 것인지
불안함마저 느꼈다.

번외. 독의 감옥

SIDE: Melo

"이제 한계 아니야?"

뒤에서 들려오는 목소리에 대답하지 않고 나는 아가씨가 부탁한 서류 정리를 계속했다.

"요리장이나 청소부장뿐만 아니야. 정원사도, 집사도, 집사장도, 문지기에, 마부에, 다들 전—부 같은 마음이라고."

"저는 아가씨가 바라는 대로 움직일 뿐입니다."

"이제 한계라니까. 아가씨를 우선하면 아가씨는 죽고 말 거야. 병이나 수명이 원인이라면 괜찮아. 인간이니까."

──하지만 살해당할지도 모른다고.

이어지는 말에 이성이 날아갈 것 같았다. 뒤를 돌자 요리장이 고용한 아이들── 조리 조수인 키나와 키노가 서 있었다. 외모가 똑 닮았고, 투명한 자수정 색의 머리카락을 지녔으며, 눈동자는 천둥소리가 울려 퍼지는 하늘처럼 거무칙칙했다.

아가씨의 머리카락 색인 검은색은 좋아한다. 하지만 이 두 사람의 눈동자 색은 어쩐지 좋아할 수가 없었다.

목소리도 똑같아서 누구와 대화하고 있는지를 알 수 없었다. 호흡 방법까지 똑같은 두 사람은, 생각 또한 똑같았다.

"다들 그랬어. 머지않아 누군가가 아가씨의 아빠, 엄마를 죽일 거라고. 그 두 사람이 죽으면 아가씨가 아카데미에 가지 않아도 되니까."

아가씨는 내게 전생의 기억이 있다고 말했다. 그 내용은 황당무계하기만 했고, 그녀의 입에서 흘러나온 게 아니라면 믿을 수 없는 것이었다.

하지만 아가씨가 그렇게 말했으니, 거짓 하나 없는 진실이라고 생각한다.

그래서 지금 아가씨는 기억을 되살려 모두가 행복해질 수 있도록 노력하는 중이다. 그 목표를 위해서는 그녀가 상상하는 스토리를 따를 필요가 있다고 한다.

원래 나는 그 스토리에 등장하지 않았다고 한다. 그러니 오늘, 아가씨가 혼자 공작가로 향하는 것을 배웅하기로 했다.

"그렇게는 두지 않을 거예요."

결의를 다지듯이 나는 쌍둥이를 응시했다.

"사용인은 대체할 수 있어요. 하지만 당주님과 부인은 언제까지나 아가씨의 부모님이에요. 대체할 수 없어요."

"우리가 위로해 주면 되잖아. 시간은 조금 걸릴 수도 있지만 분명 떨쳐낼 수 있을 거야."

"그 말 그대로 당신들에게 할 수 있나요?"

"그렇게 말하면서 모든 걸 지키려고 할 단계가 아니라니까."

제자리를 빙빙 도는 대화. 최근엔 항상 이랬다. 누군가가 아가씨를 지키겠다며 그녀를 저택에서 끌어내려고 하고, 그걸 누군가가 조용히 막는다.

지금, 당주님과 부인은 와이즈가가 보내는 혼담을 거절하느라 바쁘다.

이전이었다면 코웃음 치며 무시해도 되었을 혼담이다. 나는 자세히 모르지만, 외부에서 보기에 어리석은 당주와 부인은 지금보다 더 어리석었던 시기가 있었다고 한다.

그리고 슬프게도, 지금의 부부는 어리석지 않기 때문에, 무시하지 않고 대화로 해결하려는 듯했다.

그리고 아가씨도 원래라면 이기적이고, 오만하고, 자신의 욕심을 위해선 수단을 고르지 않는 성격의 역할을 맡았다고 한다. 그런 영애였다면 나는 전혀 망설이지 않고 그녀를 죽였겠지. 하지만 아가씨가 지금의 아가씨가 아니었다면, 애초에 내가 그녀와 만날 일은 없었을 것이다.

아가씨는 나를 용서하고, 살아달라고 부탁했다.

그러니까 나는 아가씨가 나를 용서하고 부탁하는 동안엔 살아서, 곁을 지킬 것이다. 행복을 느끼는 건 죄일지도 모른다. 평생 아가씨를 죽이려 했다는 죄는 사라지지 않는다. 죄에, 죄를 거듭한다. 이 얼마나 업보가 심한가.

그래도 나는 아가씨의 곁에 있고 싶다. 아가씨의 행복을, 지키고 싶다.

……무슨 짓을 해서라도.

"아가씨에게 또 위험한 일이 닥쳤을 때의 대처 방법을 생각해 두죠."

그렇게 생각하는 건 나뿐만이 아니다.

아가씨는 사용인 중에도 아가씨가 봐온 스토리에 존재하지 않는 사람이 있을지도 모른다고 말했다.

다들 아가씨에게 구원받아서 이 저택에 몸을 담고 있으니까. 영지민 또한 아가씨를 위해 일하고, 은혜를 갚으려 연구하고, 세금을 내고, 살아간다.

"뭐? 그럼 아가씨를 저택에서 안 내보내도 괜찮아? 아니면 약혼자를 죽여도 돼? 아니면 사고로 위장해서 억지로 가둬둘까? 우리가 보살펴 주면 되잖아? 전속의도, 집사장도 돈은 꽤 있으니까. 정원사도, 그 녀석 남몰래 옆 나라의 작위를 사뒀더라고."

"아뇨. 정공법이면 돼요."

내 말에 키나와 키노는 서로 얼굴을 마주 봤다.

"그게 뭐야?"

"무슨 소린지 모르겠어."

"아가씨를 상처 입히지 않고, 스스로 다치면 되는 거예요. 한 사람만 계속 다치면 부인과 당주님도 의심하겠지만, 조금씩 부상자가 바뀌면 다치는 사람이 많은 정도로 끝나죠. 한 사람당 한 달씩 다치면 충분하겠죠."

"아―."

"확실히, 아가씨는 눈앞에 있는 가장 약한 사람이 최우선이니까."

두 사람은 이해한 표정으로 마치 호흡을 맞추듯이 동시에 끄덕였다.

"정말, 그래도 괜찮을까요?"

"응. 나도 불안해. 너, 우리를 따돌리려고 하잖아."

여러 사람의 발소리가 들려와 한숨을 쉬었다. 다가온 것도, 이야기를 엿듣는 것도 예상은 했지만 피로가 몰려왔다.

"당신의 그 제안은 현명한 것 같지 않네요."

"나도 브람이랑 같은 생각이야. 게다가 너도 싫고."

복도 반대편에서 걸어오는 것은 문지기 브람과 토마스였다. 풍채가 좋은 브람은 말투가 온화하고 행동에 여유가 있는데, 날씬한 토마스는 발소리가 더 크고 시끄럽다.

"분명 우릴 따돌릴 생각이야. 그보다 요리장은 어쩌게? 그 사람이 다치면 요리를 못 하잖아!"

"요리장은 다리 한쪽이 없어지더라도 아가씨를 위한 요리는 빼먹지 않을걸요."

토마스에게 대답하는데, "그런 방법을 쓰면 청소를 못 하잖아."라며 맑은 목소리가 들려왔다. 조리 조수 두 사람 사이에 끼어들 듯이 선 건 청소부장이었다.

"너는 전속 메이드라 자유도가 높겠지만, 나는 청소만 전문으로 한다고. 게다가 제한된 업무 시간 내에 아가씨와 만나서 '수고하세요.'라는 말을 듣기 위해서 살아간단 말이야. '몸조심하세요.'라는 말을 듣고 싶은 게 아니라고."

아가씨는 지금 저택의 사용인들까지 걱정하며 스토리를 변경할 계획에 착수했다.

결코 있어서는 안 될, 죽는 미래를 두려워하면서.

그럼에도 불구하고 우리를 위해 도망치지 않고 움직인다.

상대가 바라는 대답을 고르고, 연애를 하는 스토리.

그러면 약혼자를 함락시켜서 뜻대로 조종하면 좋을 텐데.

아가씨는 처음부터 그럴 생각이 없었는지, 관계를 끊고, 거리를 두며 대처하려고 했다.

그뿐만 아니다. 그녀가 취한 행동으로 의해 무언가가 나쁘게 바뀌어 버렸다면, 그녀는 모든 사람의 인생을 생각하며 좋은 방향으로 바꾸려 했다. 그런 이들은 그냥 모른 체하고, 우리의 미래 따위는 버려두고, 자신만을 위해서 살아가면 좋을 텐데. 그렇게 생각하지만 그녀는 그러기를 바라지 않는다.

그런데도.

"그냥, 아가씨의 부모님을 죽인 후에 도적한테 당했다고 하고 은거하자."

"아니면 조금씩 약을 먹여서 조금만 아프게 만들어서 요양하자고."

"정 안 되면 방에서 못 나오게 해야지."

"그건 안 돼. 성심성의껏 사정을 설명하고 우리의 마음을 이해시킨 후에 우리 외엔 아무도 모르는 별장에서 지내도록 하죠."

"그래. 폭력으로 해결하는 건 최악이야. 아가씨에게 진심을 전하면 되는 거야. 예를 들면 아가씨를 위험에 노출시키는 아카데미의 누군가를 죽여서 말이지."

자유롭게 주고받는 의견을 듣고 있자니 진절머리가 났다.

아가씨에게 호의를 보인다. 아가씨와 함께 지내면 당연한 일이다.

평소에 자연스럽게 걱정의 한마디를 건네고, 몸 상태의 변화를 눈치채고, 상대를 배려하는 행동을 취한다. 착실하면서도 때때로 방심한다. 노력은 하지만 타인에게 강제하지 않는다. 가끔 장난스러운 말을 꺼낸다. 그리고 무엇보다, 다른 사람을 위해 행동할 줄 아는 사람이다.

그런데도 아가씨는 약혼자의 호의를 눈치채지 못했다. 아가씨는 다른 사람의 호의에 관심이 없다. 몸 상태를 걱정하고, 신체적인 변화나 부상은 가장 먼저 알아채면서, 타인의 호의만큼은 "상대가 상냥하니까.", "충성심이 강하니까.", "사교 능력이 뛰어나니까."라면서 잔혹하게도 빗나간 판단을 한다.

전에 넌지시 지적해 봤지만, "아니. 몸 상태가 안 좋은 걸 걱정했다고 호감이 생기면, 의사 선생님은 엄청나게 사랑받을걸."이라며 전혀 이해하지 못한 듯한 대답이 돌아왔다.

누구에게나 붙임성있게 다가가지 않는 것만큼은 다행이다. 하지만 그 탓에 "내게만 마음을 열었어."라고 착각하는 사람이 나타날까 봐 걱정이다.

누구에게나 아끼지 않고 베풀려는 상냥함.

걱정되지만 아가씨가 바뀌길 바라는 건 아니다.

하지만 이런 참상을 눈앞에 두니 후회되었다. 아가씨가 인간을 주워오는 걸 조금 더 강하게 막았어야 했는데. 아니면 도움이 필요한 인간을 보지 못하도록 시선을 돌려야 했다.

그럴 바에는 아예 모두를 죽여버리는 편이 빠르지 않을까 생각한 적도 없지는 않다.

하지만 그 사람은 그러길 바라지 않는다. 항상 모두가 즐겁게 지내기를 바라니까.

나는 그 소망에 응하자. 그러기 위해서 무엇이든 이용하자.

앞으로 계속, 계속 옆에서.

미스티아 님이 나를 용서하는 한.

옆에서, 미스티아 님과, 미스티아 님이 바라는 행복을 계속 지키기 위해.

자유가 있으니

샤니 씨에게 모델 요청을 받은 후 2주가 지나, 드디어 샤니 씨와 함께 이바라이트 공작가로 가는 날이 찾아왔다.

저택을 나와 문밖에서 기다렸다.

잠시 멜로와 둘이서 대화를 하고 있자 옅은 하늘색의, 신데렐라에 나오는 마차를 떠올리게 하는 마차가 저택으로 다가와 우리 앞에 정지했다.

아마 앨리스의 눈동자 색을 따서 만든 마차가 아닐까. 그런 생각을 하며 마차에 올라타자, 안에는 이미 샤니 씨가 타 있었다.

"안녕하세요, 샤니 씨."

"안녕하세요."

마차 내의 바닥엔 쥐 모양 자수가 놓인 융단이 깔려 있었고, 중간 칸막이의 손잡이는 유리 세공으로 만들어져 있었다.

관찰하고 있는 사이에 마차가 천천히 달리기 시작하고, 샤니씨는 조용히 차창 밖으로 시선을 보냈다.

나도 비슷하게 창밖을 바라보며 어제 세운 앨리스 탐색 계획을 상기했다.

공작은 앨리스를 저택으로 데려갔지만 손녀를 찾았다고 공식적으로 발표할 기미는 보이지 않았다.

앨리스를 공작가의 일원으로 받아들여 절대 양부모에게 돌려주지 않을 생각이라면, 곧장 그녀를 공작가의 일원으로 발표하여 사람들에게 알렸을 텐데. 앨리스를 그림의 모델로 세우면 그게 가능할 텐데 공작은 그러지 않았다.

앨리스를 급히 공작가로 데려가는 듯한 행동을 취하면서도, 앨리스를 강제로 가둬두지는 않는다.

행동에 이렇게 모순이 있는 건, 아마도 앨리스를 공작가의 일원으로 발표하는 것에 뭔가 문제가 있기 때문이겠지.

그러니 누군가가 저택으로 가서 앨리스가 공작가에 있다는 소문이 퍼지면 아마도 공작에겐 좋지 않은 상황일 것이다.

그러니 이바라이트가에 손님을 들이는 건 좋지 않은 일일 터.

그런데도 샤니 씨를 초대한 것은 나라에서 주최한 콩쿠르가 엮였기 때문이지, 원래라면 거절하고 싶었을 것이다.

그래서 나는 공작이 예상치 못한 상황에 생긴 틈을 이용할 생각이다.

누군가를 저택 안에 숨기는 것은 간단하다. 어딘가 방에 가둬두면 되니까. 상대는 공작가, 방의 개수도 상당할 테고, 앨리스가 숨겨져 있을 만한 방을 찾는 것은 극히 어려운 일——은 아니다.

어떤 일이든 숨기려고 할수록 눈에 띄는 법. 공작가 저택의 외견을 관찰했을 때, 창문이 없는 지하실이 있다면 그곳에 그녀가 있을 테고, 다락방이 있다면 분명 앨리스는 그곳에 있을 것이다.

그리고 그 외의 창문이 있는 방에 갇혀 있다면 분명 커튼을 닫아놨을 것이다.

2층이나 3층에 있더라도 상대는 공작가이니 만전을 기했을 것이다. 혹시라도 숨겨진 문이 있다면, 구조상 창문이 없는 공간에 있을 테니 소거법으로 조금씩 경우의 수를 줄여나가면 된다.

결국, 앨리스가 있는 방을 찾는 것보다 앨리스가 없을 만한 방을 후보에서 지워나가면 된다.

방을 찾으면, 이제 앨리스와 접촉하면 끝이다.

그녀가 공작을 어떻게 생각하는지, 어떤 장래를 그리고 있는지를 묻자. 진심을 말하자면 그녀와 이런 대화를 나누고 싶지 않지만 사태가 사태인 만큼 어쩔 수 없다.

그리고 앨리스가 공작가에서 지내고 싶어 한다면 부모님에게 보낼 편지를 쓰도록 해서 전달해줘야겠지.

만일 앨리스가 돌아가고 싶어 한다면 여러 곳에 도움을 구해 최대한 방법을 찾아볼 것이다.

다행히 방법은 여러 가지다. 랜스데이 선생님은 지인도 많고, 공작가에 치료 약을 판 적도 있었다고 한다. 그리고 앨리스는 이 세계의 히로인. 그녀를 구할 존재가 분명 잔뜩 나타날 것이다.

"아, 저기 보이는 게 이바라이트가예요. 곧 도착하겠네요."

샤니 씨의 목소리를 듣고 서둘러 시선을 돌린 나는 안내받은 대로 차창 너머를 보고 경악했다. 앨리스를 집으로 돌려보내는 건 불가능한 게 아닌가 하는 생각이 들기 시작했다.

이바라이트가의 저택은 완전히 앨리스의 저택이었다. 경관이 그 사실을 세상에 알리고 있었다. 지붕은 앨리스의 눈동자 색이고, 벽은 앨리스의 머리카락을 옅게 한 색이었다.

구조도 일반적인 저택과 상당히 달라서 동화에 나올 것만 같았다. 창틀마저 하트 모양이었다.

놀라서 할 말을 잃은 사이 마차는 문에서 검사를 마친 뒤 저택 부지 내로 들어섰다.

이바라이트가는 공작가여서 연이 없었기에 저택이 어떤 모습인지는 알지 못했다.

그보다 부지 내의 지도를 입수했더라도 미스티아는 앨리스의 적과 마찬가지니까 앨리스가 있는 곳을 알아내지 못하도록 애초에 어떤 보정이 작용했을 수도……

아니, 벌써 사기가 꺾이면 안 된다.

오늘은 앨리스를 이 저택에서 찾아내 접촉하든지, 그게 어렵더라도 그녀와 만날 수단을 찾아내야만 한다.

정신을 차리고 창으로 시선을 돌려 커튼이 쳐진 방이나 구조상 숨겨진 곳이 있을 만한 부분을 관찰하고, 그 외견을 정확히 기억하기 위해 저택에 시선을 돌렸다가——, 사고가 멈춰 버렸다.

"어째서?"

마차가 천천히 속도를 줄이더니 멈춰 섰다.

비오스페이드가의 마부가 문을 열어 내리도록 안내하자, "미스티아 님!"이라는, 발랄하고 밝고 태양 같은 목소리에 멈췄던 사고가 다시 움직이기 시작했다.

"와 주셨군요! 어서 오세요! 이 저택에!"

마차에서 내리자마자 보이는 저택의 문 앞, 앨리스는 발랄한 웃음을 지으며 크게 손을 흔들고 있었다.

"어서 오세요. 미스티아 님! 샤니 님!"

기쁜 얼굴로 우릴 맞이하는 앨리스를 보고 나는 입을 떡 벌리고 말았다.

한편 그녀는 "접객실로 안내할게요!"라며 의욕 넘치게 우리를 저택 안으로 초대하려 했다.

어쩌지. 이런 식으로 앨리스와 만날 줄은 전혀 상상도 하지 못했다.

적어도 이바라이트 공작과 먼저 만나리라고만 생각했고, 앨리스의 모습이 보이지 않아 찾으러 가는 것을 전제로 하고 있었고, 앨리스가 괴로워하지 않기를 바라는 마음도 있었고, 사람의 생각이야 다 다르겠지만, 조금 더, 뭐라고 할까, 어딘가에 갇혀서 이바라이트가에서 나가고 싶어 하리라고 생각했다.

이 정도로 귀족 생활에 적응을 마쳤으리라고는 생각하지 못했다.

앨리스는 하얀 드레스 자락을 흔들며 기쁜 얼굴로 우리를 초대했다. 오히려 샤니 씨가 그런 그녀를 보고 당황한 눈치다.

굳이 따지자면 앨리스가 샤니 씨 같은 반응을 보이리라 예상했고, 뭐랄까, 왜 이렇게 됐는지에 대한 의문을 숨길 수 없었다.

"어어, 저희는 오늘 놀러 온 게 아니라, 공작께 선물할 그림을 그리러 왔는데……."

"앗…… 죄송해요. 어어, 정원이었죠……, 제가 안내해 드리고 싶은데……, 안, 되겠죠. 그, 부탁드릴게요."

앨리스는 근처에 있던 메이드를 불렀다.

공작가의 영애니까, 백작가의 사람을 직접 안내한다는 건 허락되지 않았겠지.

호위도 생각해야 하고, 어쩔 수 없다고 생각하지만 앨리스는 어깨를 늘어트렸다.

"저, 나중에 티타임을 가지는 건 괜찮나요?"

그녀와 메이드의 대화가 어딘가 어색했다.

앨리스는 모셔지는 입장인데도, 지금 모습을 보면 신입으로 일하러 온 사람 같았다. 역시 자유롭고 느긋하게 살아온 앨리스에게 공작가에서의 생활은 답답할지도 모른다──고 생각하지만, 앨리스가 아카데미에 돌아오지 않으면 게임 스토리가 엉망진창이 되어버리니까 내가 그렇게 생각하고 싶은 것일지도 모르고, 잘 판단이 서지 않았다.

"그럼 미스티아 님, 샤니 님, 정원으로 안내해 드리겠습니다."

우리는 메이드에게 안내받아 저택의 안쪽으로 들어갔다. 앨리스는 현관 홀에서 쓸쓸한 표정으로 우리를 배웅했다.

빨간 장미가 흐드러지게 핀 정원에서 바람을 맞으며 섰다.

정원에 도착한 나는 곧바로 샤니 씨의 그림 모델이 되어주기 위해 움직이지도, 말하지도, 그리고 최대한 눈을 깜빡거리지도 않고 가만히 섰다.

눈앞에선 샤니 씨가 이젤에 캔버스를 올려두고 유화 물감을 붓으로 섞으며 나를 주시하고 있다. 옆에는 기름을 담는 단지가 있었고, 손때 묻은 나무 팔레트에는 물감이 몇 층씩 쌓여 있어서 그녀가 그림을 얼마나 많이 그려왔는지를 한눈에 알 수 있었다.

유화의 독특한 기름 냄새는 느껴지지만, 야외여서 그런지 그렇게 독하게 느껴지진 않았다.

"눈은 깜빡이셔도 괜찮아요."

"네?"

"그리고 대답, 호흡도요. 아까부터 일부러 숨을 참고 계셨죠?"

샤니 씨가 약간 이상하게 여기는 듯한 눈으로 나를 바라봤다. 하지만 의식하느라 눈도 깜빡이지 못하고 망설이고 있자, 그녀는 "자연스러운 모습인 게 좋아요."라며 다시 캔버스로 시선을 향했다.

"너무 어깨가 굳으면 그림에 영향이 가니까, 편히 있으세요."

"죄송합니다……."

움직이지 않는 건 내 특기지만 긴장된다. 하지만 그 긴장이 밖으로 나와버리면 그림 모델로선 실격.

어떻게 할지 고민하고 있자 "친구분이 계셨죠."라며 샤니 씨가 붓을 움직이며 내게 질문했다.

"어, 아, 그게……."

이바라이트가는 앨리스의 정체를 아직 공표하지 않았다.

하지만 앨리스가 우리를 마중 나오는 건 허락했고…… 그리고 샤니 씨는 다른 반. 앨리스를 알고 있는지 알 수 없었다.

우리 반 칠판에는 그녀가 평민이란 내용이 적힌 적이 있지만, 다른 반에선 그런 일이 일어나지 않은 듯했고.

"샤니 씨는, 그녀와 면식이 있나요?"

"알고 있어요. 유명하잖아요. 안 그래도 머리카락 색이 눈에 띄기도 하고요."

샤니 씨가 캔버스를 바라보며 대답했다.

확실히, 앨리스의 머리카락은 분홍색. 주인공이라 그런지 이 나라에서도 특히 희귀한 색이었다. 나도 15년간 살아오면서 그와 비슷한 머리카락 색을 지닌 인물은 본 적이 없었다.

그리고 앨리스의 눈동자 색은…… 하늘색. 레이드 녹터와 비슷한 색이었다. 멜로도 같은 한색 계열의 푸른색이지만, 멜로는 어느 쪽이냐 하면 남색이었다.

미스티아의 빨간색 눈도 희귀한 취급을 받고 있지만, 샤니 씨의 눈동자 색도 분홍색을 옅게 한 빨간 계통의 색상이니, 역시 악역 영애라고 해도 주인공은 아니니까 일반적인 색상으로 설정했겠지.

흑발도, 잘 살펴보면 머리카락 색이 검은색에 가까운 사람은 많으니 특이하지 않은 듯했다.

"견문을 넓히기 위해 평민인 척 아카데미에 입학하다니, 고위 귀족분들의 교육은 혹독하네요."

"그, 그건 아닐 거예요."

"……그럼 미스티아 님은 평민인 줄 알고 계셨으면서 그녀와 친하게 지냈다, 는 말씀이신가요?"

"치, 친하게요?"

"미스티아 아렌 님은 신분의 차를 신경 쓰지 않는다, 그 누구도 차별하지 않고 교류한다. 저희 반에서도 유명한 이야기예요.

평민 아이와도 사이가 좋다고."

그건, 어폐가 있지 않은가.

나는 가능하다면야 앨리스와 친하게 지내고 싶지만 게임의 기억 때문에 최대한 대화하지 않고, 만나지 않으려 했다. 매우 무례하게도.

"오해가 있었나요?"

긍정도, 부정도 할 수 없었다. 대답을 고민하고 있자 그녀는 "신분의 차가 있으니까요."라며 말을 이어나갔다.

"그분이 공작가의 영애든, 평민이든, 저희와는 사는 세계가 다르니까 엮이면 안 되겠죠."

"그건, 아닌 것 같아요."

"그럼, 어떻게 생각하시나요?"

"태어날 때, 신분을 고를 수 있는 게 아니잖아요. 하지만 누구와 교류할지는 개인이 고를 수 있다⋯⋯는 게 제 생각이에요. 저도 잘 실행하지는 못하고 있지만⋯⋯."

"신분의 차를 넘어서 교류하는 게 정말 옳은 일일까요?"

샤니 씨는 나를 똑바로 응시했다. 아까까지 움직이던 손은 완전히 멈췄고, 그 시선은 나를 꿰뚫는 듯했다.

"모든 일은 분별이 필요하죠. 손이 닿지 않는 곳에 있는 사람에게 손을 뻗으면── 이룰 수 없는 꿈을 계속 꾸는 건, 죄예요."

"궤변이라고 생각하실지도 모르지만, 저는 다른 세계에 사는 사람과 교류하는 게, 절대 죄는 될 수 없다고 생각해요. 사람 사이의 교류는 무슨 일이 있어도 막으면 안 된다고 생각하는데…… 죄송해요. 생각이 잘 정리가 되지 않아서."

앨리스와 나는, 신분이 다르다.

입학 때는 평민과 백작가, 지금은 아마―― 공작가와 백작가다.

신분 차가 있지만, 내가 항상 생각하는 건 집안에 관한 것이 아니었다. 만일 이곳이 게임 속 세계가 아니고, 평범한 반 친구 사이였다면, 좀 더 많은 대화를 나눌 수 있지 않았을까 하는, 후회와도 가까운 감정에 휩싸이곤 했다.

"저! 잠시 쉬지 않으실래요?"

어쩐지 어색한 분위기가 흐르는데, 앨리스가 다가왔다. 그녀는 티 세트를 든 메이드를 데리고, 숙녀다운 미소를 지었다.

"엄청 맛있는 케이크가 있어요. 꼭 한번 드셔보세요."

우리를 접객실로 안내한 앨리스는 매우 즐거운 표정으로 웃었다. 그런 그녀를 앞에 두고, 나는 샤니 씨의 옆에 앉았다.

테이블 위에 늘어선 케이크는 트럼프 모양, 장미 모양의 장식, 하늘색 색감으로 이루어져 있었다. 아마도 게임에서 그녀의 이름의 유래가 된 모티브에서 기인한 거겠지.

"그럼……."

샤니 씨가 케이크를 맛보았다. 좀처럼 손을 대지 않는 나를 보고 앨리스는 불안한 얼굴이었다. 나도 서둘러 샤니 씨를 따라 케이크를 입에 넣었다.

조금 전, 샤니 씨는 자신이 10살일 적에 공작이 또래 영애들을 모은 적이 있다고 이야기했다. 그렇다면 공작은 5년 전부터 손녀를 찾았고, 찾던 손녀가 14살이 되기 전에 앨리스를 발견하여 귀족 아카데미에 입학시킨 듯했다. 그런데 내가 공부를 가르쳐주는 바람에 성적이 좋아졌고, 아카데미 내에서 위험한 사건이 일어나기도 하여 지금은 앨리스를 아카데미에 보내지 않고 가정교사를 붙여 일대일 레슨을 시키기 시작한 거겠지.

그렇다면 앨리스를 아카데미에 다시 데려오기 위해선 아카데미의 안전성을 공작에게 어필해야 하는 게 아닐까.

하지만 그 전에 앨리스는 공작가의 생활을 만끽하고 있는 것처럼 보였다.

"……앨리스 씨는 어떠세요? 요즘 지내는 건."

"아. 쾌적해요. 다들 잘 대해 주셔서요. 하지만 피아노나 바이올린 레슨은 힘드네요. 저는 음악을 직접 연주하는 것보단, 노래를 부르는 모습을 보는 걸 좋아해서……."

"그렇군요……."

"하지만 여기에 왔으니까 저, 제대로, 누가 봐도 멋진 숙녀가 될 수 있도록 노력할 생각이에요."

"익숙한 것보다 새로운 것에 끌리시나 봐요?"

옆에서 들려오는 목소리에 놀라며 고개를 돌려보니, 샤니 씨가 앨리스를 보고 있었다.

앨리스의 표정이 살짝 찌푸려졌다. 샤니 씨는 자기도 모르게 나온 말이었는지 "죄송합니다."라며 고개를 가로저었다.

어떻게든 이 분위기를 풀어야 하는데. 나는 빠르게 주변을 둘러보다가 쿠키에 눈길을 줬다.

"이 쿠키, 정말 맛있어요."

"아, 그건 제가 구운 거예요. 케이크는 공작가에서 준비해 주셨지만……."

앨리스는 기쁘게 미소 지었다. 하지만 바로 시선을 떨어트렸다.

샤니 씨는 당황하여 "제 친구의 친구가 단 걸 좋아하는데요."라며 말을 덧붙였다.

"친구의 친구?"

"네. 달지 않은 파이는 용서하지 못한다며, 발견하는 즉시 버릴 정도로 디저트에 상당히 정통하신 분이라고 해요. 다음에 방문할 때 데려올게요."

혹시 그건 클라우스……? 그런 생각이 들어 그녀의 반을 떠올렸다.

"그분, 혹시 센트릭 씨인가요?"

"네. 알고 계셨나요?"

샤니 씨가 나를 살피듯이 바라봤다. 한편 앨리스는 "자주 저희 반에 와서 여학생과 대화하곤 했어요."라며 맞장구를 쳤다.

"달지 않은 파이…… 그러고 보니 숙박 체험 학습 때 저희 반의 누군가가 만들었던 것 같은데……."

그러고 보니 게임의 숙박 체험 학습 때는 다들 실패작을 만들었는데, 올해는 딱히 그런 일이 일어나지 않았다.

레이드 녹터는 물론이고, 로베르토 와이즈도 요리를 잘했던 기억이 있다. 루키트 님도 제대로 된 식사를 만들었고…….

대실패한 학생도 물론 있었지만 실패한 학생에게는 제시 선생님이 식사를 나눠줬다.

"추억이네요……."

앨리스는 조용히 창문을 바라봤다. 그녀에게 말을 걸려던 순간, "시간이 다 되었습니다."라는 이바라이트가의 시녀의 목소리가 들려왔다.

이바라이트가에 방문할 수 있는 건 주 1회, 휴일뿐이라고 한다.

공작가에 가지 않고 그릴 수 있는 부분은 먼저 그려두고 싶다며, 평일 방과 후엔 미술실에 와달라는 부탁을 받았다.

다음 주도 공작가에 갈 수 있지만, 앨리스와 어떻게 대화를 나눠야 할지 판단이 서지 않았다. 그녀는 공작가의 영애로서 힘내겠다고 했지만, 그와 동시에 지금 상황이 편치 않은 듯이 보이기도 했다.

"아, 미스티아다! 뭐 하고 있어?"

고민하며 새로운 한 주를 맞이하는 아카데미의 복도를 걷고 있자 에릭이 뚜벅뚜벅 걸어왔다.

"어어, 생각할 게 있어서 산책 중이었어요…… 하임 선배는?"

"혼자 있고 싶다고 할까—, 모여 있는 거 싫기도 하고. 아, 미스티아는 미술실로 갈 거야?"

그렇게 말하며 에릭은 내 머리카락을 손가락으로 빙글빙글 돌렸다. 다른 사람의 머리카락으로 실뜨기를 하면 안 된다고 막으려 하자, 그는 "아, 그러고 보니 미술실 괴담 들어봤어?"라며 천진난만하게 미술실을 가리켰다.

"귀신이 나온대!"

"귀신?"

"응. 캔버스 잔뜩 놓인 작품 선반 틈에서 흐느끼는 목소리가 들린다나 봐! 무서워라!"

에릭이 겁주듯이 내 어깨를 쓰다듬었다. 귀신은 미술부 부원이었던 걸까. 샤니 씨에게 물어보면 누군지 알 수 있을지도 모르겠다.

그리고 에릭이 모여 있는 것을 좋아하지 않는다고 하는 것을 보면, 사교성 문제에서 벗어난 줄 알았지만 아직은 심리적인 부담이 남아 있다는 뜻이다.

어쩌면 지금까지 나를 주인이라고 부른 것도 스트레스에서 기인한 발작이었을지도 모른다.

"앗, 맞다. 나 미스티아한테 물어보고 싶은 게 있었어."

"어떤 건가요?"

"미스티아가 죽기 전까지 하고 싶은 거, 알려 줘!"

"죽기 전까지 하고 싶은 것? 수업 과제 같은 건가요?"

"과제라면 과제긴 하지. 알려 줘, 알려 줘!"

에릭은 재촉하듯이 내 어깨를 탁탁 두드렸다.

죽기 전까지 하고 싶은 것……? 투옥, 사형 엔딩 회피는 빼고, 장래를 생각한 이야기……. 전에 알리 씨와 대화하며 투옥, 사형을 면한 다음의 미래를 생각해 보기도 했지만 피나 선배와 친하게 지내고 싶다는 등의 가까운 목표 정도였고, 그보다 더 미래의 일은 생각해 본 적이 없었다.

가족과 사용인 모두와 즐겁게 지낼 수 있으면 좋겠다, 정도려나.

"다치거나 아프지 않고 사는 거?"

"그런 거 말고—."

말하자마자 각하당하고 말았다. 그럼 뭐가 있을까.

생각해 보면 전생에서도 진로 희망 조사표를 어떻게 채울지 생각해 본 적이 있었다. 그때도 일반적이고 평범하게 살아갈 수 있으면 좋겠다 정도 외엔 딱히 바라는 게 없었다.

"없네요……."

"그럼 지금 죽어도 된다는 거야?"

아니, 그건 너무 비약이 심하잖아. 하지만 꿈이 없다는 건 그런 사고와 이어지기도 하려나.

가만히 생각하고 있자 문 쪽에서 덜컹거리는 소리가 들려왔다. 뒤돌아보니 레이드 녹터가 미소를 머금고 걸어오고 있었다.

"미스티아, 무슨 일이야? 무슨 대화 중이었어? 하임 선배, 저도 끼워 주세요."

"싫어."

레이드 녹터는 지금까지 에릭에게 상당히 고압적인 태도를 보였다. 비슷하게 에릭도 레이드 녹터에게는 적대심을 그대로 드러냈다. 하지만 오늘은 일방적으로 에릭이 거절하는 구도였다.

"싫으시군요. 그럼 어쩔 수 없네요."

그렇게 말하며 레이드 녹터가 부자연스럽게 길을 터 주었다. 그 행동의 의미를 알지 못해 눈을 깜빡이자 "제가 싫으시다면 에릭 선배가 자리를 뜨셔야 하는 거 아닌가요?"라며 그를 멀뚱 멀뚱 바라봤다.

"뭐? 왜 내가 자리를 비켜줘야 하는데?"

"그럼 제가 직접 치워드려야 하나요? 최저한의 긍지는 지키시는 줄 알았는데요."

큰일이다. 기적적으로 말투만 부드러워졌을 뿐, 본질은 변하지 않았다.

"너희, 남자 둘이서 여학생을 끌고 들어가서 뭐 하는 거야."

에릭과 레이드 녹터가 서로를 노려보는 와중, 제시 선생님이 나타났다. 선생님의 뒤에는 노트를 든 로베르토 와이즈가 있었다.

"하하. 아니에요, 선생님. 저랑 미스티아가 대화하고 있는데 이 녀석이 멋대로 끼어든 것뿐이에요. 그보다 선생님 말씀을 들으면 저와 녹터는 학생이 아니란 것 같잖아요?"

제시 선생님의 말에 에릭이 곧바로 대꾸했다.

선생님은 정말인지 묻듯이 나를 바라봤다. 나는 오해를 만들고 싶지 않아서 바로 끄덕였다. 애초에 여긴 복도고.

"끌려간 게 아니라요. 복도에서 대화하고 있었던 거예요."

"그렇군."

제시 선생님은 의심이 남은 눈으로 에릭과 레이드 녹터를 바라봤다.

방금까지 느껴지던 분노는 사라진 상태였다. 어쩌면 유사……하다고 해야 하나, 과거에 남학생 둘에 여학생 한 명의 비율로 어떤 사건이 일어났던 것일지도 모르겠다. 그걸 걱정해서 선생님이 상당한 경계 태세를 보인 거겠지.

지금도 선생님은 완전히 안심하지 못한 얼굴로 내 상태를 살피고 있었다. 그러자 선생님의 뒤에 있던 로베르토 와이즈가 조용히 내 앞에 섰다.

"어?"

"음?"

로베르토 와이즈의 갑작스러운 행동에 모두가 멈춰 버렸다. 모두의 시선을 받은 그는 "아렌 양이 곤란해하길래 벽이 되어줄까 해서."라며 당연하다는 듯이 대답했다.

"뭐야, 곤란하다니. 나, 오늘은 미스티아를 곤란하게 만들 생각은 없었는데?"

"항상 미스티아를 곤란하게 만든 건 와이즈 군이었잖아."

그 말에 로베르토 와이즈는 "시끄럽네."라며 작게 중얼거렸다. 오늘 대체 뭐지? 다들 상태가 이상했다.

"여럿이 몰려들다니, 추잡해. 남자들이 숙녀를 둘러싸다니, 상스러워. 너는 빨리 피하는 편이 좋겠어. 여긴 나한테 맡기고."

로베르토 와이즈가 나를 떠밀며 자리를 이동했다.

그의 갑작스러운 행동에, 레이드 녹터도, 제시 선생님도, 에릭도 어안이 벙벙한 표정이었다. 지금까지 로베르토 와이즈가 이런 행동을 취한 적이 있었나 떠올려 보다가, 퇴학서를 들고 죽으려 하던 때보다는 활기차 보이니 괜찮은——게 아니고. 대체 뭐야?

"저기……."

"다음부터 이런 일이 있으면 내 이름을 크게 불러 줘. 그러기 어려운 상황이라면 이 호루라기를 불도록 해."

그는 내게 호루라기를 쥐여 주더니 어쩐지 힘차게 끄덕인 후 달려갔다. 이유는 모르겠지만 호루라기를 받아 버렸다. 그보다, 이미 사용인 전원에게 방범용으로 쓰라며 호루라기를 받은 참이었는데 무척이나 우연이었다. 그래도 여러 개 있으면 좋으려나. 어차피 방범용이고.

"아, 어어, 호루라기 감사합니다!"

나는 떠나가는 뒷모습에 서둘러 감사 인사를 전했다. 그는 뒤돌아보지 않고 그대로 뛰어갔다.

이대로 돌아가기에는 아직 점심시간이 남았다. 어떻게 할지 고민하다가 나는 알리 씨가 있는 직원실에 가기로 했다.

학기가 재개한 이후로 바로 인사하러 간 적이 있는데, 그는 "무사해서 정말 다행이다."라며 혼란스러운 모습으로 말했고, 예비종이 울리는 바람에 제대로 대화하지도 못하고 헤어졌다.

오늘은 여유 있게 대화할 수 있을 것 같아서 서둘러 직원실로 향하는데, 마침 낯익은 뒷모습이 보였다.

"알리 씨."

"미스티아 님. 안녕하세요. 마침 지금 직원실로 돌아가려던 참이었는데 괜찮으시다면 차라도 드시겠어요?"

"네. 감사합니다."

알리 씨는 카트를 밀며 느긋한 발걸음으로 나아갔다.

떨어질 것 같은 공구함을 들고 나도 그의 옆에서 걸었다.

"그보다, 그런 사건이 있고 바로 겨울 방학이라…… 학생분들은 힘드시겠어요. 밀린 수업만큼 보습이 늘어나는 건가요?"

"과제로 대신하는 수업도 있었지만…… 어쩌면 내년 방학 일수가 줄어들지도 모르겠어요."

잡담을 나누다 보니 드디어 직원실에 도착했다. 안으로 들어가서 "제가 준비할게요."라며 먼저 나서서 차를 우릴 준비를 시작했다.

"저, 미스티아 님께 전해 드리고 싶은 게 있어요."

"전해 주시고 싶은 거요?"

갑자기 뭘까. 시기가 시기이다 보니 조금 이른 인사이동…… 작별 인사라거나……? 불안한 마음으로 알리 씨의 말을 기다리자, 그는 "미스티아 님. 유학에 관심이 있으신 것 같아서."라고 말했다.

유학에 관한, 자료?

확실히 나는 유학을 하고 싶다는 생각을 품고 유학 수단을 계속 찾고 있었다. 그런데 어떻게 알리 씨가 그걸……?

"어라, 제가 알리 씨에게 유학에 관해서 이야기한 적이 있었나요?"

"네. 여름쯤에 외국에 흥미가 있다고 말씀하신 적이 있어서 계속 기억하고 있었어요. 유학 서류, 분실하셨죠? 상한인 세 통모두."

"그러긴 했는데……."

"제 친구 중에 유학과 관련된 일을 하는 사람이 있거든요. 그래서 괜찮으시다면 미스티아 님께 전달드리고 싶었어요."

"앗, 그, 신경 써 주신 건 감사하지만 그, 그러면 안 되잖아요."

그건 정당한 수단이 아니다. 유학을 가지 않는 학생에게 부탁해 서류를 받는 건 금전 수수 여부와 관련 없이 금지되어 있을 터였다.

더군다나 서류를 청구할 때 반드시 신분을 증명해야 하므로 평민은 아무리 성적이 우수해도 얻을 수 없어서 최근엔 평등 이념에 어긋난다며 문제시될 정도였다. 그만큼 유학 서류는 얻기 어려웠다.

아무리 호의더라도 내가 이 서류를 받으면 알리 씨와 알리 씨의 친구가 처벌될지도 모른다.

"마음만으로 충분해요. 감사합니다."

"그런가요……."

알리 씨는 어깨를 늘어뜨렸다. 홍차를 따른 컵을 건네자 그는 부드럽게 미소 지으며 이번엔 시선을 창문으로 옮겼다.

"미스티아 님 학급의, 항상 미스티아 님의 옆자리에 앉는 영애…… 하트펄 님이 유학을 가신다기에, 어쩌면 미스티아 님도 유학을 가고 싶으신 게 아닐까 생각했는데 아쉽게 됐네요."

"앨리스 씨가요?"

앨리스가, 유학을?

맞다. 이 근방의 아카데미는 귀족 아카데미뿐이다. 변경에도 아카데미에 가까운 시설은 있지만, 귀족 아카데미에 다니지 않는다면 자연스럽게 선택지는 유학이 될 것이다.

"듣지 못하셨나요?"

"네…… 전혀……."

앨리스는 등교하지 않았다. 알리 씨가 알고 있다는 것은 지금 막 아카데미에 유학 의사를 전달한 게 아닐까.

지금 내가 막으면, 민폐가 되지 않을까……?

게다가 앨리스는 공작가에서 적극적으로 귀족의 작법도 배우고 있는 것 같고…….

"미스티아 님은 앨리스 님이 유학 가시는 게 싫으시군요."

알리 씨가 상냥한 목소리로 질문했다. 내가 앨리스의 유학을 싫어한다고?

확실히, 쓸쓸하기도 하고, 앨리스의 부모님을 만나고 왔던지라 그녀가 이대로 공작가에서 지내는 건 마음 편히 기뻐할 수 없다.

그렇다고 해서 의욕적인 그녀를 방해하는 것도 옳지 않다는 생각이 들었다. 어떻게 대답해야 할지 고민하고 있자 "미스티아 님은 언제나 고민하시네요."라며 알리 씨가 웃었다.

"다른 사람의 일에 너무 골몰하세요. 가끔은 이기적이어도 괜찮지 않을까요?"

"이기적이요?"

"네. 상대를 과하게 존중하는 건, 상대를 보지 않는 것과도 이어져요. 상대와 상대의 사정을 생각한 나머지, 상대의 마음에는 소홀해지기도 하니까요. 저도 자주 그럴 때가 있어요."

"알리 씨가요?"

"네. 저는 최근 1년을 되돌아 보면서 제가 해 온 것들이 정말 옳았는지를 자주 고민해요. 그리고 그게 옳은 일이었는지, 그른 일이었는지를 알게 되는 건 나중이 되겠죠. 빨라도 2년 후일까요."

알리 씨가 잘못된 일을 했을 것 같지는 않다. 하지만 상냥한 사람이니까 분명 다른 사람과 대화를 하다가 자신이 좋지 않은 말을 한 게 아닐까, 상처 주는 표현을 쓰지 않았나 고민할 것 같았다.

2년 후라는 숫자는 뭔지 잘 모르겠지만, 그때 그의 마음이 편했으면 좋겠다.

"그래서 염치없지만, 미스티아 님은 그러지 않으셨으면 해요. 적어도 제가 봐 온 미스티아 님은 언제나 다른 사람을 우선하셨죠. 가끔은 자신의 기분에 솔직하셨으면 해요. 저는 미스티아 님의 솔직한 기분을, 당신의 말을 듣고 싶어요."

"저의, 솔직한 기분⋯⋯."

"네. 미스티아 님은 하트펄 님이 유학을 가시길 바라시나요?"

"⋯⋯유학은, 가지 않았으면 좋겠어요. 2학년이 되면 조금 더 대화를⋯⋯ 많이 나누고 싶었는데, 저 혼자만의 생각이긴 하지만⋯⋯."

그렇게 대답하자 알리 씨는 만족스러운 표정을 지었다. "그렇게 조금씩이라도 자신의 요구를 말로 표현하는 게 좋아요."라고 말하며 홍차를 마셨다.

"미스티아 님은 이기적으로 살아도 되는 사람이니까요."

알리 씨는 조심스레 내 어깨에 손을 얹었다. 그 손길이 어쩐지 그리운 듯한, 신기한 기분이 들어 고개를 들었는데, 그의 눈동자가 이상하게도 흔들리는 것처럼 보였다.

방과 후, 나는 약속대로 미술실로 향했다.

샤니 씨는 이미 캔버스를 앞에 두고 있었으나, 공작가에 선물할 그림이 그려진 캔버스는 아니었다. 그녀가 지금 그리고 있는 건 아카데미의 학생이었다.

하지만 입가의 위는 까맣게 흐려져 있고 머리카락은 새빨간 배경과 동화되어 있었다.

불타듯이 빨간색과 노란색이 섞인 배경과 아카데미의 새까만 교복이 어우러져 계속 봐도 질리지 않을 것 같은 그림이었다.

그녀의 뒷모습을 보는 건 체육제 이후 처음이니까 이번으로 두 번째. 그녀가 물감을 팔레트에 짜는 모습을 바라보는데, 빨간색과 검은색 물감에만 숫자가 붙어 있는 것이 눈에 들어왔다.

"그냥, 부르셔도 괜찮은데 말이에요."

붙여진 번호를 주시하다 정신을 차렸다. 어느샌가 샤니 씨가 씻어낸 유화 붓을 천으로 닦고 있었다.

"집중하고 계신 것 같아서, 방해하지 않으려고……."

"기분 전환으로 그리던 거라 괜찮아요. 이건 취미예요. 그리고 이게 의무."

샤니 씨는 공작가에 선물할 그림을 가리켰다. 공작가를 그리는 일은 그녀에게 내키지 않은 일인 걸까.

아니면 다른 사람에게 선물해야 하니까, 긴장되니까, 콩쿠르에 내야 하니까……?

"공작께 그림을 선물하는 건 샤니 씨에게 별로 좋지 않은 일인가요?"

"명예로운 일이에요. 하지만 저는 상을 받고 싶었어요. 부차적인 것엔 흥미가 없어서요."

"부차적?"

"이 상을 받아야만 하는 저주에 걸렸어요. 사람들의 기대에 부응하고 싶었죠. 하지만 공작께 선물할 그림은——기대에 부응하고 싶은 마음만으론 부족해요. 누가 봐도 올바르고 가치 있는 것이 아니면 안 돼요. 제 눈에만 가치 있어 보인다면 무의미해요. 하지만 취미로 그리는 그림은 반대죠. 사람들이 가치 있는 그림으로 보더라도 제게 가치가 없으면 의미가 없어요."

나는 샤니 씨가 공작가에 선물하기 위해 그린 그림, 그리고 그녀가 지금 그리던 '취미'라고 부르는 그림을 번갈아 봤다.

둘 다 가치 있고 좋은 그림 같았다. 그녀는 작품을 만들면서 자신의 시점, 그리고 타인의 시점, 공작의 시점으로 다각적으로 바라보며 그 모든 것에 무거운 책임을 지고 있는 것처럼 느껴졌다.

"맞서면서, 그리고 계신 거군요……."

"맞선다. 확실히 그럴지도 모르겠네요. 이 수준의 완성도로 괜찮은지 계속 자문자답을 하죠. 잘 그려진 것 같다가도 1년 후에 보면 어떨지 모르니까요."

샤니 씨는 일어서더니 "차라도 내올게요. 그림은 자유롭게 봐 주세요. 저쪽에 선반이 있으니까요."라고 말하며 미술실 안쪽으로 들어갔다.

그리고는 눈을 크게 뜨는 내게 "불에 달궈야만 쓸 수 있는 재료도 있어서 물을 끓이는 정도는 가능해요."라며 발걸음을 멈추고 덧붙였다.

"아뇨. 그게 아니라…… 선반에 있는 그림을 마음대로 봐도 괜찮나요?"

"제 그림이랑 활동 일지밖에 없어서 상관없어요."

그리고 미술준비실의 문이 쿵 닫혔다. 다른 사람의 그림을 멋대로 봐도 된다는 뜻은 아니었던 모양이다.

나는 선반으로 다가가 스케치북을 집어 들었다. 거기엔 컵, 운동 중인 학생, 교정의 꽃 등 다양한 연필화가 그려져 있었다. 페이지를 넘기자 거기엔 나와 앨리스가 함께 대화하는 모습도 그려져 있었다.

앨리스는 즐거운 표정이었고, 나는 어딘가 어정쩡한 모습이었다. 이런 식으로 추억을 실물로 남기는 건 멋진 일이다.

앨리스의 명랑한 웃음에, 보는 나도 웃음이 지어졌다. 이 웃음을 보니 마음에 걸리던 것이 사라진 듯한 기분이 들었다.

지금까지 나는 앨리스의 기분을 생각한다고 하면서, 전혀 생각하지 못했다. 마음속 어딘가에서 이대로 앨리스는 신데렐라처럼 행복해질 거라고 확신하고 있었던 것일지도 모른다.

신분의 차를 신경 쓰지 않는다고 하면서, 신데렐라 같다는 생각을 하고 말았다.

하지만 이대로는 안 된다.

왜냐하면 앨리스는 지금, 진심으로 웃고 있지 않으니까.

"앗, 맞다! 부디 안으로, 안으로 들어오세요!"

1주일이 눈 깜짝할 새에 지나고, 이바라이트 공작가에 출입할 수 있는 휴일이 찾아왔다.

앨리스는 프릴이 달린 긴 소매 원피스를 흔들며 나와 샤니 씨를 저택 안으로 안내했다.

말투는 아직 활발함이 남아 있었지만 저번 주에 봤을 때보다도 귀족 영애로서 작법 공부를 한 게 느껴지는 태도였다. 앨리스는 노력파고, 무슨 일이든 의욕을 보인다.

게임에서 본 덕분에 아는 사실이었지만, 반년 이상 함께 지내며 체육제부터 시작하여, 필사적으로 시험공부를 하고, 고아원 봉사활동, 숙박 체험 학습과 문화제 연극에 적극적으로 나서는 것만 봐도 충분히 알 수 있는 사실이다.

그러니 이 영애로서의 작법도 앨리스의 노력의 산물이고, 절대 부정해서는 안 된다. 하지만……,

"여기예요! 들어오세요! 헤헤헤, 이번에 어떤 인테리어가 좋을지 가구를 골라 달라고 하셔서, 제가 골랐어요!"

앨리스가 웃으며 안내한 현관 홀은 빨강과 검정을 베이스로 인테리어가 바뀌어 있었다.

어쩐지 아렌가 저택을 방불시켰다. 내 방도, 저택도 빨강과 검정으로 이루어져 있다. 다만 다른 점은 우리 집의 가구는 모서리가 삐죽삐죽한데 이바라이트의 현관 홀은 가구 전체가 동그랗게 깎여 있다는 것 정도.

"저, 공작님이 엄청 잘 대해주셔서, 장미를 기르고 싶다고 했더니, 허락도 해 주셨고…… 그러니까 그림 그리신 후에 꼭 봐 주세요. 끝나면 같이 차 마셔요."

예전이었다면 걸을 때도 발소리가 났을 것이다. 하지만 지금은 매우 깔끔한 걸음으로, 놀랄 정도로 조용하고 우아했다.

"장미가 피면, 꼭 놀러 와 주세요!"

"앨리스 씨. 무리하고 계시죠. 실은, 집으로 돌아가고 싶지 않나요?"

앨리스가 무리하는 것처럼 보였다. 샤니 씨의 그림을 보고 확실히 알았다. 지금 그녀는 억지로 웃고 있었다.

샤니 씨가 그렸던 그녀가 아니었다.

"……그렇지 않아요."

"아니라면 아니라고 말씀해 주세요."

확신을 지니고 말하자 그녀는 입을 열었다가, 다시 닫았다. 대신 손만 꽉 쥐더니, 다시 고개를 들었다.

"돌아가고 싶다는 말은, 할 수 없어요……!"

그렇게 말하며 앨리스는 방울방울 눈물을 흘렸다.

번외. 왕자님도 궁전도 드레스도 필요 없어

SIDE: Alice

"저, 어떻게 해도, 안 돼요. 분명, 분명 제가 공작가에 있는 게, 엄마도, 아빠도, 편하게 생활할 수 있을 거라고, 아는데도, 공작님도…… 할아버지도 잘 대해주세요. 상상하고 다르게, 다들, 상냥하고."

뚝뚝, 눈물과 함께 나약한 마음이 몸에서 흘러나왔다.

이런 모습, 최애에게는 절대 보이고 싶지 않았다. 악수회에서 최애와 만나 감동하여 우는 거라면 몰라도, 개인적인 일로 울며 최애를 곤란하게 만드는 짓은 절대 하고 싶지 않았다.

왜냐하면, 아이돌은 매일 있는 힘껏 노력해서 무대에 서니까.

악수회도 선물회도, 객석과 무대의 거리보다 가깝지만 손을 뻗으면 안 된다.

응원만 하면 된다.

그룹으로 활약하는 아이돌도 있지만, 협력하는 것뿐이지, 다들 혼자의 힘으로 서서 모두와 함께 노력한다.

팬도, 아무리 아이돌을 동경하고, 그들을 응원하기 위해 살아가더라도 그들에게 다가가면 안 된다. 그렇게 생각했는데, 지금도, 그렇게 생각하는데.

"힘들어."

힘들다. 모든 게 내 마음대로 되지 않는다.

미스티아 님이 레이드 님의 사촌 형에게 찔릴 뻔해서, 그걸 와이즈 씨가 감싸고, 미스티아 님은 모두의 빛인데 그런 위험한 사고를 겪고.

어떻게든 미스티아 님을 지키자고, 미스티아 님을 지키는 사람이 있으면 좋겠다고, 고위 귀족이 제대로 된 경비 회사를 인수해서 경비 체제를 재검토해 주면 좋겠다는 생각을 하다가, 그럴 바엔 내가 방패 역할을 맡겠다는 생각까지 도달했을 때, 이바라이트 공작이 내 앞에 나타났다.

공작이 말하기를, 나는 엄마, 아빠의 친자식이 아니라고 한다.

나의 친모는 공작가의 영애고, 평민 남자와 사랑의 도피를 했다가 죽어 버렸다고 한다.

그리고 지금 나를 키워주신 엄마, 아빠는 그들의 친우였다고 한다.

의미를 잘 이해하지 못한 나에게 공작은 나는 고귀한 존재이며 평민으로 지낸 건 사고였다는 이야기를 전했다.

그리고, 내가 귀족 아카데미에 다니게 된 것은 내가 귀족으로 살아갈 수 있을지를 알아보기 위해서였다. 3년간 아카데미에 다니며 적응할 수 있다면 공작가가 데려가고, 아카데미에 적응하지 못하고 능력도 부족하다면 그대로 부모님과 함께 살 예정이었다. 하지만 불상사가 연달아 일어나는 아카데미에 다니게 할 수 없어서, 공작가로 강제적으로 데려오게 되었다고, 공작은 말했다.

내가 지금까지 노력한 건, 만에 하나 내가 미스티아 님의 팬이란 것을 들켰을 때 제대로 된 사람으로 보이고 싶어서였다.

"그 녀석을 응원하는 팬은 매너가 나빠."라는 식으로 미스티아 님의 평판이 낮아지는 건 두고 볼 수 없었기 때문이지, 결코 공작가의 영애가 되고 싶었던 게 아니다.

내가 엄마, 아빠와 지냈던 나날은 사고가 아니다.

공작가가 얼마나 대단한지 물어보니, 이 나라에선 최상위 귀족이라고 한다.

미스티아 님은 백작가. 나는 공작가.

해석이 틀렸다.

그런 건 용납할 수 없다.

용납할 수 없지만, 이 울분을 어디에 토해야 할지 알 수 없었다. 내게 돈을 잔뜩 쓰는 것도 무서웠다. 내가 쓸 돈이 많은 게 무서웠다.

최애에게 조공을 할 수 있다. 할 수 있지만 언젠가 비매너 팬이 되어 버릴 것 같아서 무서웠다.

왜냐하면 지금 쓰는 돈은 내가 번 돈이 아니기 때문이다. 실감이 나지 않았다. 이 돈으로 최애의 회사를 쥐고 흔들며 최애와 친분을 만들려는 해악 비매너 오타쿠가 되고 싶진 않았다.

그래도 잠깐, 아주 잠깐, 최애에게 조공을 할 수 있겠다는 생각이 들었다.

비매너 해악 오타쿠인 레이드 님보다, 미스티아 님에게 공헌할 수 있다. 그보다 위라고 생각하고 말았다.

팬에 위아래 같은 건 없는데. 조공을 얼마나 했고, 공연에 얼마나 갔는지는 관계없다.

중요한 건 좋아하는 마음이란 걸 알고 있는데도.

그 비매너 해악 오타쿠 레이드 님을 떼어낼 수 있지 않을까 생각하고 말았다.

공작 영애가 되면, 내 마음대로 할 수 있다고 생각하고 말았다.

나도 팬인데, 위험했다. 괴로웠다. 그냥 세상을 떠 버리고 싶었다.

그런데, 최애가 눈앞에 있다는 사실에 감격하여 들떠서는———, 엄마, 아빠에게 미스티아 님의 이야기를 했던 걸 떠올리고, 부모님이 곁에 없어서 너무나도 외로웠고, 만날 수 없다는 사실이 슬프고, 괴로웠다.

엄마와 만나고 싶어, 아빠와 만나고 싶어. 공작님도 저택 사람들도 잘 대해주지만, 이곳은 내가 있을 곳이 아니란 생각에 휩싸였다.

"죄, 죄송해요. 미스티아 님. 이런 얘기로…… 성가시게 만들어서."

"아뇨…… 저도, 그, 앨리스 씨의 마음을 응원하게 해 주세요."

"네?"

"앨리스 씨는 아카데미에 필요한 존재예요. 부디 앨리스 씨가 부모님 곁으로 돌아갈 수 있도록 최대한 힘을 보탤게요. 저는 오늘, 그러기 위해서 온 거예요."

"아, 아빠와 엄마가 있는 곳으로 돌아가도 괜찮나요?"

"앨리스 씨가 돌아갈 수 있도록 도와드리고 싶어요."

아빠, 엄마 곁으로, 돌아갈 수 있다. 말을 잇지 못하고 있자 미스티아 님은 어두운 얼굴로 "제게 원인이 있으니까요."라며 바닥을 바라봤다.

"그렇지 않아요!"

나는 빠르게 고개를 가로저었다.

"감사합니다, 미스티아 님."

나는, 미스티아 님에게 고개를 숙였다. 그러자 뒤에서 소리가 들리더니, "무슨 일이지?"라며, 공작이—— 나의 할아버지라는 사람이 문 옆에 서 있었다.

느슨하고 무른 쇠사슬

"왜, 내 손녀가 울고 있지?"

그렇게 말하는, 바닥을 뚫고 내려갈 듯한 저음에 압도되었다.

새까만 외투를 걸치고 나타난 노령의 남성은 앨리스에게 손수건을 건네더니 내게 몸을 돌렸다. 머리카락 색은 빨강에 가까운 보라색이었고, 눈동자는 앨리스와 같은 하늘색이었다.

나를 꿰뚫어 보는 눈동자는 지금까지 봐 왔던 어떤 눈보다도 위압적이었고 날카로웠다.

하지만 앨리스가 자신의 집으로 돌아가기 위해선 언젠가 공작과도 대화해야만 한다. 그날이 오늘이 된 것뿐이라고 가슴을 진정시키며 나는 한 발짝 앞으로 나섰다.

"저는 미스티아 아렌이라고 합니다. 앨리스 씨가 눈물을 흘리는 건 집에 관해 대화를 하다 그런 거고, 오해하실만한 일은 하나도 없었어요."

"그러면 대체 어떤 이야기를 했기에 이러는 거냐."

"앨리스 님의, 미래에 관해서요."

"뭐?"

이바라이트 공작은 미간을 찌푸렸다. 뭔가 짐작 가는 게 있는지 입을 꾹 다물었다.

"그리고, 공작님. 실례되는 말일지도 모르겠지만, 한번 앨리스 님과 진솔한 대화를 나눠 주셨으면 해요."

"그게 무슨 소리지?"

"저는 앨리스 님의 부모님으로부터 가능하다면 계속 그녀와 지내고 싶다는 이야기를 듣고 이곳에 급히 찾아왔습니다. 하지만 앨리스 님의 인생, 어디에서 살지는 앨리스 님이 정해야 한다고 생각해서, 그걸 말하지 않았어요."

내 말에 앨리스는 "아빠, 엄마……."라며 눈물을 뚝뚝 흘렸다. 너무나도 비통한 표정에, 마음이 아파왔다.

"하지만 오늘 저는, 앨리스 님의 진심을 들을 수 있었어요. 그 마음을, 부디 공작님도 들어 주셨으면 해요."

이바라이트 공작은 앨리스에게 시선을 보냈다. 그녀는 어깨를 움츠리더니 고개를 숙였다. 하지만 다시 고개를 들어 나를 본 후, 손을 꼭 쥐었다.

"공작님은 제게 잘 대해 주셨죠. 지금까지는 입을 수 없었던 드레스나 식사를 챙겨주시고, 제 마음대로 방을 꾸밀 수 있게도 해 주셨고요. 감사한 마음은 말로 다 할 수 없어요."

"앨리스……."

"대화도 정말 즐거웠어요. 선택지도, 가능성도, 분명 넓어졌죠. 하지만, 그와 동시에 괴로웠어요. 엄마와, 아빠와 만날 수 없고. 아카데미에서, 미스티아 님과, 루키트 님과 만날 수 없고. 대화하지 못한다는 게 외롭고, 외로워서……!"

앨리스는 다시 커다란 눈물방울을 뚝뚝 흘렸다.

"하지만 앨리스. 이곳을 나가면 너무 위험하다. 하지만 여기 있으면 너는 제대로 된 교육을 받을 수 있지. 안전하고, 쾌적하게 지낼 수 있어. 친구도, 신분에 맞는 새로운 친구를 준비해 주마. 나와는 피도 이어져 있지 않으냐."

이바라이트 공작은 달래듯이 앨리스에게 다가갔다. 하지만 그녀는 고개를 가로젓고는 "죄송해요."라며 작게 사과했다.

"정말, 죄송해요…… 저는, 엄마, 아빠와 지내고 싶어요…… 효도도, 아직 하지 못했고……"

"앨리스……"

공작이 어깨를 축 늘어뜨렸다. 그 모습에선 방금까지 느껴지던 위압감도 느껴지지 않았고, 기댈 곳 없는, 어떻게 서 있어야 할지도 모르겠다는 표정이었다.

"저, 아카데미에 다니고 싶어요."

앨리스는 고개를 숙였다. 나도 그녀를 따라 고개를 숙였다. 공작은 입을 꾹 다문 채였다.

이대로 계속 부탁할 수밖에 없다. 고개를 계속 숙이고 있자, 서두르는 발소리와 함께 이바라이트가의 메이드가 방으로 들어왔다.

"뭐지? 소란스럽군."

"──공작님이, 지금 저택에! 다른 손님이 있어도 괜찮으니 대화가 하고 싶으시다고……"

이바라이트 공작은 눈을 크게 떴다. 메이드는 창백한 얼굴로 문밖으로 시선을 보냈다.

"지금 들어오셔서 곧 이쪽으로 오십니다."

"뭐라고?"

이바라이트 공작은 어색한 발걸음으로 "왜 지금 온 거지?"라고 중얼거리며 "지금은 시간을 낼 수 없다고 전하도록."이라고 지시했다. 하지만 돌아온 건 메이드의 대답이 아니라 익숙한 목소리였다.

"죄송합니다, 이바라이트 공작. 앨리스 하트펄 양에 관해 긴히 드릴 말씀이 있어 찾아왔습니다."

그렇게 말하며 나타난 건 은색 머리카락과 빨강과 노랑, 두 색의 눈동자를 지닌── 필진 공작이었다.

그는 나를 보고 잠시 눈을 가늘게 뜨더니 다시 이바라이트 공작에게 시선을 돌렸다.

"유학을 보내신다고 들었습니다만, 이바라이트 공작가의 일원이 아카데미를 떠나는 건 좋은 일이 아닙니다. 부디 재고해 주십사, 직접 찾아오게 되었습니다."

"가, 갑자기 그런 소리를 해도, 위험한 곳에 소중한 손녀를 다니게 할 수는 없네. 아, 알지 않는가. 아카데미의 경비 체제에 한계가 있다는 건."

이바라이트 공작은 "운영 자금은 유한하지. 내년 이사장이 되면 알겠지만 수선과 유지비도 있어."라며 시선을 떨어뜨렸다.

"경비 비용이라면 문제없습니다. 필진가가 앞으로 영구적으로 현재 자산의 4분의 1에 상당하는 금액을 아카데미의 경비 비용으로 충당하도록 하죠."

"자, 자산의 4분의 1……? 피, 필진 공작가의 자산 가치를 알고 있는 건가? 4분의 1 정도로도 왕국의 금년 예산보다 훨씬 윤

택하지 않나."

"네. 하지만 이사장으로선 당연히 해야 할 일입니다. 목숨은
대신할 수 없으니까요."

필진 공작은 이바라이트 공작에게서 시선을 돌려 나를 바라봤
다. 그 빨간 눈동자는 노을처럼 밝으면서도, 위험해 보였다. 그
는 작게 입꼬리를 올리더니 다시 앞을 응시했다.

번외. 영원만은 바라지 않는다

SIDE: Delia

쓰레기를 줍고, 거기서 먹을 것이나 돈이 될 만한 물건을 찾는 나날이, 나의 전부였다.

부모님은 없었다. 내 기억이 없을 때 죽었는지, 처음부터 나를 버렸는지 알 수 없었다.

마을에는 정기적으로 어린이나 갓난아이가 버려지고, 공장에서 일하는 사람들이 가끔 먹을 것을 챙겨주곤 했다. 그러니 나도 그렇게 자라온 거겠지.

집은 없었고, 공장들 사이의 골목길에서 잤다. 어제까지 쓰레기를 줍던 아이가 다음 날은 눈을 뜨지 않는 게 당연한 장소.

그런 장소에서 살아가는 걸 즐겁다고 생각하는 일은, 그 누구도 불가능했다.

이곳이 아닌 어딘가로 가면 좀 더 나은 삶을 살 수 있지 않을까.

그렇게 생각하는 건 쉬웠지만, 생각을 행동으로 옮길 만한 무언가가 내게는 없었다.

공장이 짐을 옮기는 선로를 따라가면 도시로 갈 수 있다.

얼마나 걸릴지는 모르겠지만 걷다 보면 언젠가 도착하겠지.

도착하기 전에 죽거나, 살거나. 그 두 가지 선택지뿐이었다. 하지만 계속 이곳에 있더라도 아무것도 바뀌지 않는다.

길가에 난 풀을 먹고, 강에서 물을 마시고, 가끔은 물웅덩이의 고인 물을 마시고, 계속 걷다가 몇 날 밤이 지난 어느 날 새벽, 나는 도시에 도착했다.

처음 본 도시는 넓고 매우 깨끗한 느낌이었다.

나 같은 아이는 없었다. 비렁뱅이도 없었고, 창부가 길가를 돌아다니지도 않았다. 내가 있던 마을보다 더러운 것은 없었고, 깨끗한 것으로 가득했다.

도시 안에는 넓게 트인 장소가 있었고, 꽃이 심겨 있었고, 긴 의자가 설치되어 있었다. 계속 걷느라 지쳐서 의자에 누운 나는 눈을 감았다.

일어나보니 그곳에는 밤하늘도, 푸른 하늘도, 흐린 하늘도 없었다. 그저 어둠만이 펼쳐져 있었다. 눈을 감고 있는 건지 뜨고 있는 건지도 모를 정도의 새까만 어둠.

나는, 죽은 걸까.

멍하니 그렇게 생각했다. 그렇다면 여긴, 천국일까, 지옥일까. 어느 쪽이든 상관없었다. 지금은 자고 싶어서 눈을 감으려 했으나, 갑자기 어둠 속에서 불꽃이 나타났다.

불이 켜진 촛대를 손에 든, 이질적인 웃음을 띤 남자였다.

촛대의 불빛으로 나는 지금 있는 곳이 어딘가의 방 안이라는 것을 알았다.

"아아. 정말 아름답구나. 분명 이 하얀 뺨에 피의 빨강이 어우러지면 만족하지 않는 자가 없겠지."

남자는 나를 보고 그렇게 말했다.

뭐라고 말을 하려다가 내 목에 뭔가 무거운 것, 구속구가 걸려 있는 것을 눈치챘다.

그리고 똑같은 것이 팔과 다리에도 걸려 있는 것을 인식하고, 그제야 나는 내가 납치당했다는 것을 이해했다.

저항하려고 발을 움직인 순간, 무언가 날카로운 것에 발이 베였다. 고통에 신음하는 나를 내려다보며 남자는 웃었다.

"눈을 떴으니 바로 준비에 들어가지. 자고 있을 때 끝냈어도 됐지만 조금은 고통에 익숙해져야 할 테니까 말이야."

그렇게 말하며 남자는 내 구속구에 이어진 사슬을 질질 끌고 긴 통로를 지나 중앙에 대가 설치된 방으로 나를 데려갔다.

"여기 누워."라는 말에 저항하는 나를 억지로 대에 엎드리도록 하여 눕히더니 내 팔을 뒤로 묶고 입에 천을 물린 후 눈을 가렸다.

"이제 너는 예술품으로 새로 태어날 거야."

남자가 대본을 읽듯이 내게 말하자마자 뭔가 타는 듯한 냄새가 났다. 그 직후, 등에 격통과 작열감이 느껴졌다.

참기 어려운 고통에 다리를 버둥거리자 남자가 호통을 치더니 고통이 더욱 강해졌다.

이를 아무리 악물어도 찢겨나가는 듯한 등의 통증에선 벗어날 수 없었고, 끊임없이 소리를 지르다가 호흡이 가빠져 소리를 낼 힘도 잃었을 때, 의자에 앉혀졌다.

팔과 다리가 구속구로 묶여서 전혀 움직일 수 없었다. 이제 무슨 짓을 당하는 걸까. 어디가 타들어 가는 걸까. 등의 격통에 몽

롱해진 정신으로 공포를 느끼고 있자 남자는 가위로 내 머리카락을 자르기 시작했다.

"하하하. 아팠느냐? 하지만 죽진 않을 거야. 앞으로 네가 손님에게 사랑받기 위해 필요한 일이니까. 약을 바르고 붕대도 제대로 감았으니 분명 아름다운 흔적이 될 테지."

남자가 목 안쪽으로 웃으며 나를 향해 가위를 겨눴다.

대체 무슨 목적으로 이런 짓을 하는 건지, 전혀 알 수 없었다.

몸을 단장시켜 고가에 팔 생각인가.

그렇다면 왜 등에 흔적을 남기는 짓을 한 거지?

잘 모르겠지만 만일 지옥이란 것이 존재한다면 분명 이런 곳일 거라고, 나는 지옥에 떨어진 것이라고, 그저, 그렇게 생각했다.

그 후로 하루에 세 끼, 식사로 뭔지 모를 수프와 빵 조각이 나왔다.

남기면 목이 졸렸고, 입안에 칼을 가져다 대며 먹도록 강요당하는 날이 이어졌다.

방에는 조명이 없었다. 낮에는 어딘가에서 흘러들어오는 빛으로 주변을 볼 수 있었지만 해가 지면 주위는 어둠에 휩싸였다.

식사는 매일, 처음 만난 남자가 가져왔다.

남자는 식사를 가져오고, 내가 다 먹었을 때쯤 그릇을 치웠다. 그런 나날의 반복이었고, 나는 그저 앉아 있기만 했다.

주변에선 소리가 들리지 않았으며, 그 남자 외의 존재는 없는 듯했다.

날짜 감각도 사라졌을 때, 남자는 식사를 가져오더니 천천히 내 등의 붕대를 풀고는 만족스러운 웃음을 지었다.

"역시 오늘 선보이는 게 좋겠군. 후후후. 앞으로 너는 손님을 기쁘게 만드는 특상품이 될 거야. 많은 손님을 기쁘게 만들어서 돈을 잔뜩 벌어주렴. 그렇게 하면 여기서 나가서 좋을 대로 살아도 되니까."

뭔가를 하면 여기서 나갈 수 있을지도 모른다.

미약한, 모래알만큼 작은 희망. 이곳에 와서 처음 희망을 느꼈다.

하지만 그것이 진정한 지옥의 시작이었다.

"특상품이 되거라."

남자에게 그런 말을 들은 후, 나는 방을 나왔다.

입던 옷을 벗기고, 물을 끼얹은 후, 그대로 한쪽에 빨간 융단이 깔리고 벽을 둘러싸듯이 촛대가 설치된 방으로 나를 데려갔다.

그곳에는 고급스러운 귀족 같은 차림의 남자와 여자들이 있었다. 남녀노소를 가리지 않는 인간들이 나를 내려다보며 호기심 어린 시선을 보냈다.

눈동자는 욕망과 가학심에 젖은, 눈앞의 사냥감을 포식하려는 짐승의 눈이었다. 그곳에 있는 것만으로도 구역질이 날 듯한 이상한 공간이었다.

"아아, 이 얼마나 아름다운지. 눈물을 보고 싶구나."

"그럼 부디 이 채찍으로 괴롭혀 보시죠. 아직 고통에 익숙하지 않아서 아름다운 눈물을 잔뜩 흘려줄 겁니다."

짐승들은 그렇게 말하며 나를 채찍으로 때렸다. 내 피부에 칼을 대기도 했고, 바늘을 찌르기도 했다.

고통에 괴로워하는 나를 보고, 짐승들은 흥분했다.

미쳐 있었다. 분위기도, 사람도, 전부 미쳤다. 저항하려고 해도 구속구와 사슬이 방해되어서 그저 짐승들이 하는 대로 당할 수밖에 없었다.

지옥 같은 나날은 매일매일 이어졌다.

존엄을 도륙당하는 나날.

추했다. 모든 것이 추했다. 차라리 죽어버리고 싶다고 몇 번이나 생각했다.

하지만 죽으려고 해도 죽을 방법이 없었다. 목을 매달 수도 없었고, 내 목을 만족스럽게 조르는 것조차 불가능했고, 내 몸을 내 마음대로 움직일 수 없었다.

죽을 수 없었다.

벽에 머리를 부딪친 이후론 사슬을 조정하여 방 중앙에서 움직이지 못하도록 했고, 혀를 깨물려 한 이후로는 재갈을 물렸다. 나는 스스로 죽을 수단을 전부 차단당했다.

단지, 학대당하고, 식사하고, 배설한다.

반복되는 나날 속에 내게 남은 것은 남자와 나를 학대하기 위해 찾아오는 귀족들을 향한 증오뿐이었다.

하지만 나는 지옥에서 갑자기 해방되었다. 다름 아닌, 아이 한 명의 손에 의해.

그날은 식사를 마치고, 전부 먹지 못해 토하고 있을 때였다.

모래와 흙을 파는 듯한 소리가 나서 소리가 나는 곳으로 곧장 시선을 돌리자, 벽에 구멍이 나 있었고 그 근처에 작은 아이가 서 있었다.

아이는 누가 봐도 비싼 옷을 입고 있어서 귀족 아이라는 사실을 한눈에 알 수 있었다.

"안녕하세요."

아이가 내게 인사했다. 나는 그저 아이를 바라보기만 했다.

아이는 나를 빤히 바라보더니 대답이 전혀 없는 내게 "왜 이런 곳에 있나요?", "이렇게 묶으면 안 되잖아요?"라며 미간을 찌푸리며 물었다. 그래도 내가 대답하지 않자 노려보듯이 주변을 둘러보며 살폈다.

그리고 구멍으로 들어가더니, 사라졌다.

어쩌면, 죽을 수 있을지도 모른다.

분명 저승사자가 심부름꾼을 보내 드디어 나를 데리러 온 것이다.

눈을 감고 죽음을 기다리고 있자, '쿵' 하고 뭔가가 떨어지는 소리가 났다. 눈을 뜨자 아이가 다시 눈앞에 있었다.

통 같은 것과 하얀 물체를 가지고.

아이는 내 팔 위로 통을 기울이더니 물을 뿌리고 하얀 물체를 가져다 댔다. 뭘 하는지 묻자 "비눗물로 이걸 풀려고요."라며 언짢은 표정으로 대답했다.

아이는, 나를 구하려 하고 있다.

그걸 이해했을 때 내 입에서 나온 건 "그러지 않아도 돼."라는 부정이었다.

실패하면, 아이도 잡힐 것이다.

죽어 있던 사고가 서서히 움직이기 시작했다. 눈앞에 있는 아이는 사신도, 무엇도 아니었다. 살아 있는 아이였다.

아이가 누군지는 알 수 없다. 어느 집안의 아이인지 알 수 없다. 하지만 나보다 어렸다. 아무리 증오하는 귀족의 아이여도, 나와 같은 짓을 당하면 안 된다고 생각했다.

실은, 도망치고 싶었다.

이런 곳에 있고 싶지 않았다. 하지만 그건 불가능하다. 이 세상에, 희망 같은 건 없으니까.

"그러지, 않아도 돼."

"괜찮아요. 조금만 더 하면 풀리니까……, 아. 자, 풀렸어요."

손목에서 뭔가가 주륵 빠져나가는 감각이 들었다. 내 손목을 내려다보자, 계속 달려 있던 검은 구속구가 없었다.

멍하니 서 있자 아이는 다른 쪽 손목, 양 발목에 달려 있던 구속구를 간단히 풀었다. 내가, 지금까지 계속 증오했던, 몸서리칠 정도로 싫었던 구속구를, 귀족의 아이가.

"비눗물은 만능이니까요. 이런 식으로 울타리에 끼인 아이를 티비에서……. 티비가 뭐지……? 아니, 이럴 때가 아니라, 이제 가죠."

"어디로……?"

"어디냐니, 바깥밖에 없잖아요. 도망치는 거예요, 여기서."

여기서, 도망칠 수 있다고……?

정말로……?

지금까지 품었던 희망은, 전부 환상이었다. 이번도, 분명 실패할 거고…….

"저는 발이 느려요. 무척이나 느리죠. 연습하지 않았으니까요. 그러니까 바로 움직이는 게 중요해요. 가죠!"

아이가, 내 손을 잡고, 강하게 끌어당겼다.

그러자 자연스럽게 발이 움직였다. 아이가 잡아끄는 대로, 발이 움직이기 시작했다.

무겁지도 않고, 묶이지도 않은 그 발은, 드디어 내 의지대로 움직이기 시작했다.

"놀랐어요. 심심해서 교회 뒤로 왔더니 구멍이 보여서. 도둑이라도 든 줄 알고 안으로 들어왔더니 사람이 묶여 있잖아요."

아이와 함께 어둠을 빠져나갔다. 정면에서 내리쬐는 빛이 눈부셔서, 너무나도 눈부셔서, 눈물이 흘러나왔다.

"이제 괜찮아요. 이제 아빠한테 맡기면 돼요. 아빠는 저한테 너무 물러서 불안할 때도 있지만 중요한 때에는 대단한 사람이에요. 맡겨주세요!"

아이는 내 손을 강하게 쥐었다. 그 모습을 보고, 가슴 언저리가 무척이나 괴로워졌다.

"……너, 이름이 뭐야?"

"미스티아 아렌이에요."

아이의 이름을 가슴속으로 되새겼다. 절대 잊을 수 없겠지. 나는 미스티아와 함께 출구를 향해 달려나갔다.

미스티아와 만난 나는 고아원에 들어가게 되었다.

고아원은 부모가 없는 아이가 가는 곳이었다. 원래라면 나는 일할 필요도 없고, 공부하고 몸을 움직이고 세 끼를 챙겨 먹으며 푹 자기만 하면 된다고 미스티아가 말했다.

그래서 나는 아침에 일어나 식사하고, 옷을 입고, 공부하고, 시키는 대로 몸을 마음대로 움직이고, 따뜻한 물로 씻고, 침대에 누워 아무것도 하지 않는 생활을 시작했다.

그리고 나서야 처음으로 내가 배고팠고, 추웠고, 잠들지 못했다는 것을 알았다.

하지만 고아원의 생활이 처음부터 순조로웠던 건 아니다. 다른 또래 아이는 글자를 쓰고 읽을 줄 알았다. 계산도 간단히 해냈다.

나는 방법조차 몰랐다. 다른 아이와 똑같이 부모가 없는, 이른바 불우한 아이 중에서도 뒤떨어졌다.

그래서 나는 매일매일 밤을 새우며 공부했다. 나보다 어린 미스티아에게 구해졌다는 미안함과, 형용할 수 없는 비참함이 나를 자극했다.

목숨을 걸고 날 구해줬으니, 더는 민폐를 끼치고 싶지 않았다.

무뎌지는 듯한 초조함이 섞여들어, 누군가에게 칼로 협박당하는 것처럼 공부에 매진하다가, 쓰러졌다.

지금까지는 그런 적 없었는데. 의아하게 여기고 있자 미스티아가 내게 화냈다.

처음이었다.

미스티아가 화내는 모습은, 본 적이 없었다.

고아원의 아이가 실수로 미스티아의 옷을 더럽혔을 때도 아무렇지 않아 했고, 아기가 미스티아의 입에 손을 집어넣으려 할 때도 차분했다.

웃음도 적었기에 감정 표현의 폭이 좁다고만 생각했는데, "무리하지 마세요."라며 괴로운 얼굴로 내게 화내는 미스티아를 보고 내 생각이 틀렸다는 것을 알았다.

신부는 한번 화내면 5일간 나를 학대했다.

3일간은 화를 냈고, 4일째엔 욕을 하며 나의 어떤 점이 뒤떨어졌는지를 지적했고, 대략 5일쯤부터는 진정했지만, 보통 2일이 지나지 않아 다시 다른 이유로 분노에 지배되었다.

하지만 미스티아는 화낸 이후로 딱히 감정을 드러내지 않고 평소 상태로 돌아왔다.

이유를 물어보니 "당신의 수단에 화났을 뿐이지, 당신에겐 딱히 화나지 않았으니까요."라며 당연하다는 듯이 대답했다.

미스티아는 이상한 아이라고 생각했다.

책 취향도 이상했다. 다른 여자아이는 다른 책을 읽는데, 미스티아는 용사와 마왕이 싸우는 모험 소설을 열심히 읽었다.

미스티아는 노는 걸 좋아했지만, 다른 사람과 협력하는 놀이는 어렵다고 말했다.

나와 미스티아는 자주 체스를 두었다. 체스는 놀이와 다르냐고 물으니, 싸움이라고 말했다.

나와 미스티아는 싸우고 있었던 모양이다.

왠지 우스꽝스러워서 웃자 미스티아는 미간을 찌푸렸다.

그리고 미스티아와 케이크를 먹었다. 타르트가 좋다고 말하자 미스티아는 반을 나눠주었다.

미스티아는 좋아하지 않냐고 묻자 주고 싶은 마음이 들었다고 했다. 그 녀석은 언제나 다른 사람에게 베푼다. 자신이 좋아하는 것을 주고 나서 아무렇지 않은 표정을 짓는다.

미스티아의 그런 이상한 부분을 보고 있으면 가끔 기분이 나빠질 때도 있었다.

이대로 있으면 좋겠다고 바라면서도, 조금은 타인을 의심하거나, 상냥하게 대하지 않았으면 해서, 괜히 못된 말을 하고 싶어질 때가 가끔, 아주 가끔 있었다.

하지만 미움받고 싶지 않았고 상처 입히고 싶지도 않았다. 그래서 나는 고아원에서 미스티아와 지내는 동안 항상 여러 마음으로 엉망진창이었다.

교회 지하에 있을 땐 담담한 기분이었는데, 자기 전에 고민하는 일도 늘었다.

장래에 뭘 하고 싶은지, 여기를 나가도 미스티아와 함께 있을 방법은 무엇인지.

미스티아와 함께 있고 싶지만, 미스티아는 귀족이다. 귀족은 귀족과 결혼한다고 한다. 나는 귀족이 아니니까 어렵다.

만일 우리가 다른 모습으로 만났다면. 내가 귀족이었다면, 또래로 태어났다면, 미스티아와 결혼할 수 있었을까.

미스티아의 가문은 사용인이 여럿이라고 한다. "장래에 하고 싶은 일을 찾지 못하면 우리 집에 와서 일하면 되잖아요."라는 말을 들은 적도 있었다.

미스티아의 곁에 있을 수 있다면 뭐든 좋을지도 모르겠다.

사용인도, 좋을지도 모르겠다.

그렇게 생각한 나는 사용인의 업무에 관해 조사했다.

요리하는 것도, 정원사도, 집사도, 전부 괜찮아 보였지만, 집사가 가장 오래 같이 있을 수 있다고 한다. 집사가 좋겠다. 그걸로 하자.

잠들기 위해 침대에 누워있는 동안 그런 결론에 도달했지만, 잠들기 직전, 언젠가 미스티아가 누군가와 결혼하여 내가 미스티아와 미스티아의 남편을 모시는 것을 상상하다 가슴이 아파지는 것을 느끼며 잠들었다.

그리고 얼마 후의 일이었다. 우리 앞에, 검은,모자를 쓴 남자──필진 공작의 수하가 나타난 것은.

녀석은 내 친척을 자칭하며 면회를 왔다. 당시 원장은 갑작스레 어머니가 쓰러졌다며 다른 사람으로 교체되었는데, 실은 공작가의 지시에 의한 것이었다. 그는 아무에게도 알리지 않고 나를 입양하고 싶다고 했다.

보통이라면 아렌가와 은밀히 상담하여 공작가의 피를 이은 아이──딜리아를 남몰래 입양할 수 있었을 것이다.

하지만 아렌 백작은 최근 사람이 바뀐 것처럼 정의감이 넘쳐흘러서 교섭을 하기 어려운 상태였다. 그렇다면 아렌가의 입을 억지로 다물게 할 수밖에 없었다.

예를 들면, 소중한 외동딸을 이용해서.

남자는 면회 때 내게 그렇게 말하며, 웃었다.

결국, 귀족은 다들 더러운 존재였다.

인간을 기르며 학대하고, 사고, 팔며 즐거워한다. 쓸모없는 생물, 그게 귀족이다.

남자는 미스티아를 보상으로 내세우면 내가 금방 길들여지리라고 예상한 듯했다.

공작가의 신분을 얻으면 이번엔 반대로 신분 차가 생겨 버리지만 첩 정도로는 삼을 수 있다고 말했다.

이 얼마나 추한가.

돈이 있는 게 그리 대단한 일인가. 집안이 좋다고 사람을 물건 취급해도 되는 건가.

차라리, 보잘것없는 존재라고 여기고 방심한 상대에게 찔리는 건 어떤 기분일지를 알려주고 싶은 마음도 들었다.

하지만 내가 남자에게 손을 대면 전부를 잃는 것은 나뿐만 아니라 미스티아도 마찬가지다.

나는 결국 공작가에 입양되지 않으면 일반 평민이고, 꾀죄죄하게 신부에게 키워졌을 뿐인 짐승 이하의 존재일 뿐이다.

그래서, 공작가에 들어가기로 했다.

언젠가 인간은 죽는다. 내가 당주가 되는 날이 반드시 올 것이다.

그때까지는 그 품에 파고들어서, 계속 지켜보기로 마음먹었다.

미스티아를 상처 입히지 않도록, 여차하면 같이 침몰하거나, 전부, 전부 불태워 버리자고 다짐하며.

포르테 고아원을 나온 나는 필진 저택에서 후계자 교육을 받게 되었다.

원래라면 나는 귀족이 모이는 아카데미에서 교육을 받고, 공부에 집중해야 할 나이라고 한다.

나를 고아원에서 저택으로 데려온 인간은 내 나이가 열셋이라고 말했다. 그리고, 내 부친의 형이라는 공작과 만났다. 상상보다 더욱 나이 들었고, 얼굴에 주름이 새겨진 고목 같은 남자였다.

평범한 아이였다면 13년간 쌓아와야 하는 것들이지만, 너는 빈민으로 구른 탓에 아무것도 얻지 못했다.

텅 비었다면, 텅 빈만큼 모든 걸 흡수해서 훌륭한 필진가의 당주가 되라는 것이, 녀석의 주장이었다.

그리고 나를 고아원에서 데려온 남자는, 공작의 말을 듣지 않으면 미스티아가 위험해진다고 내게 새겨넣듯이 말했다.

공작은 나를 당주로 만들려 한다.

그러면서 나를 항상 내려다봤다. 흙탕물을 마시며 살아온 평민 같다고 말하는 날도 있었다.

깔보고, 자신과 다른 세계에 사는 생물을 보듯이 하는 인간을 자기 가문의 당주로 세우려 하다니 웃긴 이야기였다. 하지만 원래 귀족이라는 인종은 그런 것이다.

고아원의 뒤편에서 어른들이 수군거리는 소리를 엿들은 적이 있었다. 나를 구경거리 삼아 즐기고 교회 지하에서 학대한 귀족들 또한 공작부터 백작까지, 신분이 높은 자들이었다고 한다.

타인의 존경을 받는 인간일수록 그곳에 뻔질나게 드나들었다고 한다.

인간은 우스꽝스럽다. 그러면서 추악했다. 교회에 있을 땐 내가 세계에서 가장 추하다고 생각했지만, 나는 커다란 오물의 일부일 뿐이었다는 것을, 그 지하에서 나온 후 알게 되었다.

그렇기에, 잘, 주의 깊게 관찰했다. 미스티아에게 오염이 침식되지 않도록.

결국 공작은 나를 당주로 세우지 않으면 인생이 완전히 꼬여 버리는 듯했고, 나를 고아원에서 데려온 공작의 비서도 내가 당주가 되기를 바라는 듯했다.

두 사람은 자주 나를 협박했고, 자신들이 바라는 결과를 내가 내지 못한다면 저택에서 내쫓겠다면서 나를 조종하려 했다. 하지만 결국 녀석들의 바람은 내 손에 달려 있는 것과도 마찬가지였다.

내가 전부 장악하고, 지배한다.

공작가를 손에 넣을 수 있다면 앞으로 미스티아가 좋지 않은 일을 당했을 때 지켜줄 수 있다.

나는 공작이 말하는 대로 움직이고, 나를 고아원에서 데려온 남자——공작의 비서가 바라는 대로 결과를 내며 살았다.

공부 따위, 흙탕물을 마시는 일이나, 상처를 후벼팔 테니 울라거나, 신발을 핥으라고 명령하는 것에 비하면 훨씬 쉬웠다.

몸을 건드리지 않으면 마음이 죽을 일도 없다.

하지만 결국 귀족은 한없이 오만한 생물이다. 공작은 계속하여 자신이 바라는 결과를 내는 내게 두려움을 품게 된 모양이었다.

원래라면 내가 필진가를 잇는 것은 18세, 귀족 아카데미라는 귀족만 다닐 수 있는 학교를 졸업한 후였다.

하지만 공작은 나를 완벽한 당주로 만들기 위해 감금에 가까운 생활을 강요해 놓고는 아카데미 입학을 2년 미루고, 거기에 그 2년 동안 타국에서 유학을 했다는 존재하지 않는 사실로 왜곡하면서 내가 당주가 되어 가문을 잇는 것을 2년 늦췄다.

남자의 폭주는 그뿐만이 아니었고, 포르테 고아원에 필진가의 입김이 닿는 자를 두었다.

네가 살았던 고아원을 어떻게 할지는 자신의 의사에 달렸다며 내게 말했다.

솔직히 말하자면, 나는 포르테 고아원에 관심이 없다. 불에 타 버리든, 거기에 필진의 사람이 있든 아무 상관도 없다.

하지만 미스티아에게 무슨 일이 생기면 이야기는 달라진다.

미스티아에게 손을 뻗는다면, 나는 공작을 죽일 수밖에 없다. 당주가 되면 그 지위를 이용하여 미스티아를 지킬 생각이었지만, 닥쳐올 위험에 대비하여 저 멀리에 성벽을 쌓더라도 당장 눈앞의 장애물을 없애지 못한다면 의미가 없다.

이상한 것은, 공작이 미스티아의 이름을 한 번도 입에 담지 않았다는 것이다.

아렌가가 운영하는 고아원을 언급한 게 네 번 정도 있었을 뿐이고, 미스티아의 이름을 입에 담는 일은 없었다.

나는 공작의 비서에게 뭔가가 있다는 것을 느끼고 혼자 그를 만나러 갔다. 녀석은 미스티아의 정보는 의도적으로 흘리지 않았다고 말했다.

그리고 내게 원하는 결과를 얻는 약이 있다며, 작은 병을 건넸다.

비서는 안에 든 것이 독이라고 알려줬다. 수년 전에 일어난 역병의 전말과 함께.

비서는 어떻게 해도 독을 쓸 수 없다고 말했다. 공작을 지켜달라는 것이 죽은 공작부인의 유언이라고 한다. 하지만 공작의 처사를 용서할 수 없어서 나를 찾았다는 이야기를 들었을 때, 엉뚱하다고 생각하면서도 지금까지의 기묘한 인연이 이해가 되었다.

법을 어기지 않으면 살아갈 수 없는 자들이 모인, 위작 장인들이 만든 그 독은 작은 새나 고양이, 양이나 소에게도 잘 들었다.

그 독은 무미, 무취에 사인도 심장병인 것처럼 꾸밀 수 있는 것이라고 한다.

너무나도 시기가 좋았기에 반신반의하는 마음은 있었지만, 결국 나는 공작을 죽일 수밖에 없었다.

수명이 다해 죽기를 기다려도 좋았겠지만, 그사이에 내가 불의의 사고를 당할 가능성도 부정할 수 없었으니까.

이 세계에 있을 수 없는 일이란 없다는 것을, 다른 누구도 아닌 미스티아가 알려주었다.

그래서 필진가에 와서 세 번째 봄을 맞이했을 때. 나는 내 아버지의 형, 백부인 필진 공작을 죽였다.

계산과 달랐던 것은 내가 처벌되지 않았다는 것이다. 의사의 진단은 비서가 말한 대로였고, 딱히 새로 조사할 것도 없어서 시체는 화장되어 땅으로 돌아갔다.

모든 장례가 끝나고 당주가 되었을 때, 비서는 내게 자신은 죽은 공작부인과 약속을 했다고 말했다.

공작가의 번영과, 당주를 지킬 것.

그런데 당주인 남자를 죽인 것은 괜찮았는지를 묻자 이제 당주는 나라는 대답이 돌아왔다.

결국, 비서는 공작 부인을 사랑했고, 자신의 신분을 이유로 좋아하는 여자가 상처 입는 것을 못 본 체했고, 약속이라면서 좋아하는 이의 복수를 다른 사람에게 떠넘기는 어리석은 남자였다.

공작을 죽인 후엔 딱히 특별할 것 없는 나날이 이어졌다.

선이나 혼담이 들어오기도 했지만 결국 필진 공작가와 연을 잇고 싶어 하는 가문은 있어도 이쪽에서 연을 이어야 할 가문은 없었다.

게다가 귀족들에게 결혼이란 핏줄이 끊기지 않도록 후손을 잇기 위한 것이었는데, 나는 교회에서 당한 수많은 학대로 인하여 아이를 만드는 것이 어렵겠다는 의사의 진단이 있었다.

당연한 일이다. 그 지하는 아이가 죽지 않고 살아가는 게 기적적인 공간이었으니까. 당시의 내 머리카락은 하얬던 원래 색을 잃고 노인 같은 잿빛이었고, 빨강과 노랑으로 좌우 색이 달랐던 눈동자도 양쪽 다 썩어빠진 듯한 탁한 색으로 변했었다.

지금은 그때와 다르게 키가 상당히 커져서, 거울에 비친 내 모습을 볼 때마다 지하에서의 생활이 얼마나 내 몸에 영향을 끼쳤는지를 깨닫게 되었다.

그렇게 미스티아를 추억하듯이 하얀 머리카락을 빗으며 빨갛고 노란 눈동자로 세상을 바라본다. 누더기 같은 옷이 아니라 새하얗고 깔끔한 옷을 입게 되었고, 필진가 당주로서 아카데미의 이사 자리에 앉기까지 딱 1년이 남았다.

드디어 나는 미스티아와 대면하게 되었다.

아카데미의, 직원으로서.

고아원에 있을 땐 내가 미스티아와 같은 신분이었다면 어땠을까를 생각했다.

하지만 나와 미스티아의 사는 세계는 계속하여 격차가 벌어지기만 했다. 노예와 귀족, 고아와 영애, 공작가와 백작가, 그리고 직원과 학생. 두 세계가 이어질 일은 없었다.

하지만 마음이란 건 마음대로 되지 않는 것이었다. 직원 알리로서 신분을 감추고 일하는 동안, 업무는 아카데미 바깥 일로 한정되었는데도 교사 내에 들어가 무의식적으로 그 모습을 찾고는 했다.

괴롭힘 받고 있지는 않을까. 좋지 않은 일을 겪지는 않았을까.

미스티아의 성격은 좋게 말하자면 귀족답지 않았고, 나쁘게 말하자면 인간이 심해에 들어가거나, 물고기가 육지로 나온 듯한 느낌이었다. 학교에 다니는 3년간 그녀다운 모습이 사라져

버릴까 봐 두려웠다.

그런 나의 걱정이, 결국은 멀리서라도 시야에 담으려는 핑계였다는 것을 깨닫는 데에는 오래 걸리지 않았다.

미스티아가 아카데미에 동화되는 일은 없었다.

그렇다고 해서 그걸 비탄하지도 않았다. 입학한 지 이틀 만에 한 학생의 화상 처치를 하고, 학년 중에서도 우수한 시험 성적을 냈다. 평민으로 입학한 이바라이트 공작가의 손녀가 표적이 되었을 때 바로 도우러 갔다.

마치 숨 쉬듯이 행하는 수많은 선행.

그녀의 선량함은 끝이 보이지 않았다. 환심을 사려고 접근하는 인간에게 거리를 두는 건 칭찬받을 일이었지만, 애초에 그녀석은 타인의 호의를 무의식적으로 배제하는 경향이 있었다.

내 걱정 따위, 처음부터 필요 없었다.

하지만 기구하게도 미스티아는 나를 자주 만나러 오게 되었다. 모른 체할 수 없는, 조금 얼빠진 면이 있고, 대화를 어려워하고, 그러면서도 외로워하는 알리는 미스티아에게 좋은 대화 상대였겠지.

나와 대화할 때마다 미스티아는 그리운 듯한 표정을 지었다.

하지만 미스티아는 자신의 옛 친구라고 말했던 딜리아가 알리고, 그게 나라는 사실을 눈치채지 못했다.

입학식에선 알리, 다리우스 필진. 두 모습으로 아카데미에 있었지만, 입학식에서 본 미스티아는 그저 옆에 선 자신의 약혼자를 조마조마하게 쳐다볼 뿐, 나를 보지 않았다.

미스티아의 아카데미 생활은 순조롭게 이루어졌다.

하지만 역시 아렌 저택의 인간처럼 성가신 인간들을 끌어당기는 성미가 있었다. 초반에는 미술부에서 그림을 그리는, 어둡고 음기 가득한 소년의 호감을 사고 말았다.

매일 미스티아의 책상이나 신발장에 편지를 보내는 짓은 상식을 벗어났다. 하지만 네인가를 습격한 후작가를 처리한 참이었으므로 연속하여 다른 가문을 무너트리기가 어려워서, 그리고 미스티아가 자신이 노려지고 있다는 사실을 알게 되는 것에도 저항이 있어서 나는 몰래 처리하는 데에 주력했다.

그래서인지 원래부터 내 환심을 사려 했던 후작이 미스티아에게 눈독을 들이고 말았다.

내게 미스티아를 헌상하면 내 신뢰를 얻을 수 있으리라고 생각한 듯했다.

훌륭한 수완을 보이면 높은 평가를 받겠지. 그 일념으로 미스티아와 그 약혼자인 레이드 녹터를 조사하고, 그에게 호감을 보이던 자작 영애를 특례로 귀족 아카데미에 입학시켰다.

자작 영애에게 남다른 마음을 품고 있던, 미친 남자의 존재를 알면서도.

떠올리기 쉬운 계획이었다.

자작 영애가 왕도를 방문하면 미친 남자도 올 것이다. 강제적인 수단을 취하여 레이드 녹터를 없애면 된다.

그 후에 내가 약혼자를 잃은 불쌍한 영애를 구원하면 된다는 소리였다.

공작가와 백작가.

가문의 급은 다르지만 나라의 의료를 책임지는 아렌가의 영애와 대대로 귀족 아카데미의 이사를 맡아 아카데미 운영을 총괄 지휘하는 필진가가 부부의 연을 맺으면 나라에도 큰 이익이 된다.

한심했다.

나는 미스티아와 이어지고 싶다는 마음을, 아버지라 자칭하는 썩어빠진 것을 죽였을 때 이미 버렸다.

내 영역에 발을 들인 것에 화가 난 건지, 아니면 미스티아가 위험해진 것을 용서하지 못했는지.

잘은 모르겠지만 내 환심을 사려 했던 남자가 목숨을 구걸하러 왔을 때, 나는 무척이나 평온한 마음으로 남자가 처리되는 것을 바라봤다.

나는 미스티아에 관한 일에는 참을성이 없었다. 그렇게 생각했는데 시간이 지나 직원과 학생의 사이로 미스티아와 만날 때마다, 내 마음은 헌신과는 매우 다르다는 사실을 인정해야만 했다.

정신 나간 미술부원이 미스티아를 습격했을 때, 나는 학생조차 죽이려 했다.

결국 학생의 저택에 불이 나 저택째로 가족 전원이 타 죽었다는 이야기를 들었을 때, 수고를 덜었다고 생각하고 말았다.

그의 소꿉친구였던 천진난만한 여학생이 마음의 문을 걸어 닫고 웃음을 잃었다는 이야기를 듣고, 그 영애가 미스티아에게 원한을 품지 않을지 불안해졌을 정도였다.

지금까지 다른 사람에게 공감하지 못하던 것은 공감할 만한 사람이 주변에 없었기 때문이라고 생각했다.

나를 길들이던 신부. 추악한 귀족. 내 아버지를 자칭하던 오만한 남자. 그 남자를 모시며 복수를 기다리던 남자. 그들 전부 공감할 수 없는 이들이었고, 대등하다고 느낄 만한 친구도 없었다.

미스티아뿐이었다.

그래서 내게 미스티아는 특별한 존재라고 생각했지만, 그건 큰 착각이었다.

미스티아가 특별한 게 아니라, 내가 특수했던 것이다. 원래 나는 공감 능력이 낮았다. 그것을 그 녀석의 존재로 채웠던 것이다. 신부에게 상상을 초월하는 취급을 당했기 때문인지, 천성인지는 알 수 없었다.

하지만 어느 쪽이든 알리로서 거리를 두고, 가끔 잡담을 나누고, 그저 미스티아가 제대로 지내는지를 지켜보는 것만으로도 좋았다.

이 괴물 같은 마음을 들키기 전에 사라져야지. 그렇게 다짐했던 내 계획은 여름에 일어난 사건으로 인해 맥없이 무너지고 말았다.

직원의 업무에도 익숙해지고, 여름에 돌입하기 시작하던 시기였다. 미스티아가 아카데미 행사인 봉사활동의 일환으로 포르테 고아원으로 간다는 이야기를 들었다.

만일 미스티아가 직원인 나의 정체를 눈치챈다면 어떻게 하면 좋을까.

기대와도 비슷한 불안을 느꼈지만 그곳에 있던 나의 기록은 전부 말소되어 사라졌다. 함께 그린 그림도.

만들었던 인형도 전부 처분되어 재가 되었을 테고, 아마도 미스티아는 나를 기억하지 못한다.

게다가 미스티아는 불행한 아이를 발견하고 고아원에 데려오고는 했다. 내게 미스티아는 유일한 존재이지만 그 녀석에게는 내가 유일하지 않다.

떠올릴 일은 없으리라고 생각하기로 했다.

결국, 나를 기억하지 못해도 좋다고 생각할 정도로 나는 행복했다.

미스티아와 홍차를 마시며 평온한 점심시간을 보내는 게 행복해서, 그 녀석이 내 정체를 알아채서 그 시간이 어색하게 변해버릴까 봐 두려웠다.

하지만 그런 나의 생각은 미스티아와 관련된 어떤 사정을 알고 뒤집히게 되었다. 헬렌 루키트가 습격당한 사고에 관해 세작에게 보고를 들은 것이 계기였다.

미스티아가 데리고 다니던 메이드의 제압 실력이 상당했고, 거구의 남성 20인 이상을 혼자서 상대했다고 한다. 미스티아의 주변 사람이 뛰어난 것은 문제없지만 묘한 기분이 들어 나는 그 자에 관해 조사하기로 했다.

그리고 그 결과가, 문제였다.

미스티아의 종자 멜로는 교회 신부의 수하였던 것이다.

내가 납치되었을 때와 같은 시기에 그에게 팔려갔다고 한다.

지금까지 결코 읽으려 하지 않았던 신부의 일기를 펼쳐보니, 나는 당시 지하 3층의 최심부에 있었고, 그 여자는 신부의 방 옆인 지하 1층에 있었다고 한다.

나와 같은 환경에 있었지만 신부는 세뇌에 가까운 수단으로 여자를 조종했다고 한다. 일기에는 여자가 죽었다고 적혀 있었지만 분명 거짓이란 직감이 들었다.

미스티아에게 복수하려고, 그 녀석만 도망치게 하여 장기 말로 쓸 계획을 세웠다고 해도 이상하지 않다.

거기서 하나 의문이 남았다. 나는 미스티아를 보고 있었다. 그 여자와 함께 있는 모습도 본 적이 있다. 하지만 단 한 번도 그 여자가 미스티아에게 살의를 보이는 것처럼 느껴진 적은 없었다.

만일 그랬다면, 나는 외부에서 당장 그 메이드를 처리하려고 움직였을 것이다.

의아하게 여기며 조사해 보자, 미스티아는 메이드가 나타난 후 곧바로 추락 사고를 당했다는 것을 알게 되었다. 다행히 미스티아는 다치지 않았고, 그 자리에 있던 메이드가 그녀를 구했다고 한다.

나는 메이드에게 한번 접근해 보기로 했다. 미스티아가 말하기로, 녀석은 미스티아가 아카데미에 있는 동안 미스티아가 쓰는 붓이나 생필품을 직접 골라 구매한다고 한다.

지금까지 한 번도 쓰지 않았던 반차를 내고 위병으로 위장하여 메이드에 접근해 봤으나 대화가 전혀 통하지 않았다. 마치 자신이 교회에 있었던 사실을 완전히 잊고 내 출신을 따라 하는 듯한 기묘한 말투를 사용했다.

그 여자와 미스티아에게 무언가가 일어나고 있었다. 그러던 어느 날이었다. 미스티아가 평소처럼 잡담을 나누러 직원실에 찾아왔을 때, 이렇게 말한 것이다.

"제 메이드도 일기를 쓰는 걸 좋아하는데……, 수납 기술이라고 해야 하나, 가장 첫 번째 일기만 새하얗고 그 후론 빨간색으로 통일해서 책장에 꽂아두면 멀리서 봐도 어디가 기점인지 알 수 있게 해 놨어요."

미스티아가 말하기로, 하얀색 일기장에는 연보라색 끈이 달려서 책장에 꽂혀 있으면 매우 눈에 띈다고 한다.

일기 이야기를 듣고 나는 확신했다. 전부 상황 증거만 보고 추측한 것에 지나지 않지만 분명 미스티아와 메이드 사이에 기억의 혼란이 일어났다.

어떻게든 해야 했다. 전속 메이드가, 나를 사칭하고 있었다. 초조했지만 대처할 방법이 마땅치 않았고, 미스티아는 포르테 고아원으로 출발하고 말았다.

포르테 고아원에는 나의 흔적을 지우고, 그 이후에도 조사하려는 자를 없애기 위해 선대 필진 당주가 둔 세작이 있었다.

내가 당주인 이상, 미스티아에게 손을 댈 수는 없겠지만 그래도 불안함이 남았다. 이걸 계기로 미스티아가 나를 떠올린다면. 그것만이라면 괜찮지만, 의도치 않게 메이드가 교회에서 받았을 명령을 떠올린다면.

대책을 떠올리고 있을 때, 나를 조사하려는 움직임이 포착되었다. 센트릭가의 삼남, 클라우스 센트릭이 직원 알리와 미스티아, 그리고 교회에 관해 조사하기 시작한 것이다.

그 지긋지긋한 교회가 녀석의 영지에 있었기에 눈치챈 것일지도 모른다.

그러지 않아도 나는 필진으로서 후작을 없애는 눈에 띄는 행동을 저질렀고, 알리로서는 미스티아를 덮친 인간과 대치하고 말았다.

미스티아를 습격한 인간이 갑작스러운 죽음을 맞이한 것이나, 미스티아의 메이드에 관해 조사하면서 주의가 산만해졌다.

그리고 공교롭게도 클라우스 센트릭의 봉사활동 장소는 공작령의 옆에 있는, 선대가 독을 풀었던 수로를 정화하는 설비로였다.

물을 정화하는 업무는 선대가 일으킨 사건 때문에 생겨났다. 클라우스 센트릭의 눈을 피하며 전속 메이드를 조사하고, 미스티아를 지킨다.

하지만 그것을 완벽히 행하기엔 미스티아는 너무 멀리 있었고, 그 여름날, 나는 미스티아를 지키지 못했으며, 미스티아의 힘을 아플 정도로 깨닫게 되었다.

미스티아가 센트릭가에 편지를 보냈다. 아렌가에 오가는 배달물은 그 미술부원 학생의 악행 이후로 매번 확인하고 있었다. 그런 건 금지된 일이란 것을 안다. 미스티아는 원치 않을 테고, 만일 알려지면 나는 그녀에게 위협만 될 것이다.

하지만 알리로서 미스티아의 앞에 서고, 그리고 만일 미스티아를 베었을지도 모를 도끼를 떠올리는 것만으로도 내 안의 주저와 망설임, 죄악감이 사라져 갔다.

거기서 멈췄다면 좋았을 텐데, 미스티아는 분명 용서해 줄 것이라는 오만함이 마음에 둥지를 틀고 있어서, 제대로 대화하지 못한 채로 방학이 되고 말았다.

그 후의 일이었다. 아렌가에서 센트릭가로 한 통의 편지가 발송되었다는 정보가 들어온 것은.

내용에 따르면 미스티아는 교회에 갈 예정이라고 했다. 기억나지 않는 사람을 확인하기 위해서라는 내용도 적혀 있어서, 아예 그 편지를 찢어버리고 싶다는 생각도 들었다.

하지만 나는 미스티아가 자유로웠으면 했다. 미스티아가 행복했으면 바랐기에 필진가에 들어온 것이다.

안전을 생각한다면, 메이드가 적이란 것을 깨닫기 위해서라도 미스티아가 기억을 떠올리는 게 필요했다. 마음을 지키기 위해서라면 미스티아의 기억은 평생 봉인되어야 했고.

마음과, 몸.

미스티아가 둘 중 하나만 지녔다면 고민할 필요도 없었을 텐데. 그런 마음 편한 몽상을 하면서도 나는 편지를 보냈을 센트릭이 아니라 하임가의 마차가 아렌가 저택 앞에 도착하는 것을 몰래 지켜봤다.

그리고 그 지긋지긋한 교회 안, 처음 나와 만난 장소에서 드디어 미스티아가 내 이름을 입에 담았다. 그리고 마지막엔 미스티아는 그 메이드를, 용서했다.

하임가의 영식은 그 일기를 읽었다고 한다. 내가 마지막에 미스티아에게 했던 말을, 완전히 똑같이 입에 담았다. 하지만 일기에 적혀 있지 않았을 뿐, 그 말——나를 찾아줘서 고맙다는 말 뒤에는 더 이어지는 내용이 있었다.

그건 여름이 시작되려던 때였다.

나와 미스티아는 고아원 근처 동산에 올랐다. 그곳은 기후가 적당하고 식물이 잘 자라서 고아원의 아이들이 씨앗을 모아 아무렇게나 심고는 했다. 항상 꽃이 흐드러지게 핀 장소였다.

그 주변엔 완만한 경사로 된 자갈길이 이어졌고, 한군데에 꽃밭이 외따로 떨어진 곳은 모형 정원 속 낙원이라고 불렸다. 거기서 자주 미스티아와 책을 읽었다.

미스티아는 원래 실내에서 노는 것을 좋아했지만 너무 햇빛을 보지 않는 것을 걱정한 나는 맑은 날엔 밖에서 책을 읽어달라고 했다.

그날도 그렇게 독서를 하는 중이었다.

단지 평소와 다른 건 불타는 듯한 노을이 있었고 비가 그친 뒤였다는 점. 내가 발이 걸려 넘어지는 바람에 진흙이 튀어 미스티아의 옷이 온통 더럽혀지고 말았다.

미스티아는 귀족 영애다.

입은 옷의 가격이 얼마인지는 정확히 몰라도 비싸고 쉽게 구하기 힘든 옷이란 것은 고아여도 알았다. 나는 바로 돌아가자고 했지만 미스티아는 이렇게 말했다.

"씻으면 깨끗해져요."

그렇게, 불쾌해하지 않고 웃었다. 내가 더럽힌 미스티아의 드레스를 말하는 것이다. 충분히 알고 있는데도, 나에 관해 말하는 것 같은 기분이 들었다.

귀족들에게 심하게 희롱당하고, 부인이라 불리는 인간들에게 끊임없이 모독당한 내 존재를 용서해 주는 듯한 기분이 들어서, 울고 싶어졌다.

그래서 얼버무리기 위해 찾아줘서 고맙다고 한 것이다. 미스티아는 기뻐서 우는지, 슬퍼서 우는지를 판단하거나 호의를 받는 것엔 특히 둔하다. 그래서 나는 말을 덧붙였다.

"다음에는, 내가 미스티아를 구해줄게. 그러니까 옆에 있게 해 줘."

그렇게, 부탁했다. 약속했다. 새끼손가락을 걸었다.

그땐 흔들리지 않으리라 생각했던 약속은 어른들의 손에 의해 맥없이 무너졌다.

그래도 약속을 깬 게 나라는 사실은 변하지 않는다.

지금의 내게 미스티아의 옆에 있을 자격은 없다.

두 번 다시 옆에 설 수 없어도 괜찮다는 각오는, 선대를 죽일 때 아플 정도로 다졌다.

앞으로 행복해지는 모습을 지켜볼 수만 있다면, 감사 인사를 받지 못하더라도 나는 행복할 것이다. 웃을 수 있다. 그렇게 생각했다.

이용할 만큼 이용해도 좋으니, 나는 그저, 그저 미스티아가 아무것도 하지 않아도 되도록, 그리고 미스티아를 지킬 수단을 얻자는 일념으로 필진가 당주를 바라봤다.

미스티아가 웃으면 된다. 아무리 내가 추악해지더라도 미스티아를 지킬 수 있다면 자랑스러울 것이다.

필진가의 당주가 항상 자신보다 우수한 동생에게 질투했고, 동생이 평민과 사랑의 도피를 하여 집을 뛰쳐나가면서까지 행복해지는 것은 용서할 수 없다며 죽여버린 것도.

그 후 자신의 아내를 방치하고, 다른 곳에서 만난 여자에게 저택의 사용인뿐만 아니라 아내와 아들, 딸을 살해당하고 자신도 사경을 헤매다가 더는 아이를 만들 수 없게 된 것도.

필진가의 이름이 더럽혀지는 것을 두려워하여, 강에 독을 풀어 역병이 돌았다고 하며 자신의 주변 영지의 인간을 죽여서 가족의 죽음을 위장한 것을 전부 알고도, 나는 당주에게 복수심을 품지 않았다.

그저 미스티아를 지키면 되었다. 그러니 내 살의는 사랑에서 비롯한 것이 아니라 살인자의 감정이었다.

당주의 비서에게 독을 건네받았을 땐 좋은 기회라고 생각했다.

차차 죽여야겠다고 생각은 했지만 시기가 막연했다. 역시 당주가 미스티아의 존재를 모르고 그 이름을 입에 담지 않았던 것이 가장 컸다.

아득한 상공에 두른 피아노줄 위에서 당주가 걷는 모습을, 가위를 들고 옆에서 지켜본다. 당시엔 그런 감각에 가까웠다고 생각한다.

내가 당주를 죽인 날 밤은 유달리 달이 아름다웠다. 지금도 선명히 떠올릴 수 있다. 처음으로, 사람을 죽인 날이었다.

당시엔 내가 계속 얌전하고 담담하게 지냈으므로 당주는 나를 거의 경계하지 않았다.

나를 깔보고 무시해서, 마지막 순간을 맞이할 때까지 자신의 말을 들으리라고 생각한 것이 틀림없었다. 내가 할 이야기가 있다고 하면서 당주의 서재로 향했을 때, 녀석은 무척이나 귀찮은 듯이 한 손에 잔을 들고 대꾸했다.

비틀비틀, 비틀비틀, 의자에 앉아 있으면 좋을 텐데 나와 대화하며 창문 앞으로 걸어가거나 시계를 노려보기도 했다.

그는 무척이나 잔혹한 행동을 하고도 아무렇지 않아 보였으나, 죄책감이란 것은 본인이 눈치채지 못하는 사이에 사람을 좀먹는 듯했다.

보통 사람이라면 쓰러질 정도로 술을 들이켜지 않으면 당주는 제대로 잠들지 못했고, 밤에 일정량을 마시지 않으면 진정도 되지 않는 모양이었다.

그래서 당주에게 독을 먹이는 것 자체는 간단했다. 병의 뚜껑을 열고 술병에 기울이는 것뿐이었다. 녀석은 의심하지 않고 독을 마셨고, 잠시 후 심장을 부여잡았다.

"네, 네 녀석, 나, 날 속인 거냐."

뇌가 술에 절여져도 목숨의 위기에 처하면 정상적인 사고가 돌아오는 듯했다.

당주는 눈을 부릅뜨면서 벽에 걸려 있던 검을 뽑으려 했다. 하지만 몸을 움직이면 체내의 독이 더 빨리 퍼질 뿐이다.

쓰러진 당주는 바닥에 엎드려 나를 올려다보았다. 지금까지 항상 남을 올려다보는 신세라 몰랐는데, 사람을 내려다보는 건 이런 거구나 하는 생각이 들었지만 아무런 감동도 일지 않았다.

"제가 당주님에게 배운 게 두 가지 있어요."

그저, 마지막 선물로 알려주자는, 동정에 가까운 기분만은 조금 들었다.

"사람은 한없이 잔혹해질 수 있다는 것. 그리고…… 저의 이 추한 본질은 후천적으로 생겨난 게 아니라 천성이었다는 거예요. 필진이라는, 더러운 피에서 비롯한."

내 말에 당주는 무어라 대꾸하려 했다. 하지만 입만 움직일 뿐 목소리가 나오지 않았다.

"안녕히 주무세요. 좋은 꿈 꾸시길."

마지막 인사를 하고 시체를 바라봤다.

이윽고 마치 계산한 듯한 타이밍에 당주의 비서가 남자를 데리고 들어왔다. 의사라는 그 남자는 자신을 랜스데이라고 소개했다.

뒤가 구린, 공공연히 하지 못하는 일을 청부하는 사람으로 입이 무거운 남자라고 비서가 설명했다. 독을 만든 것도 랜스데이라는 남자로, 뒤처리는 남자에게 맡기면 된다고 하여 나와 비서는 그 자리를 뜨기로 했다.

그 후로 15세가 된 미스티아와 얼굴을 마주하고 재회할 때까지, 후회는 없었다. 아무 생각도 들지 않았다.

그런데 이번 여름. 그 지긋지긋한 교회의 가장 안쪽에서 미스티아가 내게 붙여준 이름을 불렀을 때, 울고 싶어졌다.

"당신의 이름을 정해봤어요. 달리아라는 이름은 어떤가요?"

"딜리아로 해 줘. 미스티아의 티아랑 비슷한 발음이었으면 좋겠어."

"상관없지만……. 정말 그래도 괜찮나요?"

"응. 나는 네가 되고 싶어."

그런, 옛 기억. 과거의 기억. 상냥한 기억이 흘러넘쳐 멈추지 않아서, 어떻게 해야 할지를 몰랐다.

이제 나는, 딜리아가 될 수 없었다.

공작가의 다리우스 필진으로 살아야만 한다. 그런데 계속해서, 그때 이랬으면 좋았을 텐데, 미스티아를 납치해서 어딘가로 떠났더라면 미스티아를 행복하게 해 줄 수 있지 않았을까 하는 생각을 하고 말았다.

지금까지 봐온 당주의 비서는, 기묘한 인간이었다.

내가 다른 사람을 평가할 입장은 아니지만 감정을 어딘가에 두고 온 듯한, 얼마 남지 않은 여생을 사는 인간처럼 느껴졌다.

그리고 그 인상은 정답이었는지, 비서는 당주의 장례식이 끝나자 내 방에 와서 일방적으로 이야기를 꺼냈다.

"따뜻한, 봄 햇살 같은 분이었어요. 얼음도, 눈도, 평등하고 온화하게 녹게 만드는 그런 분이었죠. 그런데, 그 남자가 죽었어요. 입막음이라는 허술한 핑계를 대면서. 그 남자의 의사를 부른 건 다름 아닌 그녀였는데."

비서는 당주의 아내를 계속 모셔왔다고 한다.

그리고 여자가 저택에 찾아와 사용인을 전부 죽인 날, 아직 숨이 끊기지 않았던 아내는 당주를 구하기 위해 의사를 불렀다고 한다. 하지만 다음 계획을 이미 생각해 둔 당주는 그 후 입막음을 하기 위해 아내를 죽였다.

강에 독을 흘린다는 계획을 분명 반대하리라고 생각한 듯했다.

그리고 비서는 복수를 위해 당주의 곁으로 나를 불러들였다. 나라면 당주와 외모가 닮았고, 머리카락 색도 금방 은색으로 변하리라고 말하면서.

당주는 죽을 때가 되어서야 내가 동생의 아들이란 것을 깨달은 듯했다. 그때까진 자신과 닮은 대체품으로 키워온 듯했다.

그렇게 나는 손을 더럽히며 살아왔는데.

피나 네인이 죽든 말든 상관없었다. 무척이나 귀족다운, 지긋지긋한 권력 다툼. 더러운 피가 하나 더 끊기는 건 반길 만한 일이었다. 다른 공작가를 보좌하는 것은 전혀 상관없었다.

하지만 미스티아가 연관되었다. 만일의 사태가 일어나선 안 된다. 미스티아 몰래 그녀에게 해를 가하려던 영애들을 하임가의 영식이 해치우려 했으므로 그에게 힘을 보탰다.

아카데미에서 미스티아를 피하는 학생들을, 무슨 일이라도 생긴다면 처치할 생각으로 주의 깊게 관찰했다.

미스티아는, 나를 발견해 줬으니까.

잿빛 세계에 색을 더하고 빛을 비춰 줬으니까.

그러니 나는 온 힘을 다하고 싶었다. 돕고 싶었다. 아군이 되어주고 싶었다. 미스티아가 상처 입지 않도록 하고 싶었다.

그런 나를 정당화하며 손을 더럽혀왔다.

그래서 나는 미스티아와 이어진다는 생각을 할 수 없었다. 동등한 존재가 되어 옆에 서서는 안 된다. 그래도 괜찮다. 평생 미스티아의 시야에 닿지 않는 그림자 속에서 살아도 괜찮다. 미스티아가 웃어만 준다면.

그렇게 생각하면서도, 체육제 때 미스티아를 만나러 갔다.

이게 연심이라면, 사랑이라면, 절대 만나러 가지 않았을 텐데. 아카데미의 건물로 향하는 모습을 쫓고, 흑발이 흔들리는 뒷모습을 갈망했다.

"다친 건가?"

다치지 않았다는 사실은 알고 있었다.

관람석에서 보고 있었으니까. 말을 걸 필요 없었는데, 전날까지 알리로서 대화했으면서, 내가 딜리아라는 걸 알면 미스티아가 당황할 텐데, 만나러 가고 말았다.

미스티아는 체육제 경기로 발이 모래투성이가 되었다. 손수건을 건넸더니 고개를 가로저으며 "아뇨. 물로 씻으면 되니까 괜찮아요. 감사합니다."라며 고개를 숙였다.

씻으면 된다. 더러워졌으면 씻으면 되는 일이라고 전에 미스티아가 내게 말해줬다.

하지만 나를 떠올리지는 못했다. 목소리는 변했다. 키도 컸다. 미스티아와 비슷했던 눈동자 색도 변하고 말았다. 눈앞에 있는 인물이 자신이 구했던 노예라는 사실을 모르는 미스티아는 내게 그저 당황한 모습을 보였다.

"……이 아카데미는 어떻지?"

"뭔가 어려운 일이나 힘든 일은?"

뭐든, 말해 줬으면 했다. 간절한 기분을 억누르며 그녀에게 물었다.

나는, 미스티아가 고민이 있다고 말해 주기를 바랐다. 무언가 고민이 있다면 내가 전부 어떻게든 해결해 주고 싶었다. 네게 힘든 일이 없도록 전부 해치울 테니까. 너를 상처입히는 모든 것으로부터 해방시켜 줄 테니까.

미스티아가 상처 입지 않았으면 했다. 완벽한, 그 누구도 미스티아를 싫어하지 않는, 괴롭히지 않는, 상처 입히지 않는 세계이기를 바랐다. 그래야 한다고 생각하면서도, 마음속 어딘가에는 미스티아에게 보이지 않는 적이 있으면 좋겠다는 마음이 남아 있었다.

그러면 내가 도와줄 수 있으니까. 미스티아의 옆에 있을 이유가 생기니까. 하지만 미스티아가 울지 않기를 바라는 마음도 진심이었고, 웃어 줬으면 하는 마음에 거짓은 없었다.

어떻게든, 옆에 있고 싶었다. 그 마음은 지금도 변하지 않았을지도 모른다. 하지만 그 이상으로, 나는 미스티아의 행복을 바랐다.

이 추악하고 썩어빠진 세계에서, 조금이라도 미스티아가 행복하게 살아갈 수 있도록, 그녀가 바라는 세계를 만들고 싶었다.

새빨갛게 녹아, 사라지다

"제가 운영을 맡게 되면 반드시 학생과 보호자들이 안심할 수 있는 아카데미를 만들겠습니다. 경비와 아카데미에서 일하는 직원 모두, 현재처럼 가문을 중시한 인사뿐만이 아니라 능력 위주로 뽑아서 학생들에게 가장 좋은 환경으로 바꿔나갈 것입니다."

필진 공작이 자신감 넘치는 목소리로 그렇게 선언했다. 눈앞의 광경을 믿을 수가 없었다. 그건 이바라이트 공작도 마찬가지인 듯했다. 놀라서 눈을 크게 뜨고 있다.

"자네는, 어째서 그렇게까지 해서 내 손녀를 아카데미에 다니게 하려는 거지?"

"……그건, 그녀가 아카데미에 다니길 바라기 때문입니다. 아카데미에 다니고 싶은 학생이 안심하고 공부할 수 있는 곳을 만드는 것이, 이사장의 역할이니까요."

필진 공작은 이바라이트 공작에게 그렇게 호소한 후—— 고개를 숙였다.

"부탁드립니다."

"그, 그만둬! 자네는 그렇게 간단히 고개를 숙여선 안 돼!"

이바라이트 공작은 크게 당황했지만 필진 공작은 고개를 들지 않았다. 이윽고 이바라이트 공작이 "알겠네!" 하며 큰 소리로 말했다.

"자네가 그렇게까지 말한다면 생각해 보지. 아렌 양도…… 자기 몸을 다해서라도 지키겠다니 꽤 좋은 말을 하는군. 단, 아카데미의 호위와는 별개로 우리도 따로 경비를 붙이도록 하지. 그래도 괜찮겠나?"

"알겠습니다."

필진 공작은 조용히 고개를 끄덕였다. 그러자 옆에서 앨리스가 감격한 것처럼 입가를 가리고는 "감사합니다, 공작님…… 여러분……!" 하며 커다란 눈물방울을 흘렸다.

"감사합니다. 공작님!"

"아니다. 나도…… 잘못한 점이 있으니까. 손녀인 너를 지키겠다고 네 마음을 보살피지 못했구나. 미안하다."

"아뇨…… 아니에요……!"

이바라이트 공작은 아카데미에 다닐 수 있게 됐다는 사실에 눈물을 흘리며 기뻐하는 앨리스를 보고 복잡한 표정을 지었다.

"나는 계속 너를, 손녀라고 생각했다. 지금도 그렇지만——, 함께 지내는 게 가족이라고 철석같이 믿었지…… 하지만 내 생각은 틀렸구나. 가족은 한순간에 되는 게 아닌데, 신뢰를 얻지도 않은 채로 전부 혼자 결정해 버렸어. 미안하구나."

"공작님……."

앨리스가 매우 면목 없다는 표정으로 시선을 내렸다. 필진 공작을 바라보자 그는 "그럼 이만." 하며 자리를 뜨려 했다.

나는 갈팡질팡하다가 샤니 씨에게 양해를 구하고 필진 공작의 뒤를 쫓았다.

"저, 감사합니다!"

"감사 인사를 들을 만한 일은 하지 않았어."

이바라이트가의 복도에서, 필진 공작은 천천히 뒤돌았다. 창문으로 들어오는 바람에 머리카락이 흔들려 드러난 눈동자는, 양쪽의 색이 달랐다.

"이바라이트 공작가의 투자금이 끊기면 아카데미 경영이 어려워지지. 그 외의 이유는 없어."

"그래도, 그, 저는 앨리스 씨가 아카데미에 다녔으면 해서…… 그래서, 가, 감사합니다."

"그래."

짧은 대답에, 더할 나위 없는 안도가 느껴진 건 어째서일까.

가족도, 친구도 아니다. 그런데 멋대로 친근감을 느꼈다. 누군가의 모습이 겹쳐 보이는 듯했지만, 애매했다.

"공작과……."

마치 변명하듯이 어색한 목소리가 흘러나왔다. 증거도 없고 이야기를 들은 것도 아니다. 하지만 묻지 않을 수가 없었다.

"귀족 아카데미에서 직원으로 일하는 알리 씨는, 형제──인가요?"

그렇게 말하자 필진 공작이 작게 웃으며 "그렇다고 해 두지."라고 대답했다.

필진 공작은 쉽게 다가가기 어려운 분위기였지만, 그러면서도 긴장이 풀리는 듯한, 알리 씨처럼 안심되는 분위기를 풍기고 있었다. 그 대답을 듣고 의문은 풀렸을 텐데. 뭔가 놓친 부분이 남아 있는 듯한 기분이 들어 답답했다.

"더 질문할 건 없나? 없다면 이만 가보려는데."

"어어, 이런 말이 황당하게 들리실지도 모르겠지만⋯⋯."

그렇게 말하자 그는 고개를 기울였다. 나는 각오를 다지고 입을 열었다.

"감사합니다. 그게, 왠지 옛날부터, 도움을 받아온 느낌이 들어서."

"기분 탓이겠지. 아니면 다른 사람과 착각했거나. 세상에는 닮은 사람이 세 명이 있다고 하니까."

"세 명⋯⋯."

"그래. 그럼 실례하지."

필진 공작은 마차를 타고 떠나갔다.

나는 노을에 녹아드는 필진가의 마차를 배웅하고 이바라이트가로 돌아왔다. 가족이 모인 자리에 샤니 씨를 두고 와 버렸다. 하지만 어째서인지 뒤에 강도 같은 차림의 남자들이 늘어서 있었다. 황급히 물러섰으나 이미 남자들에게 둘러싸인 상태였다.

"큰 소리를 내면 죽이겠어."

강도 차림의 남자 중 한 명이 내 입을 막았다.

주변을 둘러보자 동료로 보이는 남자들은 앨리스와 이바라이트 공작을 마치 물건을 옮기듯이 들고 있었다. 두 사람 모두 의식이 없었다. 아연실색하고 있는 사이, 샤니 씨가 남자들 사이에서 나타났다.

"그럼 예정보다 조금 늦어졌지만 아카데미로 옮겨 주세요. 죽이는 건 아카데미여야 한다고── 그런 약속이었으니까요."

어째서, 아카데미에? 왜, 샤니 씨가?

어떻게든 상황을 파악하려고 머리를 굴리려 했다. 하지만 남자 중 한 명이 무언가를 맡게 했고, 나는 눈을 감았다.

눈을 뜨자 시야에 들어온 건 묶인 채로 누워 있는 앨리스와 이바라이트 공작이었다.

둘 다 눈을 감고 잠든 것 같은 모습이었다. 호흡은 있는 듯하여 안심하다가, 나 또한 두 사람처럼 밧줄로 묶여 있다는 사실을 깨달았다.

주변을 둘러보니 우리는 아무래도 귀족 아카데미의—— 항상 사용하는 교실 중심에 있는 듯했다. 다만 이상한 점은 교실 안에 있던 책상과 의자가 전부 치워졌고, 그 대신 뒤편에 나무상자가 빼곡히 들어서 있었다.

전혀 상황을 파악하지 못하고 있자 머리 위에서 "깨어나셨나요?"라는 목소리가 들려왔다. 고개를 드니 샤니 씨가 나를 내려다보고 있었다.

"샤니 씨, 이게 대체 무슨 상황인가요? 어째서, 교실에?"

"향이에요. 맡는 것만으로도 잠드는. 세상에는 그런 편리한 물건이 있더군요."

"향……?"

"와아, 해냈구나, 샤니. 고마워! 이제 네 원수에게 복수할 수 있겠네!"

긴박한 분위기 속, 교실에 들어온 것은 앤지 양이었다.

그녀는 기쁜 얼굴로 샤니 씨에게 달려오더니 나를 향해 몸을 돌렸다.

"안녕, 미스티아 님. 계속 같은 교실에서 수업을 듣기도 했고, 나는 게임에서 미스티아의 추종자였으니까 내 이름은 물론 알고 있겠지?"

게임, 그리고 미스티아의 추종자. 그렇게 표현할 수 있는 건, 환생자뿐이다.

나는 눈을 크게 떴고, 그와 동시에 앤지 양은 "이제 네 역하렘 루트는 끝이야."라며 비틀린 웃음을 지은 후 교실 뒤로 걸어가 나무상자를 뒤지더니 앨리스에게 던졌다.

시선을 돌리니, 상자 안에는 원통형의 폭약이 들어 있었다.

위력이 어느 정도일지는 모르겠지만 뒤에 있는 나무상자에 전부 폭약이 들었다면. 대충 세어봐도 10상자나 된다.

하나당 폭죽 정도의 위력이라고 예상해 보면, 이 교실을 날려버릴 정도의 위력은 되겠지.

"처음엔 앨리스를 경계했는데, 설마 악역 영애가 공략 대상 전원을 공략해서 역하렘 루트를 걸을 줄은 생각도 못 했어."

"화, 환생자는, 크레센도 양만 있었던 게——."

"원작 앨리스를 흉내 내서 둔감 캐릭터로 공략한 거야? 덤으로 모두한테 친절하게 대해서 호감도 상승? 저기, 내 이야기 듣고 있어?"

대화가 통하지 않는다. 앤지 양도 같은 생각을 했는지 그녀는 기분이 무척이나 상한 얼굴로 내 목을 붙잡았다.

잡아당기는 힘에 목이 졸려 괴로워졌다. 몸을 젖히려 하자 손의 힘이 더 강해져 숨을 쉴 수 없었다.

"나는 가난한 자작가에 악역의 추종자로 태어났는데, 팔자 좋네? 그래도 뭐, 네 착한 척으로 아렌가가 군사 산업에서 철수해 준 덕분에 지금의 앤지가는 게임보다 더 풍족해졌으니…… 그 점은 감사해야겠지만, 아무것도 안 하고 레이드 님의 약혼자가 된 네가 싫어. 나는 태어날 때부터 계속 노력해 왔는데."

그 말에, 잠깐이지만 샤니 씨가 움찔거리는 반응을 보였다. 한편 앤지 양은 얼굴을 찌푸리더니 내 복부를 발로 걷어찼다.

"나는 태어날 때부터 레이드 님의 약혼자가 되기 위해 노력했는데, 재력도 게임 속 미스티아만큼 쌓았는데, 가문 때문에 녹터가에서 거절당했어! 인맥이 없다고, 10세 기념 파티도 참가할 수 없었어. 게다가 네 11살 생일 파티에서 만날 수 있었는데, 너는 파티도 열어 주지 않았잖아! 항상, 너는 나를 방해했지. 밀어 떨어트렸는데도 안 죽었고."

"호, 혹시, 당신은 저를 절벽에서 떨어트리려고——?"

"그래. 나도 너를 따라 해서 적당히 고아를 주워와서 내 말을 듣게 만들었어. 그런데 역시 배운 게 없으면 말이 안 통한단 말이야. 모자를 든 영애를 떨어트리라고 했더니, 모자를 든 것만 보고 체격이 다른 레이드 님을 밀쳐 버렸지. 그러더니 결국 살인은 하기 싫다며 내 죄를 밝히겠다고 수첩을 훔쳐 달아난 사람도 있었고……."

"그런 잔인한 짓을……!"

미스티아도 앨리스를 죽이려 했지만 게임 속 미스티아는 어디까지나 자기가 직접 나섰다.

전부 계획적이지 않은, 즉흥적인 것이었다. 하지만 앤지 양은 계획을 세워서 이 일들을 꾸며왔다. 어디까지나, 냉정하게.

하지만 그렇게 냉정한 그녀는 레이드 녹터를 좋아했다. 그렇다면 왜 그가 누명을 썼을 때 도우려 하지 않았을까 생각하다가 등골이 오싹해졌다.

"혹시, 선거에서 레이드 님을 모함한 것도, 당신이?"

"그야, 아예 귀족 아카데미에서 퇴학당하면 레이드 님은 모든 걸 잃어버리게 되잖아."

앤지 양의 목소리에는 망설임이 전혀 담기지 않았다. 누군가를 좋아한다면 절대 고르지 않을 선택지를, 최선의 선택인 것처럼 골랐다.

"모든 걸 잃은 레이드 님에게 내가 손을 내미는 거야. 완벽한 계획 아니야? 그런데, 또 네가 방해했어. 피나 네인이 살아 있어도 상관없다고 생각했는데, 이럴 바엔 폭발 실험으로 날려버릴 걸 그랬어."

"당신은…… 사람의 목숨을 뭐라고 생각하는 거예요……!"

누군가를 절벽에서 밀어 떨어뜨리라고 명령을 내리고, 실험으로 피나 선배를 죽이려 한다. 모든 행동이 타인의 목숨과 직결된다는 사실을, 그녀는 전혀 이해하지 못하고 있었다.

"아무 생각도 없는데? 그래서, 내가 여기서 널 죽이려고 하는 거야. 그렇지, 샤니?"

그녀의 부름에 샤니 씨가 나를 바라봤다.

앤지 양이, 나를 죽이려 하는 건 알겠다. 하지만 어째서 샤니 씨가 앤지 양에게 협력하는지는, 전혀 이해가 되지 않았다.

"샤니 씨에게도, 뭔가 명령을 한 건가요?"

"아니. 우린 협력하는 것뿐이야. 네가 죽길 바라는 동지니까."

죽기를 바란다고?

샤니 씨와 접촉하기 시작한 건 최근 일이다. 나도 모르게 불쾌한 태도를 보여서 싫어하게 되었을 가능성도 부정할 수 없지만, 죽을 정도로 나쁜 짓을 한 기억은 없다.

"무지도 죄야. 전혀 기억하지 못하는 거야? 네가 죽였다고. 샤니 씨의 소중한 사람을."

"소중한 사람?"

"이프 구스 말이야. 작년에 도끼로 공격받은 적 있었지? 그것도 잊은 거야? 역시 너한테 그는 그 정도로 관심 없는 존재였단 뜻이려나?"

앤지 양은 쿡쿡 웃었다. 이프 구스라는 이름은 알고 있다. 알리 씨도, 부모님도 말한 적이 있었다. 도끼로 나를 습격했던 학생이다.

그는 그 사건으로 구속되었고, 그 후에 집에 불을 지르고 죽어버렸다고, 샤니 씨가 말했다.

거기까지 생각이 미치자, 기억났다. 그는 미술부였다. 샤니 씨와 친하게 지냈을 가능성은 충분했다.

"이프 구스는 널 좋아한 나머지 미치고 말았어. 그건 너한테도 원인이 있다는 거잖아? 그 애한테 여지를 주고, 다른 사람을 써서 동반 자살하려는 그 애를 거절하고, 결국 혼자 자살시켰지! 너무하다고 생각하지 않아?"

"저는 여지를 줄 정도로 대화해 본 적도 없는걸요. 게다가 자살을 시켰다니."

"하지만 실제로 죽었잖아. 그렇지, 샤니?"

앤지 양은 샤니 씨에게 당시의 일을 재현시키려는 듯이 도끼를 건넸다. 샤니 씨는 도끼를 바라보며, 가만히 서 있었다.

"자, 이제 죽여버려도 괜찮아."

그렇게 말하며 앤지 양은 웃었다.

번외. 영원한 두 번째

SIDE: Shani

빨간색이 정말 좋았다. 그의 색이니까.

그를 좋아하게 된 이유는 이제 기억나지 않는다.

새빨간 머리카락도, 깊은 밤을 떠올리게 하는 눈동자도, 상냥한 목소리도, 무슨 그림을 그리는지 물으면 바로 손을 멈추고 보여주는 상냥함도, 전부 좋아했다.

그의 옆에 있고 싶어서, 그림을 그리는 그에게 조금이라도 더 가까워지고 싶어서, 나도 그림을 그리게 되었다.

어릴 적부터 항상 같이 있었고, 다른 영애와 영식이 놀리면 "소꿉친구니까."라면서 부끄러워하긴 했지만 절대 떨어져 있지는 않았다.

지금 생각해 보면 그때 마음을 전했어야 했다. 나만을 바라보라고 말했다면, 그는 분명 내 말을 들어 줬을 것이다.

그 순간만큼은 정말로 마음이 통한 것만 같았다. 왜냐하면 그때만큼은 그가 나를 봐 줬으니까.

하지만 우리가 5살이 되었을 때. 그의 가문 사업이 갑자기 어려워졌다.

군사 기기 부품 공장을 몇 개나 가지고 있던 그의 가문의 주 거래처가 모조리 망해 버렸다.

집안 경영이 어려워져서 그의 가문은 몰락했다. 그만큼은 아는 남작가에 입양되어서 어떻게든 귀족으로 남을 수 있었지만, 전처럼 자주 만나지는 못하게 되었다.

그래서 나는 귀족 아카데미에 입학하는 게 기대되었다.

아카데미 안에선 신분을 신경 쓰지 않고 그와 만날 수 있다. 그런데, 입학식을 마치고 재회한 그의 눈동자에는, 미스티아 아렌의 모습이 있었다.

같은 미술부에 들어갔지만 그는 오로지 미스티아 아렌만을 그리고 나와 대화하지 않았다. 정말 그와 대화했다고 느껴진 건 공모전에 낼 작품에 대해 조언을 받을 때뿐이었다.

그것조차 "대상도 가능하겠어. 공작의 정원을 그리는 친구를 두다니 영광이네."라는 흔한 말이었다.

그것만으로도 기뻤지만, 동시에 무척이나 거리감이 느껴졌다. 하지만 분명 언젠가 전처럼 대화할 수 있으리라 믿었다. 그런데 어느 날, 그는 아카데미에 오지 않게 되었다. 집에 불을 지르고, 목숨을 잃었다.

그가 없는 세계는, 의미가 없었다.

죽으려고 마음먹었을 때, 앤지 양이 내게 말을 걸었다.

"그 애가 죽은 원인은 미스티아 아렌이야. 그 애는 미스티아 아렌에게 마음을 희롱당해서 그녀를 습격했고, 결국 아무도 모르게 아렌가 사람한테 처리당했지."

반신반의했지만 그녀가 말한 것처럼 미스티아 아렌을 둘러쌌던 2학년 영애들은 실제로 아카데미에서 자취를 감췄다. 그를 잃은 내가, 그도 비슷하게 처리되었다고 믿기에는 충분했다.

용서할 수 없어. 죽어 버려. 이프가 불쌍해.

사람이라면 느낄 법한 그런 감정과 함께, 살의를 품었다.

곧바로 그녀의 목을 졸라 죽이기 위해 달려갔으나, 그녀가 시야에 들어왔을 때 깨달았다. 그녀의 눈동자가, 그의 머리카락과 같은 색이라는 것을.

그렇게 인식한 순간, 내 세계에서 빨강이 사라졌다.

빨간색 물감도, 피의 빨강도, 선명함이 사라지고 검은색으로만 보였다. 물감도 포장에 적힌 문자열을 보지 않으면 구별할 수 없었다.

그의 빨강이 좋았던 건데, 기억 속에 있던 그의 머리카락조차 검게 칠해져서, 지긋지긋한 그 여자와 같은 색으로 보였다.

놀라서 멈춰 있는 사이에 미스티아 아렌의 모습은 어디론가 사라졌다. 어떻게 해야 할지 몰라 멍하니 서 있는 내게 앤지 양이 말했다.

자신이, 복수를 도와주겠다고.

그녀는 가까운 미래를 볼 수 있다고 했다. 그 특별한 힘을 사용하여 아무에게도 들키지 않고 미스티아 아렌을 완벽히 죽일 수 있다고 했다.

딱히 나는 누군가에게 들키더라도 상관없다. 체포되어도 괜찮다. 그가 없는 미래는 필요 없었다. 빨리 끝내고 싶었다.

하지만 그는 "공작의 정원을 그리다니 영광이네."라고 말해주었다. 그 그림만큼은 완성하고 싶었다. 그러기를 바랐다. 정말 그를 생각했다면, 곧바로 미스티아 아렌을 죽였어야 했는데.

그리고 앤지 양이 가르쳐준 대로 미스티아 아렌에게 접근하여 그녀를 공작가에 동행시켜 이 자리에 섰다.

앤지 양의 계획은 완벽했다.

공작가에서 간단히 미스티아 아렌을 납치할 수 있었다. 앨리스 하트펄, 그리고 이바라이트 공작도 데려올 수 있었다.

오늘은 분명 기념할 만한 날. 그림도 완성했다. 이제 남은 건 미스티아 아렌을 죽이는 것뿐.

그런데, 머릿속에서 이건 아니라는 목소리가 들려왔다. 잘못되었다는 목소리가 들렸다. 미스티아 아렌의 눈동자를 보고 있으면, 보이지 않아야 할 빨간색이, 조금씩 배어 나왔다.

지금, 나는 빨간색이 보이지 않는다. 싫어하는 색이니까, 보고 싶지 않다. 하지만…….

"샤니……?"

나는 들어 올린 도끼를 그대로 내려찍지 않고 앤지 양을 향했다.

친구라고 생각했다. 적어도 미스티아 아렌보다는 싫지 않다. 하지만, 나의 첫 번째는 언제나 이프다.

그가 없는 세계를 살아갈 이유는, 그를 죽인 사람을, 죽이는 것.

그게 나의, 이 더러운 여생의 의미였다.

세계여 안녕

"이프의 죽음에 연관된 건 너잖아, 앤지."

예상했던 고통은 기다려도 몰려오지 않았고, 대신 들린 것은 샤니 씨의 목소리였다. 나는 그 목소리에 귀를 의심했다.

샤니 씨는 앤지 양에게 도끼를 겨누고, 그녀를 노려보고 있었다.

"계속 궁금했어. 어째서 그렇게 상냥했던 이프가 미스티아 아렌에게 미쳐버렸는지. 어떻게 가족까지 불태워 죽였는지. 미스티아 아렌과 대화할 때마다 그 의문은 짙어졌어. 그 대신 점점 이런 생각을 하게 된 거야."

"흐음, 어떤 생각?"

"앤지, 네가 이프를 몰아붙여서 태워죽인 거지?"

"내가? 전부 내 탓이라는 거야?"

"그래. 너는 항상 총명했지. 공작가에서 세 사람을 끌고 오는 것도 간단히 해냈어. 이렇게, 폭약을 교실에 반입할 수도 있었지. 미스티아 아렌이 그 애를 유혹한 것보다는, 네가 그를 정신적으로 몰아붙여서 남을 죽이게 만들고, 그게 실패하니까 내가 대신하도록 유도한다고 생각하는 편이 훨씬 이해가 간다고! 앤지!"

"후우, 꽤나 히로인다운 눈매잖아. 처음부터 그런 표정이었다면 이프도 너를 좋아하지 않았을까?"

샤니 씨의 괴로움이 담긴 질문에 앤지 양은 코웃음을 치고는 입꼬리를 올렸다.

"미안하지만 나는 걔한테 미스티아 아렌을 죽이라는 부탁은 단 한 번도 한 적 없어. 네가 좋아했던 걔는 거기 있는 버그투성이 아렌 영애를 좋아해서 그저 행동으로 옮겼을 뿐이야. 나는 아렌 영애를 죽여서 이 세계를 리셋하면 시나리오를 바로잡을 수 있다는 거짓말밖에 안 했다고."

그때, 크레센도 양이 무척이나 궁지에 몰린 듯한 모습이었던 게 떠올랐다.

"혹시, 크레센도 양을 몰아붙인 건——."

"몰아붙여? 듣기 거북하네. 이대로라면 네가 죽는다고 게임 시나리오를 알려준 것뿐이야. 반신반의했지만 절벽에서 사람이 떨어지는 걸 보고는 나를 신처럼 떠받들었지. 하지만 그 신이 전생을 떠올린 건 갓난아이일 때—— 15년도 전이니까 스토리가 조금 바뀌어도 어쩔 수 없잖아? 살인귀를 탈옥시키거나, 다른 게임과 섞이더라도."

앤지 양은 크레센도 양이 자신은 악역 영애이고, 레이드 녹터를 파멸시키지 않으면 자신이 파멸한다고 오해하게 만들었다. 분명 이프라는 학생에게도 같은 짓을 했을 것이다.

일반적이었다면 황당한 이야기라며 믿지 않았을지도 모른다. 하지만 앤지 양도, 나도, 게임의 지식이 있었다. 그 게임에 나오는 인물이라면 1년 정도의 미래를 부분적으로 알아맞힐 수 있다. 그런 식으로 불안을 자극하여 자기 말을 듣도록 만든 것이다.

"뭐, 원래 공략 대상으로 설정된 건 이프 자신이라고 생각한 거지."

내 옆에 서 있던 샤니 씨가 숨을 들이켰다. 손에 든 도끼를 쥐고, 아까보다 훨씬 빠른 속도로 앤지 양에게 달려갔다.

하지만 곧바로 누군가가 그녀의 팔을 붙잡아 바닥으로 찍어눌렀다.

"에이, 즐거운 장면은 이제부터인걸. 끼어들어서 방해하지 말라고."

샤니 씨를 제압한 건, 클라우스였다. 눈을 크게 뜨는 내게 그는 평소와 같은 익살스러운 웃음을 지었다.

"여어, 미스티아. 여전히 얼빠진 표정이네."

"어째서 당신이, 여기에······?"

"왜냐니, 친구가······ 아니, 맛없는 미트 파이 따위를 먹이는 건 친구가 아닌가. 그거야, 공범. 공범이 꿈을 이루는 순간을 보러 멀리서 찾아왔지. 구경꾼이야, 구경꾼."

"어차피 올해 여름엔 좋아지게 될 테니까 지금부터 시제품은 먹어둬도 괜찮잖아."

"그건 네 망상이라니까."

"후후. 여름이 오면 알게 될 거야."

앤지 양은 클라우스를 보며 웃었다. 클라우스는 그녀에게 협력 중이다. 확실히 클라우스의 협력이 있다면 다른 사람의 동향이나 생각을 파악할 수 있다.

게임에서 클라우스는 정보원 역할을 담당한다. 정보를 얻으려면 당연히 남몰래 움직일 필요가 있다.

그래서 그의 협력이 있다면, 위병이나 녹터가 수색해도 범인을 밝혀내지 못할 정도로 교묘하게, 숨겨진 루트와 정보망을 사용하여 사건을 일으킬 수 있다는 뜻이다.

"언제부터……?"

"이 평민 여자의 출신이 폭로된 적이 있었잖아? 그때 이 녀석이 나한테 접촉했지. 재밌는 여자라고 생각해서 이야기를 들어보니, 너한테서 녹터를 빼앗는 게 목적이래서 더 재밌다고 생각했어."

"그 말은…… 앨리스의 출신을 칠판에 적은 건 클라우스에게 어필하기 위해서……?"

"그래. 평범히 접촉하면 분명 이야기를 안 들어줬을 테니까."

"정답!"

클라우스가 앤지 양에게 박수를 보냈다.

주위는 아직 무장한 남자들이 둘러싸고 있었고, 앨리스와 이바라이트 공작도 잠든 채였다. 내가 미끼가 되어 도망치게 하는 작전은 불가능하다.

"샤니, 나는 마지막까지 널 처리하는 걸 망설였어. 너는 그저 이프를 좋아했을 뿐이고, 나는 이프한테 흥미가 없었으니까. 하지만 네가 먼저 나한테 흉기를 들이댔고, 일단 히로인이니까. 방해되지 않도록 죽어줘야겠어."

"앤지……."

"그렇게 노려보지 마, 샤니. 어제까지는 친구였잖아? 아, 거기, 너희까지 가만히 이야기를 듣고 있을 필요는 없어. 주인공 보정으로 살아나기라도 하면 안 되니까, 샤니랑 거기 있는 분홍색 머리 여자는 신경 써서 처리해."

주인인 앤지 양의 명령에, 남자들은 교실에 놓여 있던 기름을 뿌리기 시작했다.

앨리스에게 기름을 뿌리려는 남자 앞을 막으며 뒤로 묶인 손으로 어떻게든 앨리스를 깨우려 했지만 전혀 일어날 기미가 보이지 않는다.

"자, 이제 불만 붙이면 되겠네. 이프를 처리할 땐 잘 됐는데, 이번에도 잘 되려나."

샤니 씨가 깜짝 놀란 표정으로 고개를 들었다. 그 모습이 웃긴 듯이 앤지 양은 그녀를 내려다보았다.

"좋은 거 알려줄게. 걔가 죽을 때, 미스티아 아렌의 이름은 꺼내지도 않았어. 죽기 전에 제정신이 돌아왔나 봐. 가족을 지키려고 하면서 너한테도 사과했었지."

"죽일 거야! 절대 용서 못 해! 죽여버리겠어!"

샤니 씨가 그렇게 외치면서 필사적으로 발버둥 쳤지만, 클라우스가 그녀를 붙잡았고 다른 남자가 기름을 끼얹었다. 앤지 양은 나도, 앨리스도, 샤니 씨도 죽일 생각이었다.

"자, 이제 너희한테 불만 붙이면 끝이야. 자, 클라우스. 계속 투덜댔으니까 마지막에 불을 붙이는 것 정도는 시켜줄게."

"그럼 고맙고. 원래는 연습도 하고 싶었는데."

"그땐 우리 집 정원이었으니까 어쩔 수 없지. 이번엔 화려하게 폭발할 테고, 인간이 날아가는 순간도 교정에서 잘 보일 거야."

"그런 좋은 광경을 나 혼자 보다니, 아까운데."

클라우스는 성냥을 그으며 내게 천천히 다가왔다.

그의 뒤로 기쁜 듯이 웃는 앤지 양의 모습이 보였다. 클라우스
가 내 뺨을 만지며 성냥불을 가까이 가져다 대더니, 뺨을 쭉 잡
아당겼다.

"이런 건 다 같이 봐야지. 그렇지?"

그 말과 동시에 '쾅' 소리를 내며 유리창이 깨지고, 일제히 위
병이 들어왔다.

그들 사이엔 레이드 녹터, 에릭, 로베르토 와이즈와 제시 선
생님도 있었다.

"클라우스…… 배신하다니……!"

분노를 드러낸 앤지 양이 곧바로 성냥을 꺼내려 했다.

하지만 차가운 눈의 레이드 녹터가 검으로 그 행동을 저지했
고, 앤지 양은 놀라서 멈춰버렸다. 그 모습을 보며 클라우스는
"기분 최고야!"라며 웃음을 터트렸다.

레이드 녹터, 에릭, 제시 선생님, 로베르토 와이즈가 앤지 양
에게 협력하는 남자들과 싸우는 도중에도 클라우스는 미친 듯
이 웃을 뿐이었다.

"앤지! 나는! 계속, 계속, 계속! 미스티아가 죽으면 펼쳐질 지
옥, 그리고 네가 필사적으로 짠 계획을 무너트리는 거, 둘 중 어
느 게 재밌을지 고민했어! 한쪽을 고르면 다른 쪽은 평생 이뤄
질 수 없겠지! 그 순간을 맛볼 수 있는 건 한 번뿐이야! 그런데

미안하게 됐네! 나는 내 꿈에 충실하기로 했어! 영원 따위는 역시 될 대로 되라고! 아하하하하하!"

"클라우스……!"

앤지 양은 이쪽으로 다가오려 했으나 곧바로 제시 선생님에게 제압당했다.

로베르토 와이즈가 나를 붙잡은 클라우스의 팔을 떼어내고, 에릭이 블레이저로 내 어깨를 덮었다.

"애, 앨리스 씨와 공작님이 아직 정신을……."

"으음…… 미스티아 님? 어라, 죄송해요, 잠들었나 봐요, 죄송해요! 어어…… 이건 대체 무슨 일이죠?"

서둘러 사람들에게 앨리스의 상태를 전하려 했으나 앨리스가 웅얼거리며 눈을 떴다.

그녀는 나를 빤히 보고는 "왜 묶여 계신 거죠?! 잠시만요! 지금 도와드릴게요!"라며 놀랐다. 로베르토 와이즈가 "내가 하지."라며 내게 묶인 밧줄을 풀었다.

"아니, 그게, 앨리스 씨. 당신도 묶여 있어요."

"네?! 왜 저까지?! 일단 제 손목을 꺾어서 풀어볼게요."

"그러지 마세요. 그리고, 어디 아프진 않아요? 아마 수면제를 많이 마셨을 텐데……."

"죽어! 지옥에 떨어져, 미스티아 아렌!"

큰 절규가 들려와 뒤를 돌았다. 그곳엔 위병에게 붙잡혀 수갑을 찬 앤지 양이 매서운 눈초리로 나를 노려보고 있었다.

"너 따위는! 죽어버려야 해! 이 세계에 필요 없어! 행복해지지 못해! 언젠가 너도 응보를 받겠지! 고통스러워하면서 죽어버려! 레이드 님! 제가 당신을 행복하게 해 드릴 수 있어요! 제 사랑을, 당신은 언젠가 이해하실 거예요. 세계에서 가장 당신을 사랑해요! 레이드 님!"

그 말을 듣고 나는 깜짝 놀랐다.

제 사랑을, 당신은 언젠가 이해하실 거예요. 세계에서 가장 당신을 사랑해요! 레이드 님. 이 말은 게임 속 미스티아가 사형장에서 말한 대사였다.

멍하니 있자 제시 선생님이 "일단 수돗가로 나가지."라며 나를 안아 들었다.

묶여 있는 공작을 에릭과 로베르토 와이즈가, 앨리스를 클라우스와 레이드 녹터가 부축하며 교사를 빠져나왔다. 그렇게 일단 출구로 빠져나왔는데── 그때였다.

"이렇게 하면 분명 리셋될 거야! 다음엔 분명, 레이드 님과 이어질 수 있을 거야!"

앤지 양의 목소리가 높은 곳──5층에서 울려 퍼졌다.

그와 동시에 '쿵' 하고 땅이 울리는 소리와 폭죽이 터지는 듯한 소리가 연속해서 들려왔고, 열풍이 일었다. 고개를 들어보니 본교사의 5층에서 폭발이 일기 시작했다.

선생님을 비롯하여 모두가 달리듯이 교사를 빠져나오는 사이에, 귀족 아카데미는 순식간에 화염에 휩싸였다.

멍하니 그 모습을 지켜보고 있자 위병들이 이쪽으로 달려왔다.

"여러분, 무사하신가요?! 무슨 일이 일어난 거죠?"

"네! 위병은 전원 무사합니다……! 다만…….

지휘를 맡은 듯한 대장 격의 위병은 교사를 노려보더니 난처하게 되었다는 듯이 이쪽으로 몸을 돌려 시선을 내렸다.

"실은, 파즈 앤지가 빈틈을 노리고 빠져나가서…… 폭약으로 자살 시도를 했습니다. 모습이 보이지 않아서…… 불이 번지는 속도가 빨라서 저희는 일단 철수를…….

"그럼, 앤지 씨와 샤니 씨는……?"

내 질문에 위병들은 얼굴을 마주 봤다. 그러자 그중 한 명이 "파즈 앤지는 아마 사망했으리라 예상됩니다. 다른 분도…… 이만 죽고 싶다고 하셔서."라며 난처한 표정을 지었다.

샤니 씨는, 아직, 안에 있다.

"어디서 헤어졌나요?"

"3층입니다."

그 말을 들은 순간 반사적으로 몸이 움직였다.

뒤에서 내 이름을 부르는 소리가 들려왔지만 나는 대답하지 않고 교사로 달려갔다. 나는 그렇게 불타는 교사 안으로 들어갔다.

"샤니 씨! 앤지 씨!"

연기를 마시지 않도록 입가를 막으며 나는 큰소리로 두 사람의 이름을 불렀다.

교사 내부는 바깥보다 화력이 약한 것처럼 보였지만 그만큼 산소가 희박했다.

수돗가에서 물로 몸을 적신 후 계단을 올라왔지만 3층에는 아무도 없는 듯했다.

"앤지! 나는 널 절대 용서하지 않을 거야!"

위층에서 절규가 들려와 나는 서둘러 계단을 뛰어 올라갔다.

3층보다 불길이 훨씬 거센 복도 중앙에 쓰러진 앤지 양과, 깨진 유리 조각을 들고 그 위에 올라탄 샤니 씨의 모습이 보였다.

"샤니 씨!"

"죽어! 이프의 고통을…… 너도 알아야 해!"

나는 서둘러 샤니 씨가 휘두르는 유리 조각을 손으로 붙잡아 막았다. 유리 조각이 손바닥을 파고들었지만 막지 않으면 샤니 씨는 앤지 양을 죽였을 것이다.

"방해하지 마!"

"방해할 거예요! 당신은, 법이 아니에요. 사람은 법으로 재판받아야 한다고요!"

"그런 건 몰라! 법 따위는 아무래도 상관없어! 비켜! 이 손 놔! 이제, 이 녀석만 죽이면 돼. 죽음으로 죄를 갚게 해 줄 거야!"

앤지 양은 폭풍을 바로 옆에서 받은 탓에 의식이 거의 없는 상태였다. 멍한 눈으로 "레이드 님……."이라며 그의 이름만 부르고 있다.

"놓을 수 없어요! 저를 죽이려 하고, 레이드 님을 절벽에서 밀친 건 처벌받아야 해요. 아무 관계없는 앨리스 씨와 이바라이트 공작을 위험하게 만들었죠. 그것도 처벌 대상이에요. 하지만 이 죄는 죽어서 갚을 게 아니라, 살아서 갚아야 해요! 아직, 당신은 아무도 죽이지 않았어요. 죽어서 끝낼 건 지금이 아니에요. 유리 조각을 놓으세요."

"……싫어."

"놓으세요!"

화내듯이 외치자 샤니 씨는 유리 조각을 떨어트렸다. 나는 앤지 양을 안아 들고 샤니 씨의 팔을 붙잡았다.

"여기서 나가죠."

"하지만……."

"이야기는 됐으니까! 제 말을 들어 주세요!"

그녀의 팔을 당기면서 강제로 발걸음을 옮겼다. 불길은 점점 세졌고, 뒤에서는 폭발음이 몇 번이나 울려 퍼졌다.

교사가 무너지기 시작했는지 조금씩 흔들렸고, 평소에 지나다니던 복도는 잔해와 철골, 깨진 장식품이 굴러다녀 매우 걷기 힘든 상태였다.

"이건……!"

1층으로 내려가려다가, 발이 멈췄다. 계단참이 불바다에 휩싸여 있었다. 계단도 불길에 먹혀 이쪽으로 올라오고 있었다.

뒷걸음질 치며 복도로 나갔지만 무너지고 있어서 도망칠 곳이 없었다.

이제, 탈출하는 건 어려울지도 모른다.

그렇게 생각한 순간, 평소에 자주 드나들던 교실이 보였다.

수많은 폭약이 놓여 있어서인지 교실 안은 굉음과 함께 불길이 활활 타오르고 있었다.

[아하하하하하! 전부 불타버려라!]

깨진 창문 사이로 교실의 안쪽이 보였다. 그 교실 중심에서, 게임 속 미스티아가 크게 웃는 모습이 잠깐이지만 보인 것 같았다.

흑발을 흩뜨리고 "죽어버려!"라며 앨리스에게 절규하는 장면이었다.

……미스티아 아렌은 결코 꺾이지 않았다.

투옥, 사형을 맞이할 때조차 앨리스에게 "지옥에나 떨어져! 분수도 모르는 평민 따위가! 역겨워!"라며 사슬에 묶인 채로 말했었다.

"포기할 수 없어."

나는, 죽이 되든 밥이 되든 뭐든 해 보자는 생각으로 샤니 씨의 팔을 붙잡고 무너지고 있는 2층 복도에서 뛰어내렸다.

순간적으로 몸에 강한 충격이 덮쳐와 의식을 놓을 뻔했다. 어떻게든 버티며 눈을 뜨자, 옆에는 이미 의식을 잃은 앤지 양의 모습이 있었다.

그 반대쪽에는 샤니 씨가 쓰러져 있었지만, 의식은 있는지 발을 붙잡으며 몸을 일으키고 있었다.

"미스티아 님! 미스티아 님!"

큰 목소리에 뒤돌아보자 앨리스와 위병들이 달려오고 있었다. "의사를 불러와!"라며 노성에 가까운 목소리도 들렸다. 아무래도 우리가 착지한 곳은 중정인 모양이었다.

"다, 다, 다치진 않으셨나요? 지금, 뛰어, 뛰어내리셨는데!"

"네…… 1층으로는 내려갈 수 없는 상태여서……."

"잘도, 그런…… 그런……."

앨리스가 주륵 눈물을 흘리자 내 볼 위로 눈물방울이 똑똑 떨어졌다.

이런 눈물로 죽은 사람이 되살아나지 않나 멍하니 생각하고 있자 "머리 부딪히진 않았어?"라며 레이드 녹터가 나를 일으켰다. 에릭은 "발목이나, 어디 부러지진 않았어?"라며 불안한 얼굴이었다.

"죄송해요……."

"사과하지 마. 네 탓이 아니니까."

"시크 선생님의 말씀대로다. 무서웠지. 물, 그래, 물이라도 마셔."

제시 선생님과 로베르토 와이즈도 걱정스러운 표정이었다.

"저는, 괜찮아요…… 샤니 씨."

그동안 조용히 불타는 교사를 바라보던 샤니 씨를 불렀다. 그녀는 아무 말도 하지 않고 조용히 내게 시선을 돌렸다.

"샤니 씨. 감사해요."

"뭐가요?"

"도와주셔서, 감사합니다."

그렇게 인사를 전하자 샤니 씨는 빤히 나를 바라봤다. 그리고, 잠시 눈을 내리깔더니, "아니에요."라며 짧게 대답했다.

아득한 미래

"다친 곳은, 이제 괜찮나?"

앤지 양이 아카데미에 방화 사건을 일으킨 지 보름. 나는 이바라이트가의 초대를 받았다. 공작 옆에는 앨리스가 있었다. 오늘 그녀는 드레스가 아닌 익숙한 사복 차림이었다.

"네. 덕분에 딱히 흉터도 남지 않았고…… 괜찮아요."

나는 그 사건으로 가벼운 화상을 입었다. 그리고 유리 조각을 쥔 탓에 손을 꿰매야 했다. 하지만 움직이지 않으면 아프지도 않고, 아파서 잠들지 못하는 일은 전혀 없었다. 하지만 공작 옆에 있는 앨리스는 불안한지 세계가 무너지는 듯한 얼굴이었다.

"정말 괜찮아요."

앨리스와도 눈을 마주치며 고개를 끄덕이자, 그녀는 "네……." 라며 더욱 죽을 것 같은 표정이었다. 이바라이트 공작은 면목 없다는 얼굴로 "방심했어."라며 작게 말했다.

"이 저택이 가장 안전하다고 생각했지. 하지만 그렇지 않았던 모양이야."

"이바라이트 공작님……."

"이야기를 들었지. 앤지가의 부하에 의해 이바라이트가의 사용인이 조금씩 교체되고 있었다고. 내 책임이야. 미안하구나."

이바라이트 공작이 고개를 숙여서 나는 서둘러 고개를 가로저었다. 목숨을 긴진 앤지 양은 회복이 되는 대로 심문을 받을 예정이라고 한다. 다만, 아카데미에 불을 지르고 이바라이트 공작을 납치한 탓에 게임 속 미스티아보다 중죄가 되었다. 앤지 양이 데려왔던 동료들도 전부 체포되었는데, 마찬가지로 엄벌에 처할 예정이라고 한다.

"저도, 좀 더 주변을 주시했어야 했어요. 죄송합니다……."

리셋.

그건 게임에서 모든 것을 없었던 것으로 되돌리는 명령어였다.

하지만, 나도, 그녀도, 이 세계를 살고 있다. 무르고 다시 할 수는 없다. 죽을 땐 죽는다. 그래서 나는 모두가 죽지 않도록, 가족이 살해당하지 않도록 노력해 왔다.

하지만 분명 그녀는 마지막까지 이 세계를, 죽으면 리셋 되는 게임이라고 생각한 거겠지.

상황이 나빠지면 누군가를 죽이고, 누군가를 절벽에서 밀어 떨어트리고, 그런 일을 반복한 건 그런 생각에서 기인했을 것이다.

하지만 앤지 양은 레이드 녹터를 너무 사랑한 나머지 정신적으로 몰려 있던 듯하다.

제대로 대화해 본 건 그날뿐이었지만 1시간도 되지 않는 시간 동안 대화한 것만으로도 그 점이 뚜렷이 전해져 왔다.

그녀는 누군가를 좋아하게 되어서 그런 짓을 벌였지만, 나도 투옥과 사형을 어떻게든 피하려다가 그녀처럼 누군가를 죽음으로 몰아넣었을 가능성도 부정할 수 없다.

그리고 샤니 씨의 상태는 어떠냐면, 대부분 경증으로 끝났지만 화상이 심한 듯했다.

그녀는 나와 공작, 그리고 앨리스의 납치를 공모한 죄를 갚고 싶어 했지만, 앤지 양에게 세뇌당했던 점과 나이를 참작하여 수도원에 들어가게 되었다고 한다.

"센트릭가의 영식에게도 감사 인사를 해야겠지……."

이바라이트 공작은 깊게 숨을 내쉬며 나를 바라봤다.

이번에 가장 교묘한 수단을 취한 클라우스는 앤지 양의 계획을 알아채고, 아군인 척하며 내부 사정을 알아내서 위병에게 밀고한 공로를 인정받았다.

아무리 생각해도 앤지 양을 부추겼다는 생각밖에 안 들지만, 클라우스는 그저 나와 앨리스의 정보를 흘리고, 아렌가의 저택이나 아카데미에서 나를 납치하거나 죽이는 건 불가능하다는 사실을 전하기만 했다고 한다.

즉, 아카데미나 저택에서 나를 죽이는 것을 저지하는 행동으로 볼 수 있다며, 타인의 정보를 흘렸음에도 불구하고 좋은 일을 한 것처럼 인정받고 있다.

복잡한 건 그가 위병을 부르지 않았다면 나와 앨리스, 공작은 교사와 함께 불타 없어졌으리란 점이다.

"재밌어 보여서 수라장 사천왕을 데려왔어!"라면서 레이드 녹터, 에릭, 제시 선생님, 로베르토 와이즈를 그 자리에 데려온 것은 분명 인도에 어긋난 행위이지만, 그가 없었다면 어떻게 되었을까를 생각하면 판단하기가 어려웠다.

게다가 앤지 양은 그에게 영향을 받은 게 아니라 그를 끌어들인 주체고.

"나는 지금까지 사용인의 얼굴이나 이름조차 외우지 못했지. 전부 집사장에게 맡기기만 했어. 그런데 결국 집사장도, 비서도 매수된 상태였지. 이번 일로 잘 알았어. 아무리 안심되는 장소여도 내 잘못으로 인해 위험한 곳이 될 수 있다는 점을 말이야."

앨리스는 그 말에 눈을 크게 떴다. 이바라이트 공작은 상냥한 말투로 말을 이어나갔다.

"나는 지금까지 아카데미에 분노만 품었지. 어째서 악인을 손쉽게 아카데미에 들이냐면서. 실은, 필진 공작이 아카데미 입학을 추천했을 때도 내키지 않았어. 하지만 알게 되었지. 내가 제공할 공간은 안전하지 않아. 이 저택을 재건할 필요가 있어. 그러니 앨리스를 오늘, 가족이 있는 곳으로 돌려보내려 한다. 오늘은 어쩐지 네가 같이 있어야 할 것 같아서 부른 게야."

"이바라이트 공작님……."

"앨리스. 한심한 할아버지라 미안하구나."

이바라이트 공작이 앨리스에게 상냥한 시선을 보냈다. 앨리스는 눈물을 흘리며 "아니에요…… 감사합니다."라면서 고개를 숙였다.

"다음에 놀러 가도 되겠느냐. 친하게, 지내고 싶구나."

"부디, 부디 놀러와 주세요. 감사합니다. 할아버지……!"

할아버지. 그 말에 이바라이트 공작이 눈물을 흘렸다. 그리고 공작은 내게 시선을 돌렸다.

"우리가 잠들어 있을 때, 혼자 맞서줘서 고맙구나. 부디, 앞으로도 손녀를 잘 부탁하겠네."

"네."

나는 크게 고개를 끄덕였다. 어라, 그런데 나한테 부탁하셔도 괜찮은 건가.

이건 앨리스와 이어진 공략 대상이 그녀의 집에 결혼 인사를 마친 후, 공략 대상이 "네!"라고 대답해야 할 상황이 아닌지…….

하지만 그런 이벤트는 일어나지 않았고, 평범하게 고개를 끄덕여도 그녀의 인생을 망가트릴 일은 없을 것이다.

"아카데미에서도 친하게 지내주게."

"저야말로 부디 잘 부탁드릴게요."

"네! 미스티아 님!"

앨리스는 기쁜 얼굴로 미소지었다. 그 웃음은 활짝 핀 꽃 같았다.

이바라이트가에 인사하고 앨리스를 원래 살던 집으로 데려다 준 다음 날. 나는 평소보다 빠른 발걸음으로 저택의 계단을 내려왔다.

어제 귀가하는 마차 안에서 불탄 귀족 아카데미의 모습을 볼 수 있었다. 불이 나고 폭발한 곳은 재로 변한 상태였다.

일단 건물을 새로 세우기 위해 다른 곳에 가설 교사를 마련하기로 했는데, 피나 선배가 준비한 토지에 가설 교사가 세워진다고 한다.

선배는 "원래는 장래를 위해 준비한 땅이었는데, 나라에 생색을 내는 것도 중요하니까요."라며 웃는 얼굴로 말했다. 학생일

적부터 벌써 제대로 된 경영을 시작한 것에도 놀랐고, 귀족 아카데미의 가설 교사를 세울 정도의 넓은 토지를 지니고 있다는 점에도 놀랐다.

기쁜 얼굴로 말하는 피나 선배의 옆에서 네인 선배가 계속 "미안해…… 정말 미안해…… 정말 면목이 없어…….'라며 어째서인지 계속 사과를 해서 조금 혼란스럽긴 했지만.

아무튼, 가설 교사가 세워지기 전까지는 일제히 휴교하게 되었고, 학생들은 각자 자택에서 공부하게 되었다.

과제만 제대로 하면 그것으로 성적을 매긴다고 한다.

미스티아의 단죄 이벤트는 사라졌고, 게임에서 아카데미에 불을 지르는 날까지는 아직 2주가 남았지만, 아카데미는 마침 게임 엔딩에 해당하는 날까지 휴교한다.

조금 불안이 남긴 했지만 게임 시나리오를 흉내 내어 사건을 일으킨 범인이 누군지도 알았고, 이제는 이렇게 시간이 지나기만을 기다리면 되겠지.

이제 두려운 일은 일어나지 않는다.

앞으로는, 미래를 향해 나아가기만 하면 된다.

"생각해 보니까 가족사진은 찍었는데 사용인들과는 사진을 별로 안 찍은 것 같아서요."

올해 생일, 나는 부모님에게 생일 선물을 부탁했다.

전까지는 뭘 원하는지를 물어도 떠오르는 게 없어서 고민했지만, 올해는 카메라를 가지고 싶다고 말했다.

지금까지는 일반적으로 사진을 찍으려면 사진관으로 가야 해서 가족사진밖에 찍지 못했지만, 앞으로는 일상을 제대로 기록으로 남겨두고 싶었다.

첫 사진은 가족사진. 두 번째 사진은 멜로와 함께. 세 번째 사진은 사용인 모두와 함께.

기왕이면 저택 정원을 배경으로 찍고 싶어서 날씨가 좋아지기를 기다리다가 시간이 걸린 게 예상 밖이었지만……

"자—, 미스티아. 찍는다!"

카메라를 사기는 했지만 사실 나는 아직 직접 사진을 찍어보지를 못했다.

가족을 찍으려 했더니 모처럼이니 같이 찍자고 하고, 멜로와 찍으려 했더니 또 같은 전개가 펼쳐졌다. 그리고 사용인 모두에게도 같은 말을 듣고 지금 다 같이 사진을 찍으려는 중이다. 오늘의 사진사는 아버지였다.

저번에 피나 선배에게 카메라 이야기를 했다가 다음에 같이 사진을 찍게 되었다. 그리고 앨리스, 루키트 님과 셋이서 사진을 찍을 약속도 잡은 상태라 내가 직접 사진을 찍는 일은 당분간 없을 듯하다.

하지만 여섯 번째 사진은 제대로 내 손으로 직접 찍을 생각이다.

누구에게 모델을 부탁할까 고민하다 보니, 문득 머릿속에 떠오른 얼굴이 있었다.

"자, 미스티아, 옆 보지 말고. 카메라를 봐."

"네!"

나는 상념에서 빠져나와 나를 향하는 렌즈에 시선을 맞췄다.

앞으로, 게임에서는 알 수 없었던 미래가 시작된다. 슬픈 일도 있었지만 사용인 모두와 가족이 무사한 채로 16살 생일을 맞이하게 되었다.

제대로, 살아보자.

나는 앞으로 펼쳐질 미래가 조금 불안하긴 했지만, 작년보다는 훨씬 가벼운 마음으로 웃음을 지어 보였다.

오늘은 생애 가장 행복한 날

SIDE: Claus

지루한 세상에서 살 바에는 죽는 게 낫다.

15년을 살아보고 간단히 결론에 도달했다. 인간은 언제 죽을지 모른다. 좋아하는 일을 하고, 자기가 원할 때 죽는 게 가장 낫다. 재밌어 보이는 일에 덤벼들고, 그게 함정이었더라도 상관없다.

그러니 나쁘게 생각하진 않았으면 한다.

"이런 건 다 같이 봐야지. 그렇지?"

간발의 차로 나타난── 소위 공략 대상들을 마주하자 파즈 앤지의 눈동자가 경악으로 흔들렸다.

특징 하나 없는 여자라고 생각했으나 이 세계가 앨리스 하트펄을 중심으로 한 '처음부터 꾸며진 세계'라면 납득할 수 있었다.

"클라우스, 나를 배신하다니……!"

"안심해. 너는 배신당하지 않았어. 나는 처음부터──."

극악무도한 미스티아 아렌의 추종자 중 한 명. 파즈 앤지. 이 녀석의 계획을 지켜보는 공범으로 지내는 건 매우 즐거웠다.

"네 편이 아니었거든."

이것으로, 내 꿈은 이루어진다.

"우와…… 무슨 일이 있었던 거야?"

재밌는 장난감을 모으는, 알맞은 먹이였던 미스티아 아렌.

녀석의 주위는 화려했고 확실히 이질적이었는데, 그 중심인

당사자는 그저 평범하고 시시한 녀석이었다.

천성이 착한 사람은 좋아하지 않는다. 선인이 악인으로 변한다면 재밌게 구경할 수 있겠지만, 공교롭게도 미스티아 아렌에게는 그럴 낌새가 전혀 보이지 않았다.

하지만 미스티아 아렌의 주변은 이상한 것투성이였고, 가장 재미없어 보이는 인간이 싸움의 중심에 있어서 재밌는 일이 일어난다.

그건 오늘도 마찬가지였다. 녀석과 같은 반인 앨리스 하트펄의 신분이 칠판에 적혀 폭로되었다.

미스티아 아렌의 말에 의해 교실은 공포의 구렁텅이로 곤두박질쳤다. 녀석의 집안은 무척이나 부유했기에 녀석의 쓸모없음조차 가려버린다. 아렌가가 사업 하나에서 손을 떼면 수십 개의 가문이 흔적도 없이 몰락할 정도다.

아렌가가 병기와 총화기 산업에서 손을 뗐을 때도, 후작가조차 순식간에 가난뱅이 모임으로 전락해 버렸다.

그런 미스티아 아렌과 평민인 앨리스 하트펄의 조합은 재미있었다.

어떻게 재밌는 일을 만들 수 없을까 고민하고 있을 때, 익숙한 목소리가 "클라우스."라며 나를 불렀다.

"누구야?"

같은 반 학생뿐만 아니라 타인과 접촉할 땐 무해한 척을 한다. 왜냐하면 그러는 편이 신뢰를 얻을 수 있어서 재밌으니까. 조금 쉬워 보이는 상대를 마주할 때, 사람은 방심하곤 한다.

──그리고, 먹혀버리겠지.

기대를 품고 뒤돌자 베이지색 머리카락을 지닌 여자가 있었다.

"내 이름은 파즈 앤지. 잘 부탁해."

미스티아 아렌과 같은 반이고, 마침 녀석 집안의 산업을 그대로 이어받는 형태로 재산을 불린 집안의 여식이었다. 타인의 재산을 이어받는다는 건 좋은 일처럼 들리지만, 결국 단순한 하위 호환이라며 무시당하는 중이다.

"나한테 할 말이라도 있어?"

"응. 진짜 재밌는 걸 보여줄 테니까 나를 도와줬으면 좋겠어. 돕는 건 잘하지?"

"뭔데? 나, 봉사 활동은 좋아하긴 하지만 어려운 일은 잘하지 못해서……."

"안심해. 오늘 같은 일만 하면 되거든."

"오늘 같은 일?"

"응. 앨리스의 신분이 밝혀졌잖아? 이것 봐, 내가 만든 거야."

그렇게 말하며 내민 것은 앨리스 하트펄의 신분을 폭로하는 종이였다.

그것도, 시안이었다.

자백으로밖에 보이지 않는 행동에 점점 흥미가 일었다. 체내에 피가 도는 기분이 들며 현재를 살고 있다는 강한 확신을 지닐 수 있었다.

"왜 이걸 보여줘?"

"그야, 그렇게 하면 네 협력을 얻을 수 있다고 생각했으니까.

이런 거 좋아하잖아? 앨리스 하트펄이 평민이란 소문이 퍼지면 물건이 사라졌을 때 걔가 범인 아니냐는 의심을 받겠지. 그런 거 좋아하지 않아?"

"엄청 좋아하지."

의심과 혼란, 애증과 혼돈. 사람은 미치면 미칠수록 아름답다. 언제나 사람은 자신에게 피해가 오지 않는 곳에서 비극을 바란다.

그러지 않으면 비극 같은 건 생겨나지 않는다. 다른 사람이 괴로워하는 모습을 즐기는 건 옆에서 보면 추악해 보인다는 것을 확실히 자각하고 있다. 언젠가 칼에 찔려 죽어도 어쩔 수 없는 일이다.

"그럼 교섭 성립이네. 재밌는 걸 보여줄 테니까 가끔 내 부탁을 들어줬으면 좋겠어."

"네 목표는 뭔데?"

"레이드 님과 이어지는 것. 그리고 미스티아 아렌이 사라지는 것."

"그래. 나한테 맡겨."

그 대가를 받을 각오는, 되어 있었다.

앤지의 부탁. 그건 내겐 별거 아닌 일이 많았다.

간단한 감시나, 학생들의 왕래가 적은 길을 알려주는 것. 미스티아 아렌의 동향을 신경 쓰며 그녀의 부탁을 들어주는 건 간단했고, 나는 앤지 몰래 미스티아 아렌을 조사하고, 자주 대화를 나누기도 했다.

특히 여름이 시작될 때, 앤지는 뻔질나게 미술실을 드나들며 이프 구스와 대화를 나눴다. 앤지가 레이드 녹터와 접촉하기 위해 방해가 되는 이프를 미스티아 아렌과 엮으려는 건가 했는데, 아무래도 이프를 사용해서 미스티아 아렌을 죽이고 싶은 모양이었다.

이상한 판단이라고 생각했다. 하지만 앤지가 말하기를, 조용히 지내고 묵묵히 작품에 몰두하는 이프는 소질이 있다고 한다. 녀석이 말하는 소질의 정의는 무척이나 애매하고 시시했다.

그림을 그리니까 어둡다. 음악을 좋아하니까 밝다. 알기 쉬운 분류. 정말이지 생각이 얕았다. 이프가 어두운 건 아렌가의 군사 산업 철수의 여파를 받아 집안 분위기가 험악해졌기 때문이다. 집에서 정신력을 소모해서 기력이 없을 뿐이다. 그것을 작품 창작의 동기로 삼으려는 것을 방해했다.

원래 이프는 미스티아 아렌을 향한 이룰 수 없는 사랑을 그림으로 승화시키는 방법을 취했다. 그러나 앤지는 매일 그를 만나러 가서 그 시간을 빼앗는 것으로 정신을 흔들었다.

세뇌의 첫걸음이었다.

"너, 취미는 없어? 음악을 연주하거나 그림을 그리거나."

"딱히 없어. 아무것도."

"흐음."

"그보다, 내 얘기 좀 들어 봐. 오늘 레이드 님이 미스티아를 스터디 모임에 초대했대. 완전히 오류가 난 거야. 그렇게 생각하지?"

앤지는 레이드 녹터를 사랑한다는 것치고는 맹목적인 느낌이 없었다. 언제나 남의 일처럼 말했다. 누구보다 열중하는 것처럼 보이려 하지만, 그 본질은 텅 비었다.

그 텅 빈 곳에, 이프 구스는 사로잡히기 시작했다.

"빨리 이프가 죽여주면 좋을 텐데. 그림이 완성되지 않았다는 둥 말도 안 되는 소리를 한단 말이야. 짜증 나."

"정공법으로 네가 직접 레이드한테 말을 걸면 되잖아?"

"아직 집안의 급이 맞지 않는 것도 사실이고, 짜증 나지만 레이드 님은 미스티아를 좋아하잖아? 그러니까 미스티아가 없어지거나, 레이드 님이 내 수준으로 떨어지지 않는 이상은 어려울 것 같아서."

"그렇게 기다리기만 하다가 아렌가가 정식으로 결혼을 발표하면 어쩌려고?"

"괜찮아. 미스티아는 지금 레이드 님을 피하고 있으니까, 괜찮아."

"그 낙관적인 생각은 어디서 나오는 거야."

"아직은 알려줄 수 없어."

앤지가 쿡쿡 웃었다. 그러더니 한눈을 판다며 내가 설탕을 채워놓은 병을 떨어트렸다.

"너 말야."

"미안, 미안. 다시 사 줄게. 그보다 좋은 거 알려줄까?"

"좋은 거?"

"응. 이프가 곧 움직일 건가 봐."

미스티아를 증오하면서 직접 손을 더럽히지는 않는다. 처음엔 앤지에게 기대를 걸었으나 요즘은 흥이 깨지려는 참이었다. 큰소리를 쳐 놓고는 결국은 잔챙이였다. 타성으로 움직이던 때, 이프가 미스티아를 공격했다.

앤지가 말하기를, 이프가 그리던 그림을 엉망으로 만들었다고 한다. 그리고 미스티아 아렌이 그의 그림에서 나온 존재라고 주장한 모양이었다. 원래 집안 차이로 인해 소극적이었던 이프를 자신이 조종한 줄 알고, 자신이 세운 계획을 완벽하다고 말하며 만능감에 취해 있는 모습은 우스웠지만, 뭔가 잘못된 듯한 기분이 들었다.

그로부터 얼마 지나지 않은 날. 불행인지 다행인지 나는 재밌는 존재를 발견했다. 아카데미의 직원이었다. 여름엔 다양한 이유를 들어 앤지의 귀찮은 부탁에서 손을 떼고 그 남자를 조사했다. 앤지의 생각은 재미없다. 녀석은 보험으로 샤나라는, 이프를 좋아했던 여자를 미스티아 아렌을 퇴장시킬 열쇠로 삼았다.

녀석은 언제나 자신이 모든 일의 흑막이라고 생각했다. 아무것도 없는 데다가 참가하지도 못한 관객에 지나지 않으면서.

내가 점점 자신에게 흥미를 잃는 것을 눈치챘는지, 녀석은 중요한 이야기가 있다며 나를 불러냈다.

"이 세계에서 일어날 일을 전부 알고 있어."

오만함 섞인 목소리로 이어나가는 이야기는 흥미로웠고, 납득할 수 있는 내용이었다. 앨리스 하트펄을 주인공으로 설정한 연애극.

그 스토리의 악역이 미스티아 아렌이고, 레이드 녹터는 원래 앨리스 하트펄을 선택한다고 한다. 미스티아 아렌은 이른바 들러리에 지나지 않고, 원래는 사랑받지 못할 존재라고 한다.

앤지는 그 스토리 전부를 기록한 수첩을 내게 보여주면서, 자신의 수하를 이용하여 숙박 체험 학습에서 미스티아를 죽이겠다고 말하며 웃었다.

"너, 꽤 소극적이네."

숙박 체험이 끝나고 귀가하는 길. 나는 앤지에게 말을 걸었다. 그러자 녀석은 주변에 사람이 없는지 확인한 후 희미하게 웃었다.

"왜? 협력은 멋진 거잖아?"

"그 탓에 미스티아가 아니라 레이드가 절벽에서 떨어졌잖아. 본말전도라고."

"그건 제대로 반성하고 있어. 뭐, 레이드 님은 무사하다고 생각했는데 미스티아가 감쌀 줄이야. 아아―. 그래도 크레센도 씨한테 누군가가 떨어진다고 말하길 잘했어. 위험할 뻔했잖아."

"크레센도?"

"응. 그 애한테도 게임에 관해 얘기해 줬어. 미스티아의 확실한 결말을 말해 주면서 도와주고 싶다고 했더니 믿어주더라. 속편에는 추종자랑 사이좋게 지내는 스토리도 있었는데, 역시 오류가 없으면 호감도도 쉽게 올릴 수 있네."

"하아."

전혀 학습하질 않는다. 앤지가 직접 밀쳤다면 조금은 재미를 느끼며 부탁하지 않은 노움노 줄 수 있었는데. 역시 제이 시크가 레이드 녹터에게 "미스티아 아렌이 공격당했어."라고 밝히는 걸 관찰한 게 정답이었다. 그건 재밌었으니까.

"뭐야?"

하지만 내 대답이 불만이었는지 앤지는 얼굴을 찌푸렸다.

"나는 네 루트랑 엔딩도 알고 있어. 네 마음을 내가 빼앗을 수도 있었다고. 그러지 않은 것만 해도 친절하지 않아?"

"하. 내가 연애라고?"

"그 대사도, 네 해피 엔딩에서 나왔어. 이 내가 사랑에 빠지다니, 라고."

"이 내가 사랑에 빠지다니."

대사를 따라 하자 앤지는 전혀 다르다는 듯이 코웃음 쳤다.

"좀 더 진심이 담겼었다고. 뭐, 사랑을 모르니까 어쩔 수 없겠지만."

"그건 너도 똑같잖아?"

되받아치자 앤지는 고개를 가로저었다.

"나는 레이드 님을 사랑해."

그 말을, 미스티아 아렌이 말했다면 더 재밌었을 텐데. 인생은 좀처럼 마음대로 되지 않는다.

하지만——,

"너, 슬슬 계책도 떨어진 거 아니야? 네가 말한 시나리오라는 거, 일어날 기미가 보이질 않는데."

앤지가 말한 시나리오는 올해와 내년분밖에 없다. 올해는 이 벤트라는 것을 이용하여 멋대로 만들 여지가 거의 남지 않았다. 속편이 있다고 하지만, 거기 등장하는 루키트는 올해 등장해 버렸다.

……바보 같은 쪽의 미스티아 아렌이 날뛴 덕분에.

다른 결말들은 '둘이서 행복하게 지냈습니다, 끝'이라는 내용이었다. 다만 그 전에 다리우스 필진이 아카데미를, 귀족을 없애려는 계책을 세우고 그걸 저지하면서 끝난다.

속편이라는 것은 앨리스 외에도 샤니라는 여자가 학생회 선거에 패한 빅터 네인이나 나, 그리고 이프 구스와 사랑에 빠져 행복해지는 이야기로, 재미 따위는 없었다.

빅터 네인은 여동생을 두려워하며 몸을 사리는 중이고, 이프는 앤지의 손에 처리되었다. 나는 나고, 그 스토리가 이어질 일은 없겠지.

"짜증 나. 내가 미스티아 아렌을 죽일 수밖에 없잖아."

"재밌네."

"최악이야. 방화 스토리로 어떻게든 해야겠어. 그리고 게임은 리셋 기능이 있으니까 아마 1회차는 더 할 수 있을 거야."

그런 게 가능했다면 이 세계는 이렇게 여유롭지 않았겠지. 다들 미래를 아는 듯이 행동하고, 자신만이 평화를 지킬 수 있다고, 바꿀 수 있다고, 자신만이 이득을 얻으려고 행동하며 파탄을 맞이했을 것이다. 인간이 멸종해 버렸을지도 모른다.

"네 꿈, 이뤄지면 좋겠네."

"응원 고마워."

그러면, 내 꿈도 이루어시겠지.

세계 제일의 바보에게 고한다

스스로 어둠 속으로 걸어가는

SIDE: Claus

바라마지않던 꿈이 이루어지고, 지금 나는 뚜렷한 목표 없이
살아가고 있다.

내 손에는 앤지가 남긴 수첩이 있다. 눈앞에 있는 건 무척이나
호화롭고, 아무 걱정 없어 보이는 장미 감옥―― 아렌가의 대문
이었다. 잠시 기다리고 있자 시원찮고, 재미없고, 어정쩡함의
삼박자를 갖춘 바보가 나타났다.

"미스티아 씨! 안녕―!"

상큼한 목소리로 부르자 검은 머리카락이 흔들리며 조금 꺼림
칙하다는 표정이 돌아왔다.

지금까지 나를 볼 때마다 창백해지거나, 기막혀하거나, 가끔
은 진절머리를 냈는데 오늘은 이상하게 여유롭게 느껴졌다.

그 이유는 당연히 녀석이 '시나리오'라는 중압감에서 해방되었
다고 생각하기 때문이겠지.

학생회 선거를 포함한 지금까지의 거동을 떠올려 보면, 아무
래도 미스티아 아렌은 속편의 내용을 모르는 모양이었다.

뭐, 속편의 내용이라고 해도 처음 이야기만큼 재미있는 건 없
었다. 연애 위주의, 껴안거나, 키스하거나, 갇히거나, 덮치거나,
덮쳐지거나, 벽에 몰아 넣어지는 등 끈적이는 것뿐.

미스티아에게 말해봤자 재미없는 내용이다.

현재, 공략 대상이라 불리는 유쾌한 4인조 중 한 사람은 자신
의 가문을 떼어놓으려 하고, 한 사람은 가치관을 바꿨고, 한 사

람은 모든 것을 포기했다. 남은 한 사람은 잘 모르겠다.

그러니 바보가 여유롭게 아카데미 녀석들과 친하게 지내기 전에, 세상에서 가장 친절한 나는 해피 엔딩 이후——아마도 아직 미스티아는 눈치채지 못했을, 그 녀석에 관한 힌트를 줄 생각이다.

"있잖아, 미스티아. 좋은 얘기가 있는데."

나는 무방비한 귀에 독을 흘려 넣듯이 속삭이며 입꼬리를 올렸다. 미스티아는 눈을 크게 뜨고, 절망적인 표정을 지었다.

후기

오랜만입니다. 이나이다 소입니다. 이번에 이 책을 읽어 주셔서 정말 감사합니다.

4권은 어떠셨나요? 전권에서는 레이드, 에릭, 제이가 연달아 미스티아를 향한 마음을 키웠는데, 이번 권에서 드디어 로베르토도 다른 세 명과 같은 선에 서게 되었습니다. 그리고 드디어 미스티아의 오랜 세월에 걸친, 게임 시나리오와의 혼자만의 싸움에도 종지부가 찍혔고, 게임 캐릭터들에게 영향을 주던 '누군가', 앤지와의 결착도 짓게 되었습니다. 다만 아직 스토리 종료까진 2주가 남았고, 5권에선 그 기간에 미스티아의 '남은 할 일'과 그녀의 개인적인 문제가 엮이며 사용인들의 광기도 커지는 스토리가 전개될 테니 기대해 주세요. 그리고 드디어 개별 엔딩도 수록됩니다.

서적화 제안을 받았을 때부터 웹 연재분의 글자수와 최종화까지의 글자수를 대략적으로 계산하여 대략 4권에 끝나고 5권에서 온라인으로 예고했던 개별 엔딩…… 그때까지 안 잘리면 좋겠다……라는 글을 쓴 적이 있는데, 무사히 중간에 엎어지지 않고 5권 발매도 결정되어서 제대로 된 결말을 맞이할 수 있을 듯하여 안심했습니다. 권두 일러스트는 1권이 레이드, 2권이 에릭, 3권이 제이, 4권이 로베르토의 컬러 테마로 하치피스☆왕 선생님께 부탁했고, 드디어 모였다……라는 기분도 듭니다.

그러면 언제나 그렇듯 감사 인사를 드리려 합니다.

이번에 아름다운 드레스, 턱시도로 이루어진 꿈과 같은 표지와 권두 일러스트, 거기에 다양한 광기를 그려 주신 하치피스☆왕 님, 편집의 후카와 님, 오오타 님, 교정의 구시켄 님, 디자이너 여러분, 만화화로 사랑스럽고 발랄한 공략대상이상을 그려주시는 아타카 님, 공략대상이상을 응원해주시는 여러분께 이 자리를 빌어 감사 인사 드립니다.

그리고 항상 신세를 지는 저의 유일무이한 친구에게, 깊은 감사를 전합니다. 태어나 줘서 고마워.

그러면, 여전히 무서운 뉴스가 이어지는 요즘입니다만 부디 여러분도 몸조심하시길 바랍니다.

악역 영애입니다만
공략대상의 상태가 이상합니다

❖ 사용인 이력서 ❖

리자

Lizer

직업

청소부장

생일	키	혈액형
11월 30일	170cm	O

좋아하는 음식

고기 요리 전반

취미

노래 부르기

특기

시음

원래 시골에서 자란 평민으로, 도회지와 왕자님을 동경하며 도시로

올라왔다. 그곳에서 만난 남자와 결혼 후, 폭력을 당했으며 죽음의 위

기가 찾아왔을 때 미스티아에게 구해졌다. 원래 동성과는 잘 지내지

못했으나 미스티아만은 예외로 두어, 숭배와 보호심이 섞인 감정으

로 그녀를 대한다.

토마스 *Thomas*

직업		
문지기		

생일	키	혈액형
5월 11일	166cm	B

좋아하는 음식		
쿠키		

취미		
재봉		

특기	보기만 해도 정확히 재단할 수 있다

집에서 방치당하던 것을 미스티아에게 발견되어 고아원에 들어가게

되었다. 처음엔 미스티아를 은인이라고 생각했으나 그녀의 도움을

받은 이가 자신만이 아니라는 사실을 알고 나서부터 감사하고 애정

하는 마음이 비뚤어졌다. 독점욕이 강하고, 특히 미스티아가 귀엽다

고 생각하는 것에 집착하며, 미스티아가 다른 사람을 귀여워하는 것

을 진심으로 싫어한다.

만화판 제8화 미리보기

일러스트 하치피스☆왕
디자인 AFTERGLOW

오늘은
아침부터
기온이
무척 낮았다.

나는
이제부터
지옥으로
향해야만
한다.

미스티아
님

멜로는
전에
레이드
녹터의
눈에
띈 적이
있다.

안 돼.
방에
있으라니까…

멜로!

이런 날은
저택에
틀어박히는 게
가장 좋지만

네.

숨어
있어야 돼.
나오면 안 돼!

고마워.
멜로!

다녀올게.

내가
가져온 건
나중에
넣어두자.

멜로를
위해서라도
이겨내야지.

오늘은
레이드
녹터가
저택에
찾아온다

투옥될 때 공범 취급을 당하면 곤란해진다.

괜찮으시다면 이걸 전해드리고 싶어서요.

전에 예쁜 털실을 구했거든요.

직접 짠 거야?

오늘은 숨어 있으라고 했는데.

아뇨.

멜로의 정성이 느껴졌다.

기뻐...... 힘이 난다.

이게 있으면 지옥에서도 괜찮을지도 모르겠다.

네. 미스티아 님을 위해서요.

고마워! 부적처럼 여길게!

그래서 아버지에게 약혼을 파기하고 싶다고 말했다.

이 모든 사실이 괴로웠다.

그녀에게 아마도 좋아하는 사람이 있으리라는 것도.

나는 오랫동안 너를 외롭게 만들었지.

후계자로 키워야 한다며 필요 이상으로 엄하게 대했어.

가슴이 괴롭고 아파졌다.

예전과 같은 온화한 눈매로 돌아왔다.

아버지는 변했다. 나와 어머니에게 걱정과 애정을 보여준다.

네가 원한다면 약혼을 파기할 수 있도록 노력해볼게.

하지만 앞으로는 네가 원하는 대로 해 줄 생각이야.

만날 때마다
굳어지는
그녀의 표정

그 표정
볼 때마다
죄책감이
강해진다.

덜컹
덜컹...

나는 분명
약혼자에게
미움받고
있다.

덜컹...

그렇게
생각했다.

그러니
나를
피하는 건
어쩔 수
없다.

처음
만났을 때
적대적으로
대하고
말았다.

메이드와 있는
그녀의
밝은 얼굴을
본 적이 있다.
매우 즐거워
보였다.

크를
좋아하게
된 걸지도
모르겠다.

하지만 그녀는
나의 초대를
거절하고
에릭 하임과
만났다.

—
하지만

미스티아 양이
없었다면
이 변화도
찾아오지
않았겠지

그 후에
어떤
판단을
내리든
막지
않으마.

분명
어머니도
같은
마음이겠지.

내
망설임을
알아
챘구나.

한번
만나보고
결심이
무너진다면
그만둬.

아렌가에 가서
잘 보고,
이야기를 듣고
다시 한번
생각하렴.

나는
아버지의
말을
그렇게
이해했다.

그게
약혼 파기의
조건이란다.

미스티아를
보고
있었나

놀랐어
……

그렇구……
나…

저건……
집착?

너희
정원사는
꽤 젊네.

그래
보여도
어른
이에요.

꽃말은
적의, 원한……
이었던 것
같은데.

세인트
존스워트.

겨울에도
정원을
즐길 수
있도록
꾸며
주셨어요.

겨울인데
백합이
피었네.

이
꽃은?

…… 정원사가
됐단
말이지

레이드 님이
저택에
오신다고
해서
정원사가
둔 거예요.

괜찮아요. 세탁한 거예요.

제가 두르려고 가지고 나왔는데 이 목도리가 생겨서! 아직 안 쓴 거예요.

그게...... 추워 보이셔서.

앗!

이건 ......?

그녀는 곤란해하는 사람을 두고 보지 못하는 성격이다.

고마워.

─저건......

아냐. 목도리도 빌렸고

우선 정원부터 안내해 줄래?

춥네요. 안으로 들어가죠.

그렇게 말씀하신다면…

그럼 정원사한테 감사하다고 전해줄래?

네

저택에 들어온 후 깨달았다.

그녀에게 이상한 시선을 보내는 것은 정원사뿐만이 아니었다는 사실을.

이제 저택 안을 안내해 드릴게요.

그래.

아니에요
......

정원 보여줘서 고마워.

그녀는 모르는 모양이지만.

사용인 전원이 도를 넘는 집착이 담긴 시선으로 그녀를 바라보고 있었다.

그야 당연하죠.
위험하니까요.

──그녀는

나도

걱정해
준다──?

여기가
조리장
이에요.

그렇
구나......

아가씨전용

혹시
미스티아 양은
요리할 수
있어?

그래서인지 매우 그리운 기분이 들었다.

그녀의 요리는 정말 맛있었다.

대접받았으니까 이 정도야 당연하지.

그건 너무 죄송해서

설거지도 내가 한다?

죄송해요. 손님한테…

요리사 말고 다른 사람이 만든 음식을 먹는 건 오랜만이어서

아니 에요……

오늘은 정말 고마웠어

정말 즐거웠어.

그녀와 만난 이후로 나는 후회뿐이다

저기… 레이드 님.

전부 마음대로 되지 않았다. 이상해지고 말았다.

저로 괜찮으시다면… 만들러 가도 될까요?

—나는 바보다.

추궁하고, 겁주고, 강요해 놓고

그녀가 나에 관해 알아주기를 바라는 건가.

예전이라면, 지금은요?

몸이 무거우시니까.

아이가 생긴 걸 알기 전까지는 만들어 주셨어. 스튜 같은 것도.

예전엔 어머니가 자주 미트파이나 키슈를 만들어 주셨거든.

—네?

나는 부모님의 그런 모습을 보는 게 좋았다.

태워버린 냄비는 아버지가 닦았다.

요리를 만드는 어머니. 그걸 걱정하는 아버지.

그래서 어머니는 어느정도 방치해도 되는 스튜를 자주 만들게 되었다.

하지만 요즘은 볼 기회가 적어졌다.

그녀가 처음이네.

그러고 보니… 내 이야기를 하는 건

엉어

2주나…
3주에
한 번쯤
이라면…

나를
싫어하는 줄
알았어.

하지만
이런
간단한
것밖에
못 만들
어서…

그러
니까…

—너는

그에게 동생이 생긴 건 내가 스토리를 바꿨기 때문이다.

그의 고독을 엿보고 말았다. 그리고 그 고독은 내 탓이다.

시간을 되돌리더라도 나는 같은 선택을 했을 것이다.

하지만 이대로 괜찮으리라는 생각은 들지 않았다.

물론 부인을 구한 것은 전혀 후회하지 않는다.

행동에는 책임이 따른다.

그를 고독하게 만든 책임은 져야만 한다.

나는 지금까지 터무니없는 짓을 벌인 것일지도 모른다.

사정을 알고 대화를 나눌 수 있는 게 나뿐이라면

그의 행동은 약혼자의 의무라고 생각했지만

혹시라도 사건 이후로 친구들과 소원해졌다면?

나만 생각하며 레이드 녹터라는 인물을 제대로 보려고 하지 않았다.

나는 그에 관해 아무것도 모른다.

그에게 친한 친구가 있는지 나는 모른다.

그 정도라면 내가 녹터가에 드나들어도

출산 후 반년 정도 지나면 그의 가족도 안정되리라.

동생의 생일이라는 빅 이벤트로 '내 요라' 같은 건 금방 잊히겠지.

흘러갔다.

시간은

축하
드립니다.

오늘은
귀족 아카데미의
입학식이다.

미스티아 아렌 15세

Akuyaku reijou desuga kouryakutaisyou no yousu ga ijousugiru
by Sou Inaida 4

Copyright ⓒ 2021 by Sou Inaida
Original Japanese edition published by TO Books, Inc.
Korean translation rights arranged with TO Books, Inc.
Korean translation rights ⓒ 2023 by Somy Media, Inc.

악역 영애입니다만 공략 대상의 상태가 이상합니다 4

2023년 10월 15일 1판 1쇄 발행

저 자	이나이다 소
일 러 스 트	하치피스☆왕
옮 긴 이	강유정
발 행 인	유재옥
본 부 장	조병권
담 당 편 집	정지원
편 집 1 팀	김준균 김혜연
편 집 2 팀	정영길 조찬희 박치우 정지원
편 집 3 팀	오준영 이해빈 이소의
편 집 4 팀	전태영 박소연
디 자 인	김보라 박민솔
라 이 츠	김정미 맹미영 이윤서
디 지 털	박상섭 김지연 윤희진
발 행 처	(주)소미미디어
등 록	제2015-000008호
주 소	서울시 마포구 토정로 222, 403호(신수동, 한국출판콘텐츠센터)
판 매	㈜소미미디어
제 작 처	코리아피앤피
영 업	박종욱
마 케 팅	최원석 박수진 최정연
물 류	허석용 백철기
전 화	편집부 (070)4164-3962, 3963 기획실 (02)567-3388
	판매 및 마케팅 (070)4165-6888 Fax (02)322-7665

ISBN 979-11-384-7996-7 (04830)
ISBN 979-11-384-3479-9 (세트)